16	3	2	13
5	10	11	8
9	6	7	12
4	15	14	1

Publicado com o apoio do Instituto de Tradução da Rússia

Coleção LESTE

Varlam Chalámov

A RESSURREIÇÃO DO LARIÇO

Contos de Kolimá 5

Tradução e notas
Daniela Mountian e Moissei Mountian

Traduções adicionais
Marina Tenório

Posfácio
Varlam Chalámov

editora■34

EDITORA 34

Editora 34 Ltda.
Rua Hungria, 592 Jardim Europa CEP 01455-000
São Paulo - SP Brasil Tel/Fax (11) 3811-6777 www.editora34.com.br

Варлам Шаламов, «Колымские рассказы»
Varlam Shalamov's Russian texts copyright © 2011 by Irina Sirotinskaya
Translation rights into the Portuguese language
are granted by FTM Agency, Ltd., Russia, 2011
© Portuguese translation rights by Editora 34 Ltda., 2016

Tradução © Daniela Mountian e Moissei Mountian, 2016
Traduções adicionais © Marina Tenório, 2016

A FOTOCÓPIA DE QUALQUER FOLHA DESTE LIVRO É ILEGAL E CONFIGURA UMA
APROPRIAÇÃO INDEVIDA DOS DIREITOS INTELECTUAIS E PATRIMONIAIS DO AUTOR.

Imagem da capa:
Lariço em Iágodnoie, na região de Kolimá
(© Yuriy Barbaruk / Dreamstime.com)

Capa, projeto gráfico e editoração eletrônica:
Bracher & Malta Produção Gráfica

Revisão:
Cide Piquet, Danilo Hora

1ª Edição - 2016, 2ª Edição - 2021

CIP - Brasil. Catalogação-na-Fonte
(Sindicato Nacional dos Editores de Livros, RJ, Brasil)

C251r
Chalámov, Varlam, 1907-1982
A ressurreição do lariço (Contos de Kolimá 5) /
Varlam Chalámov; tradução e notas de Daniela
Mountian e Moissei Mountian; traduções adicionais
de Marina Tenório; posfácio de Varlam Chalámov —
São Paulo: Editora 34, 2021 (2ª Edição).
336 p. (Coleção Leste)

Tradução de: Voskrechênie lístvennitsi

ISBN 978-85-7326-653-5

1. Literatura russa. 2. História da Rússia -
Século XX. I. Mountian, Daniela. II. Mountian, Moissei.
III. Tenório, Marina. IV. Título. V. Série.

CDD - 891.73

A RESSURREIÇÃO DO LARIÇO
Contos de Kolimá 5

A trilha	9
Grafite	12
O ancoradouro do inferno	19
Silêncio	22
Dois encontros	32
O termômetro de Grichka Logun	39
A batida	50
Coragem nos olhos	60
Marcel Proust	66
A fotografia desbotada	73
O chefe do departamento político	78
Riabokón	84
A vida do engenheiro Kiprêiev	91
Dor	112
A gata sem nome	124
O pão de outro	133
Um roubo	135
A cidade no topo da montanha	137
O exame	153
No rastro de uma carta	167
A medalha de ouro	175
Ao pé do estribo	215
Khan-Guirei	231
A prece da noite	248
Boris Iujánin	252
A visita de mister Popp	263
O esquilo	276
A queda-d'água	282
O fogo domado	285
A ressurreição do lariço	292

"Sobre minha prosa", *Varlam Chalámov* 298

Mapa da União Soviética 324
Mapa da região de Kolimá 326
Glossário 327
Sobre o autor 331
Sobre os tradutores 335

O renascer do lariço é dedicado a Irina Pávlovna Sirotínskaia. Sem ela, este livro não existiria.

Varlam Chalámov

Traduzido do original russo *Kolímskie rasskázi* em *Sobránie sotchiniéni v tchetiriokh tomakh*, de Varlam Chalámov, vol. 2, Moscou, Khudójestvennaia Literatura/Vagrius, 1998. Foi também utilizado, para consultas e pesquisas, o site http://shalamov.ru, dedicado ao autor.

O presente volume é o quinto da série de seis que constitui o ciclo completo dos *Contos de Kolimá*: *Contos de Kolimá* (vol. 1); *A margem esquerda* (vol. 2); *O artista da pá* (vol. 3); *Ensaios sobre o mundo do crime* (vol. 4); *A ressurreição do lariço* (vol. 5); *A luva, ou KR-2* (vol. 6).

Os contos "A trilha", "Grafite", "O ancoradouro do inferno", "Silêncio", "Coragem nos olhos" e "Marcel Proust" foram traduzidos por Marina Tenório.

A TRILHA

Na taiga eu tinha uma trilha milagrosa. Eu mesmo a abri, no verão, enquanto estocava lenha para o inverno. Ao redor da isbá havia galhos de sobra — lariços coniformes, de cor cinza, como se fossem de papel machê, cravados no pântano feito estacas. A pequena isbá ficava numa colina cercada de arbustos de *stlánik*,[1] cheios de cachos de agulhas verdes — na chegada do outono, as pinhas, entumecidas de nozes, puxavam os galhos para a terra. É por essas brenhas de *stlánik* que passava a trilha em direção ao pântano, e o pântano um dia não fora pântano — ali crescia uma floresta, mas depois, por causa da água, as raízes das árvores apodreceram, e as árvores morreram —, há muito, muito tempo. A floresta viva se afastou para o lado, em direção ao riacho, seguindo o sopé da montanha. A estrada, pela qual passavam automóveis e pessoas, ocupou o outro lado da colina, a parte um pouco mais alta da encosta.

Nos primeiros dias eu tinha dó de pisotear os lírios-do-vale vermelhos e gordos, os íris que, tanto pelas pétalas quanto pelo desenho, pareciam imensas borboletas lilás, as campânulas azuis, enormes e grossas, que estalavam desagradavelmente sob os pés. As flores, como todas as flores do Extremo Norte, não tinham cheiro; durante algum tempo surpreendia-me num movimento automático — arrancava

---

[1] Espécie de pinheiro (*Pinus pumila*). (N. da T.)

um ramo e levá-lo às narinas. Mas depois perdi o costume.
Pela manhã, eu examinava o que havia acontecido na minha trilha durante a noite — eis um lírio-do-vale que se ergueu; esmagado ontem pela minha bota, ele cedera para o lado, mas reviveu. Enquanto outro fora esmagado para sempre e ficara estirado, feito um poste telegráfico com os isoladores de porcelana, e os fiapos rompidos de teia de aranha pendiam dele como fios arrancados.

Mas depois a trilha assentou, e deixei de notar os galhos de *stlánik* caídos pelo caminho — antes eles me açoitavam o rosto; eu os ia quebrando, até parar de notar que o fazia. Jovens lariços, de uns cem anos, cercavam a pequena trilha — eu os via verdejar, via esparramarem suas agulhas miúdas sobre a trilhazinha. A cada dia, ela ia escurecendo, até virar uma trilha comum de montanha, de tom cinza escuro. Ninguém, fora eu, passava por ali. Esquilos azuis pulavam sobre ela; também vi muitas vezes pegadas de escrita cuneiforme egípcia, deixadas pelas perdizes; às vezes aparecia o rastro triangular da lebre, mas, afinal, pássaros e animais não contam.

Durante quase três anos andei por essa trilha, que era só minha. Ali era bom para escrever poemas. Às vezes, ao voltar de uma viagem, eu ia para a trilha e, na caminhada, sempre surgia um poema qualquer. Acostumei-me a ela, comecei a frequentá-la como se fosse um escritório na floresta. Lembro-me de como, na época que antecedia o inverno, o frio e o gelo condensavam a lama da trilha, e a lama parecia cristalizar feito geleia. Por dois outonos, antes da neve cair, eu ia até lá e deixava uma pegada funda, para que, diante dos meus olhos, ela congelasse por todo o inverno. E na primavera, quando a neve derretia, eu via as minhas marcas do ano anterior, pisava nas pegadas antigas, e os poemas voltavam a surgir com facilidade. No inverno, é claro, esse meu escritório ficava vazio: o frio intenso não deixa pensar, só se pode escrever quando se está aquecido. Mas, no verão, eu conhecia tudo nessa trilha mágica, de cabo a rabo; tudo era muito mais colorido que no inverno — o *stlánik*, os lariços, os arbustos de rosa silvestre sempre traziam algum poema, e, se não viessem à memória poemas de outros que se adequassem ao meu estado de espírito, eu murmurava os meus próprios, e os anotava ao voltar para casa.

Mas, no terceiro verão, um homem passou pela minha trilha. Eu não estava em casa, não sei se foi algum geólogo viajante, um carteiro que entrega correspondências nas montanhas ou um caçador — um ser humano deixou pegadas de botas pesadas. Desde então, nessa trilha, os poemas não surgiam mais. O rastro forasteiro fora deixado na primavera, e durante todo o verão não escrevi na trilha um verso sequer. Perto do inverno fui transferido para outro lugar, mas nem lamentei: a trilha fora irremediavelmente estragada.

Foi sobre essa trilha que muitas vezes tentei escrever um poema, mas nunca consegui.

(1967)

GRAFITE

Com o quê se assina uma sentença de morte? Com tinta de escrever ou nanquim, daqueles dos passaportes? Com tinta de caneta esferográfica ou alizarina diluída em sangue puro? O certo é que nenhuma sentença de morte foi assinada a lápis.

Na taiga não precisamos de tinta. A chuva, as lágrimas, o sangue diluirão qualquer uma delas, qualquer lápis-tinta.[2] Os lápis-tinta não podem ser enviados nos pacotes — serão confiscados durante a revista por dois motivos. Primeiro: o preso poderia falsificar qualquer documento; segundo: esse tipo de lápis serve como tinta tipográfica para fazer as cartas de baralho dos ladrões, as *stirkas*, ou seja...

Só é permitido o lápis preto, o simples grafite. A responsabilidade do grafite em Kolimá é singular, é extraordinária.

Depois de conversar com o céu — agarrando-se às estrelas, encarando o sol —, os cartógrafos fixam um ponto de apoio em nossa terra. E sobre esse ponto de apoio, uma lápide de mármore cravada no topo da montanha, no topo da rocha, fixam um tripé, um sinal feito com toras de madeira. Esse sinal indica um lugar exato no mapa, e a partir dele, da montanha, do tripé, um fio imperceptível — uma trama in-

---

[2] Em russo *khimítcheskii karandash* (lápis químico): lápis de tinta indelével, muito utilizado para cópia de documentos até o advento da caneta esferográfica. (N. da T.)

visível de meridianos e paralelos — se estende pelos pequenos vales e várzeas, por entre as clareiras, pelos descampados e pântanos rareados. Na densa taiga, as veredas são abertas a machado; e cada entalho, cada marca é capturada pelo cruzamento de fios do nível topográfico e do teodolito. A terra foi mensurada, a taiga foi mensurada e ao andarmos por ela encontramos nos entalhos frescos o rastro do cartógrafo, do topógrafo, do medidor da terra — a marca do simples grafite preto.

A taiga de Kolimá é toda traçada pelas veredas dos topógrafos. E, no entanto, as veredas não estão por toda a parte, apenas nas florestas que cercam os povoados, a assim chamada "área de produção". Os descampados, as clareiras, os rareamentos que ficam na fronteira entre a floresta e a tundra, assim como as *sopkas*[3] nuas, são traçados apenas por linhas de ar, imaginárias. Não há ali nenhuma árvore que se possa marcar, nenhum ponto de referência confiável. Os pontos de referência são fixados nas rochas, ao longo dos leitos dos rios ou nos topos das montanhas peladas. E é a partir desses alicerces confiáveis, bíblicos, que se estende a medida da taiga, a medida de Kolimá, a medida da prisão. Os entalhos nas árvores formam a rede de veredas a partir da qual, através do tubo do teodolito e da encruzilhada de fios, foi possível ver e numerar a taiga.

Sim, para marcar os entalhos serve apenas o lápis preto. Não o lápis-tinta. O lápis-tinta se dissolverá, será diluído pela seiva da árvore, lavado pela chuva, pelo orvalho, pela neblina, pela neve. O lápis artificial, o lápis-tinta, não serve para notas sobre a eternidade, sobre a imortalidade. Mas o grafite — carbono comprimido sob altíssima pressão durante milhões de anos até se transformar, quando não em hulha

---

[3] Nome dado a montes e colinas com o topo arredondado no leste da Rússia. (N. da T.)

ou em diamante, em algo mais valioso que o diamante, em lápis —, o grafite pode anotar tudo que se sabe e tudo o que se viu... É um milagre maior que o diamante, embora a natureza química do grafite e do diamante seja a mesma. Não é só nas marcas e nos entalhos que as instruções proíbem os topógrafos de usar lápis-tinta. Numa estimativa topográfica feita a olho nu, qualquer legenda ou rascunho de legenda exige grafite para atingir a imortalidade. Para ser imortal, a legenda exige o grafite. O grafite é a natureza; ele participa dos ciclos da terra, e resiste ao tempo por vezes melhor do que a pedra. As rochas calcárias se desfazem sob a chuva, sob as pancadas de vento ou sob as águas dos rios, enquanto o jovem lariço — ele tem apenas duzentos anos, ainda precisa viver — guarda no seu entalho a marca numérica que liga o mistério bíblico ao mundo de hoje.

O número, a marca convencionada, é gravado no entalho fresco, na ferida fresca da árvore, que ainda destila seiva, da árvore que destila resina como se fossem lágrimas.

Na taiga só se pode escrever com grafite. Nos bolsos das *telogreikas*,[4] dos coletes acolchoados, dos blusões de exército, das calças, dos casacos curtos de pele, os topógrafos levam sempre uma ponta roída ou um pedaço quebrado de lápis grafite.

Papel, caderneta de anotações, prancheta, caderno — e uma árvore com um entalho.

O papel é uma das faces, uma das transformações da árvore em diamante e grafite. O grafite é a eternidade. É a suprema dureza transformada em docilidade suprema. O rastro deixado na taiga pelo grafite do lápis é eterno.

---

[4] Casaco acolchoado para o inverno rigoroso. Foi adotado pelo Exército Vermelho durante a Segunda Guerra Mundial, deixando de ser usado como uniforme militar nos anos 1960. Popular, prático e eficaz, o casaco era comum nos campos de prisioneiros. (N. da T.)

O entalho é feito com muito cuidado. No tronco do lariço, na altura da cintura, são feitos dois cortes com uma serra; depois, com a quina do machado, arranca-se um pedaço da árvore ainda viva, para deixar lugar para a anotação. Assim se forma uma espécie de telhado, uma casinha, uma tábua limpa protegida da chuva, pronta para guardar a anotação para sempre, praticamente para sempre, até o final dos seiscentos anos de vida do lariço.

O corpo ferido do lariço é similar à aparição de um ícone — uma Nossa Senhora de Tchukotchka,[5] uma Virgem Maria de Kolimá, à espera de um milagre, revelando um milagre.

E o cheiro leve, finíssimo de resina, o cheiro da seiva do lariço, do sangue revolvido pelo machado do homem, entra nos pulmões como o cheiro distante da infância, o cheiro do benjoim.[6]

O número foi marcado, e o lariço ferido, queimado pelo vento e pelo sol, guarda essa "atadura" que, do fundo da taiga, conduz ao grande mundo: pela vereda em direção ao tripé mais próximo, ao tripé cartográfico no topo da montanha, sob o qual, num buraco fechado por pedras, fica escondida a lápide de mármore em que estão gravadas as verdadeiras latitude e longitude. Com certeza essa anotação não é feita com grafite. E, pelos milhares de fios que se estendem daquele tripé, seguindo milhares de linhas entre um entalho e outro, nós voltamos ao nosso mundo, para podermos sempre nos lembrar da vida. O serviço topográfico é o serviço da vida.

[5] Península no extremo nordeste da Ásia. (N. da T.)

[6] Nome dado à resina aromática extraída da casca de benjoeiro. Na Rússia czarista era usado como um substituto barato do ládano. (N. da T.)

Grafite

Mas em Kolimá não é só o topógrafo que é obrigado a usar lápis grafite. Além do serviço da vida há também o serviço da morte, onde o lápis-tinta está igualmente proibido. Diz a instrução do "arquivo n° 3", o assim chamado departamento de registro de mortes dos presos no campo: na canela esquerda do morto é necessário amarrar uma pequena placa de compensado, uma placa com o número do arquivo individual. O número do arquivo individual deve ser escrito com lápis grafite, e não com lápis-tinta. Mesmo aqui o lápis artificial impede a imortalidade.

Pode-se perguntar para que tudo isso. Tendo em vista uma exumação? Uma ressurreição? A transferência dos restos mortais? Mas quantas valas comuns, com mortos amontoados sem placa alguma, não há em Kolimá? E no entanto, instrução é instrução. Teoricamente falando, todos os hóspedes do gelo perene são imortais e estão prontos a voltar para nós, para que retiremos as placas de suas canelas esquerdas e decifremos suas amizades e parentescos.

Desde que seja marcado com lápis preto, o número do arquivo pessoal não será lavado da placa, nem por chuvas, nem por fontes subterrâneas, e nem por águas primaveris: elas não tocam o *permafrost*.[7] E mesmo que este por vezes ceda ao calor do verão e revele seus mistérios subterrâneos, o fará apenas numa ínfima parte sua.

O arquivo pessoal, o formulário, é o passaporte do preso, provido de fotos de frente e de perfil, das impressões dos dez dedos das duas mãos e da descrição de marcas particulares. O trabalhador do registro, funcionário do "arquivo n° 3", deve fazer o protocolo da morte do preso em cinco vias, com a impressão de todos os dedos e indicando se há dentes

---

[7] No original, *viétchnaia merzlotá*, camada subterrânea do solo permanentemente congelada. (N. da T.)

de ouro arrancados. Para os dentes de ouro se faz um protocolo à parte. Nos campos foi assim desde sempre, e as notícias da Alemanha sobre dentes arrancados não surpreendiam a ninguém em Kolimá.

Os Estados não querem perder o ouro dos mortos. Desde a origem dos tempos, nos campos e nas prisões são feitos protocolos sobre os dentes de ouro arrancados. O ano de 37 trouxe aos investigadores e aos campos muita gente com dentes de ouro. Para aqueles que morreram nas minas de Kolimá — não viveram ali por muito tempo —, seus dentes arrancados após a morte acabaram sendo o único metal precioso que deram ao Estado; o ouro de suas próteses pesava mais que aquele obtido com pás, picaretas ou alviões durante suas breves vidas nas minas de Kolimá. Por mais flexível que seja a ciência da estatística, é provável que esse aspecto da questão ainda não tenha sido investigado.

Os dedos do morto devem ser pintados com tinta tipográfica, e cada trabalhador do "registro" deve tê-la em estoque, pois seu consumo é extremamente alto.

É também por esse motivo que se cortam as mãos dos fugitivos assassinados: para não terem que levar o corpo inteiro para o reconhecimento. Em vez de carregar corpos, cadáveres, é muito mais prático carregar duas mãos humanas numa bolsa militar.

Placa na perna é sinal de cultura. Andrei Bogoliúbski[8] não tinha uma placa dessas, e foi necessário reconhecê-lo pelos ossos, recordando os cálculos de Bertillion.[9]

---

[8] Andrei Bogoliúbski (1111-1174), príncipe de Vladímir e Súzdal, canonizado pela Igreja Ortodoxa Russa. Foi brutalmente assassinado por seus súditos boiardos em um complô. Em meados dos anos 1930, seus restos mortais foram examinados por um grupo de cientistas, que confirmaram as circunstâncias de sua morte. (N. da T.)

[9] Alphonse Bertillion (1853-1924) foi um criminologista francês, inventor de um método pseudocientífico para a identificação de criminosos

Acreditamos na datiloscopia; esse negócio nunca deixou de funcionar para nós. E não importa que os criminosos dessem um jeito de mutilar as pontas dos próprios dedos, queimando-os com fogo, com ácido, ferindo-os com faca. A datiloscopia não falha — afinal, os dedos são dez; e nenhum dos *blatares*[10] se atreveria a queimar todos eles.

Não acreditamos em Bertillion — chefe da polícia judiciária francesa, pai do princípio antropológico aplicado à criminologia, em que a autenticidade é constatada por uma série de medições e correspondências entre as partes do corpo. As descobertas de Bertillion só podem ser úteis para os artistas, para os pintores; para nós, a distância entre a ponta do nariz e o lóbulo da orelha não revela nada.

Acreditamos na datiloscopia. Todos sabem como imprimir as digitais, como "tocar piano". Em 37, quando levaram todos os que já estavam marcados, cada um de nós, com o movimento habitual, colocava seus dedos, já habituados, nas mãos também habituadas do funcionário da prisão.

Estas digitais estão guardadas para sempre no arquivo pessoal. A placa com o número do arquivo guarda não apenas o lugar da morte, mas também o mistério da morte. Na placa, esse número está escrito com grafite.

O cartógrafo, que abre novos trajetos na terra, novos caminhos para os homens, e o coveiro, que zela pela correção do enterro, pelas leis dos mortos, são obrigados a usar a mesma ferramenta: o lápis grafite preto.

(1967)

---

com base na antropometria. O "sistema de Bertillion" foi substituído pela datiloscopia, o reconhecimento de impressões digitais. (N. da T.)

[10] De *blatar*: bandido ou criminoso profissional que segue o "código de conduta" da bandidagem. (N. da T.)

O ANCORADOURO DO INFERNO

As portas pesadas do porão se abriram acima de nós, e, por uma escada estreita de ferro, um a um, começamos a subir devagar para o convés. Na popa do navio, ao longo dos parapeitos, a escolta se enfileirava numa densa corrente, os fuzis apontados para nós. Mas ninguém se importava com isso. Alguém gritava: mais rápido, mais rápido, e a multidão se acotovelava como acontece num embarque em qualquer estação de trem. O caminho era indicado apenas aos primeiros — ao longo dos fuzis, em direção a um largo passadouro — até a barcaça, e da barcaça, por um outro passadouro, até a terra firme. Nossa viagem tinha acabado. O navio trouxera doze mil pessoas e, enquanto elas eram descarregadas, dava tempo de olhar ao redor.

Após os dias quentes e ensolarados do outono em Vladivostok, após as cores puríssimas do céu crepuscular do Extremo Oriente — primorosas e vívidas, sem semitons ou transições, gravadas na memória para sempre...

Uma chuva fina e fria caía do céu branco, baço, soturno e monótono. As *sopkas* de pedra, sem vegetação, nuas e esverdeadas se erguiam diante de nós, e, nos vazios entre elas, rente aos sopés, se enroscavam nuvens desgrenhadas e rasgadas, de um cinza sujo. Parecia que os farrapos de uma enorme manta cobriam essa terra montanhosa e lúgubre. Lembro-me bem: eu estava absolutamente calmo, pronto para o que viesse, mas, involuntariamente, o coração disparou e ficou apertado. E, desviando os olhos, pensei: nos trouxeram aqui para morrer.

Pouco a pouco, minha jaqueta se encharcava. Eu estava sentado sobre minha mala, que, pela incurável frivolidade humana, eu pegara em casa ao ser preso. Todos, todos tinham coisas: malas, mochilas, cobertores enrolados... Apenas muito tempo depois fui entender que o equipamento ideal do detento é uma pequena bolsa de pano e, dentro dela, uma colher de madeira. Todo o resto, seja um pedaço de lápis ou um cobertor, só atrapalha. Se houve uma lição que aprendemos bem, foi o desprezo pela propriedade privada.

Eu olhava para o navio colado ao píer, tão pequeno, oscilante nas ondas cinzentas e escuras.

Por trás da teia cinza das gotas de chuva, insinuavam-se as silhuetas sombrias das montanhas que cercavam a baía de Nagáievo, e só ali, de onde havia chegado o navio, se via o oceano, infinitamente corcunda, como um animal enorme deitado na margem, suspirando pesadamente, e o vento movia seus pelos, que se alongavam na chuva em ondas escamosas e brilhantes.

Estava frio e assustador. As cores de outono da ensolarada Vladivostok, vívidas e quentes, ficaram para trás, num outro mundo, o verdadeiro. O mundo daqui era hostil e sinistro.

Por perto, não se via nenhuma construção habitável. A única estrada, que contornava a *sopka*, subia não se sabe para onde.

O descarregamento finalmente terminou, e, já na penumbra, o comboio começou a subir vagarosamente as montanhas. Ninguém perguntava nada. A multidão de pessoas molhadas se arrastava pelo caminho, parando com frequência para descansar. As malas ficaram pesadas demais, a roupa ficou encharcada.

Duas curvas depois — perto de nós, um pouco acima,

na saliência de uma *sopka* —, vimos fios de arame farpado. Por trás do arame, pessoas se amontoavam. Elas gritavam alguma coisa e, de repente, pães começaram a voar em nossa direção. O pão era jogado por cima do arame, e nós o agarrávamos, partíamos e dividíamos. Vínhamos de meses de prisão, quarenta e cinco dias de trem, cinco dias de mar. A fome era geral. Ninguém tinha recebido dinheiro para a viagem. O pão era comido com avidez. O felizardo que conseguia agarrá-lo dividia-o entre todos que quisessem — uma generosidade que em três semanas desaprenderíamos para sempre. Éramos levados cada vez mais longe e mais alto. As paradas ficavam cada vez mais frequentes. Até que, finalmente, surgiu um portão de madeira, uma cerca de arame farpado e, atrás dela, fileiras de barracas de lona — brancas e verde-claras, enormes, escurecidas pela chuva. Eles nos contavam e dividiam em grupos, enchendo uma barraca depois da outra. Lá dentro havia tarimbas de madeira, parecidas com os beliches nos vagões de trem — oito pessoas por tarimba. Cada um tomou o seu lugar. A lona vazava, havia poças no chão e nos leitos, mas eu estava tão exausto (aliás, todos estavam — por causa da chuva, do ar rarefeito, da travessia, da roupa ensopada, das malas), que me enrosquei como pude, sem pensar em secar a roupa — onde a secaria? — deitei e dormi. Estava escuro e frio...

(1967)

SILÊNCIO

Com espanto, desconfiança e receio, todos nós, a brigada inteira, ocupávamos os lugares às mesas do refeitório do campo — mesas sujas, grudentas, nas quais comemos durante toda a nossa vida aqui. E por que estariam grudentas? Afinal, nenhuma sopa foi derramada nelas, "ninguém deixou a colher passar ao lado da boca" e nem deixaria. Mas acontece que não havia colher, e, se fosse derramada, a sopa seria levada à boca com os dedos ou simplesmente lambida.
Era o horário de almoço do turno da noite. Nossa brigada fora camuflada no turno da noite, ocultada das vistas — caso houvesse alguém para ver. Em nossa brigada estavam os mais fracos, os mais imprestáveis, os mais famintos. Éramos o lixo humano, mas mesmo assim era preciso nos alimentar, e não com lixo, sequer com as sobras. Conosco também eram gastos alguma gordura e mantimentos. E o mais importante: o pão, de qualidade absolutamente igual ao pão que recebiam as melhores brigadas, que ainda tinham alguma força e cumpriam a cota de produção — extraíam ouro, ouro, ouro...
Se nos davam de comer, era por último, fosse de dia, fosse de noite.
Naquela noite também fomos os últimos.
Vivíamos no mesmo barracão, na mesma seção. Eu conhecia alguns desses semicadáveres — dos tempos do presídio, dos campos de transferência. Todos os dias eu me mo-

via ao lado de pilhas de *buchlats*[11] rasgados, *uchankas*[12] de pano vestidas entre um banho e outro, mantos feitos de farrapos de calças, torrados pelas fogueiras; e só a memória me dizia que entre eles estava também Mutálov, o tártaro de cara vermelha, o único habitante de Tchimkent que tinha um sobrado com telhado de ferro; e também Efímov, ex-secretário do comitê municipal do Partido em Tchimkent que, em 1930, eliminara Mutálov enquanto classe.[13]

Estava ali também Oksman, ex-chefe do departamento político de uma divisão militar, expulso da divisão, por ser judeu, pelo marechal Timochenko, antes deste virar marechal.

Ali estava também Lupílov — auxiliar do procurador-geral da URSS, auxiliar de Vichinski. Jávoronkov — maquinista do pátio de trens Saviólovskoie. Estava também o ex-chefe da NKVD[14] da cidade de Górki que durante a transferência começou uma discussão com um dos seus "tutelados":

— Bateram em você? E daí? Se você assinou — você, inimigo! —, quer dizer que está confundindo o poder soviético, atrapalhando o nosso trabalho. Foi por causa de calhordas como você que eu peguei quinze anos.

Interferi na conversa:

— Fico ouvindo e não sei o que faço, se rio ou se cuspo na sua cara...

Havia diversos tipos de pessoas nessa brigada "prestes

---

[11] Casaco de inverno pesado, tradicionalmente usado por marinheiros, com tecido duplo para proteger das rajadas de vento. (N. da T.)

[12] Gorro de pele com abas para cobrir as orelhas. (N. da T.)

[13] Referência ao lema da campanha contra os *kulaks*, camponeses relativamente prósperos que usavam trabalho assalariado: "Eliminemos o *kulak* enquanto classe". (N. da T.)

[14] Sigla do *Naródni Komissariat Vnútrennikh Diel*, Comissariado do Povo para Assuntos Internos, órgão associado ao serviço secreto e responsável pela repressão política. Substituiu o OGPU. (N. da T.)

a desembarcar"... Havia também um sectário da seita "Deus Sabe", ou talvez a seita tivesse outro nome[15] — mas essa era a única resposta que ele dava a todas as perguntas dos superiores.

O sobrenome do sectário ficou na memória, é claro — Dmítriev —, apesar de ele próprio jamais responder ao ser chamado assim. Eram os braços dos companheiros, do chefe da brigada, que moviam Dmítriev, o colocavam na fila, o conduziam.

A escolta era trocada com frequência e, quase toda vez, na saída para realizar aquilo que se chamava de trabalho, o novo guarda tentava compreender o mistério da recusa dele em responder ao temível: "Diga o nome!".

O chefe de brigada explicava brevemente a situação, e o guarda, aliviado, continuava a chamada.

Todos no barracão estavam cheios do sectário. De noite não dormíamos por causa da fome e ficávamos nos esquentando, nos esquentando perto da estufa de ferro, abraçando-a, tentando aproveitar o calor fugidio do ferro que esfriava, aproximando o rosto da estufa.

É claro que bloqueávamos o parco calor dos outros habitantes do barracão, deitados nos cantos mais distantes, cobertos pela geada, sem dormir por causa da fome, como nós. Dali, daqueles cantos distantes e escuros, cobertos pela geada, saltava alguém que tinha direito ao grito, às vezes até direito ao soco, e, com xingamentos e chutes, afastava da estufa os trabalhadores famintos.

Perto da estufa podia-se ficar de pé e era permitido secar o pão, mas quem tinha pão para secar?... E por quantas horas se pode secar um pedacinho de pão?

---

[15] Os sectários são os dissidentes da Igreja Ortodoxa Russa que se opuseram às reformas do patriarca Níkon (1605-1681), que aproximaram os ritos das igrejas moscovita e grega. (N. da T.)

Odiávamos a chefia, odiávamos uns aos outros e, mais que tudo, odiávamos o sectário — por causa dos cantos, por causa dos hinos, por causa dos salmos...

Todos ficávamos em silêncio, abraçando a estufa. O sectário cantava, cantava com uma voz rouca e resfriada — não alto, mas cantava hinos, salmos, poemas. As canções não tinham fim.

Eu trabalhava em dupla com o sectário. Durante o trabalho, os outros habitantes da seção descansavam dos hinos e salmos, descansavam do sectário, enquanto eu nem esse alívio tinha.

— Cale a boca!

— Já teria morrido há muito tempo, se não fossem as canções. Teria ido embora, para o frio. Mas não tenho força. Se tivesse um pouco mais de força. Não peço a Deus para morrer. Ele vê tudo.

Na brigada havia também outras pessoas, enroladas em panos, igualmente sujas e famintas, com o mesmo brilho nos olhos. Quem eram? Generais? Heróis da guerra da Espanha? Escritores russos? Membros de um *kolkhoz*[16] de Volokolámsk?

Estávamos no refeitório sem entender por que não nos davam comida, estavam esperando o quê? Que novidade iriam nos anunciar? Para nós, a novidade só podia ser boa. Existe um ponto a partir do qual, não importa o que aconteça, é para o melhor. A novidade só podia ser boa. Todos entendiam isso. Entendiam com o corpo, não com o cérebro.

A janelinha de distribuição abriu-se pelo lado de dentro, e começaram a nos trazer tigelas de sopa — quente! Mingau — morno! E *kissiel*[17] — o terceiro prato — quase frio! Cada

---

[16] Propriedade rural coletiva dos camponeses russos. (N. da T.)

[17] Espécie de gelatina feita do sumo de frutas, engrossada com amido de batata, milho ou aveia. (N. da T.)

um ganhou uma colher, e o chefe da brigada avisou que ela teria de ser devolvida. É claro que vamos devolver as colheres. Colher pra quê? Para trocar por fumo no barracão vizinho? Claro que vamos devolver as colheres. Colheres pra quê? Faz tempo que nos acostumamos a comer pelas bordas. Colher pra quê? O que ficar no fundo pode ser empurrado com o dedo para a borda, para a saída...

Não havia o que pensar — diante de nós havia comida, alimento. Deram-nos pão — duzentos gramas direto em nossas mãos.

— Só o pão é por cota — anunciou, solene, o chefe da brigada —, o resto é até encher a pança.

E enchíamos a pança. Qualquer sopa se divide em duas partes: a sólida e a líquida. Para encher a pança nos deram a líquida. Em compensação, o segundo prato, o mingau, era sem embuste nenhum. O terceiro prato — uma água um pouco morna, com um leve sabor de amido e um traço quase imperceptível de açúcar dissolvido. Era o *kissiel*.

Os estômagos dos detentos não são nada embrutecidos, suas capacidades palatares não foram nem um pouco embotadas pela fome e pela comida grosseira. Pelo contrário, a sensibilidade gustativa do estômago faminto do detento é excepcional. Por sua qualidade e sutileza, a reação que ocorre no estômago do detento não deve nada a qualquer laboratório de qualquer país da segunda metade do século XX.

Nenhum estômago "livre" descobriria a presença de açúcar naquele *kissiel* que comíamos, ou melhor, bebíamos, na lavra Partizan naquela noite em Kolimá.

Já para nós o *kissiel* parecia doce, excepcionalmente doce, parecia um milagre, e cada um lembrava que no mundo ainda existia açúcar e que ele até podia vir parar na panela do detento. Que mago...

O mago não estava longe. O vimos depois do primeiro prato da segunda rodada.

— Só o pão é por cota — disse o chefe da brigada —, o resto é até encher a pança. — E olhou para o mago.

— Sim, sim — disse o mago.

Era um homenzinho pequeno, asseadinho, moreninho, de banho tomado, com o rosto ainda não ulcerado pelo frio. Nossos chefes, nossos encarregados, capatazes, contramestres, chefes dos campos, soldados da escolta — todos já haviam provado de Kolimá, e em cada um dos rostos, em cada um, Kolimá escrevera suas palavras, deixara seu traço, talhara algumas rugas a mais, plantara para sempre uma mancha de congelamento, um estigma indelével, um ferrete indestrutível!

Ainda não havia mancha alguma, um estigma sequer no rosto rosado desse homenzinho asseado e moreno.

Era o novo educador-chefe do campo, que tinha acabado de chegar do continente.[18] O educador-chefe estava realizando um experimento.

O educador combinou, insistiu com o chefe do campo que o costume de Kolimá fosse quebrado: todos os dias, seguindo uma tradição antiga, de séculos ou até de milênios, tudo que sobrava da sopa e da *kacha*, aquele "restinho do fundo", era levado da cozinha para o barracão dos *blatares* e distribuído nos barracões das melhores brigadas; isto era feito para amparar não as brigadas mais famintas, e sim as menos famintas, para que tudo — as almas e os corpos de todos os chefes, guardas e detentos — fosse transformado em cotas de produção, convertido em ouro.

Aquelas turmas — assim como os *blatares* — já aprenderam, já se acostumaram a contar com esses restos. Ou seja — havia também um prejuízo moral.

Mas o novo educador não tinha concordado com esse

---

[18] Como era chamada a outra parte do país, a Rússia Ocidental, já que não havia vias terrestres para chegar à região de Kolimá. (N. da T.)

costume e insistiu para que os restos de comida fossem distribuídos aos mais fracos, aos mais famintos: "Isso vai despertar a consciência deles", dizia.

— No lugar da consciência, o que eles têm é um chifre — tentava interferir o capataz, mas o educador permaneceu firme e recebeu a permissão para o experimento.

Para o teste foi escolhida a brigada mais faminta, a nossa.

— Vocês vão ver, a pessoa vai comer e, em gratidão ao Estado, vai trabalhar melhor. Como se pode exigir trabalho desses *dokhodiagas*?[19] *Dokhodiagas*, é assim que se diz, não? *Dokhodiaga* é a primeira palavra da língua dos *blatares* que aprendi em Kolimá. Estou falando certo?

— Está — disse o chefe da seção, um trabalhador livre, velho kolimano que nessa mina mandara alguns milhares de pessoas "para debaixo da *sopka*". Viera apreciar o experimento.

— Pode alimentar esses folgados, esses fingidos, um mês inteiro, com carne e chocolate, mantendo-os em completo repouso. Só que nem assim eles vão trabalhar. Alguma coisa mudou para sempre no cocuruto deles. Isso aí é a escória, é o lixo. Para a produção seria melhor alimentar um pouco mais aqueles que ainda trabalham, e não esses folgados!

Começou uma discussão na frente da pequena janela da cozinha. O educador dizia alguma coisa, exaltado. O chefe da seção ouvia com cara de insatisfeito, e, quando soou o nome de Makarenko,[20] desistiu de vez e afastou-se para o lado.

Nós rezávamos, cada um para seu próprio deus, e o sec-

---

[19] Categoria de prisioneiros completamente sem forças, esgotados, acabados. (N. da T.)

[20] Anton Makarenko (1888-1939), famoso pedagogo e educador russo, criou e dirigiu colônias destinadas à recuperação de jovens abandonados e delinquentes após a Revolução de Outubro. (N. da T.)

tário rezava para o seu. Rezávamos para que a janelinha não fosse fechada, para que o educador vencesse. Duas dezenas de homens concentraram toda a sua vontade de detentos — e o educador venceu.

Continuávamos a comer, não queríamos nos apartar do milagre.

O chefe da seção sacou o relógio, mas a sirene já soava — a aguda sirene do campo nos chamava para o trabalho.

— Então, gente trabalhadora — disse o educador, pronunciando com incerteza palavras que aqui eram absolutamente inúteis —, fiz tudo o que pude. Consegui. Agora cabe a vocês responder com trabalho, apenas com trabalho.

— Pode deixar, cidadão chefe — disse com imponência o ex-ajudante do procurador-geral da URSS, amarrando o *buchlat* com uma toalha suja e soprando dentro das luvas, enchendo-as de ar morno.

A porta se abriu, deixando entrar o vapor branco, e nos arrastamos para o frio glacial, deixando essa sorte gravada na memória por toda a vida — isto é, aqueles que ainda viveriam. O frio nos pareceu um pouco mais leve, mais ameno. Mas não por muito tempo. O frio era forte demais para não levar a melhor.

Chegamos à galeria da mina, nos sentamos em círculo, esperando o chefe da brigada, nos sentamos no lugar onde antes fazíamos fogueira e nos esquentávamos, assoprávamos a chama dourada, onde queimávamos as nossas luvas, gorros, calças, *buchlats*, *burki*,[21] tentando em vão nos aquecer, nos salvar do frio feroz. Mas a fogueira existira em outro tempo — no ano passado, talvez. Esse ano não era permitido que os trabalhadores se aquecessem, o único que podia era o guarda. Nosso guarda se sentou, juntou as brasas da

---

[21] Botas de cano alto de feltro, sem corte, feitas especialmente para o clima muito frio. (N. da T.)

sua fogueira, atiçou a chama. Fechou seu *tulup*,[22] sentou-se num tronco, encostou o fuzil.

Uma bruma branca cercava a galeria, iluminada apenas pela luz da fogueira do guarda. O sectário, que estava sentado ao meu lado, se levantou e, passando pelo escolta, foi para a neblina, para o céu...

— Pare aí! Pare aí!

O escolta não era um mau rapaz, mas manejava bem o fuzil.

— Pare aí!

Depois ouviu-se um tiro, um estalido seco do rifle — o sectário ainda não havia desaparecido na bruma —, o segundo tiro...

— Viu, seu pato — disse o chefe da seção ao educador (os dois haviam chegado), usando o jargão dos *blatares*.

Mas o educador não teve coragem de se surpreender com o assassinato, enquanto o chefe da seção não conseguia ficar surpreso com coisas assim.

— Aí está seu experimento. Esses patifes só pioraram no trabalho. Um almoço a mais são forças a mais para lutar contra o frio. A única coisa que os põe para trabalhar, lembre disso, seu pato, é o frio. Não é o seu almoço nem o meu tabefe, é só o frio. Eles sacodem os braços para se aquecer. E nós colocamos em suas mãos picões, pás — afinal, que diferença faz o que será sacudido? — trazemos para perto um carrinho de mão, caixas, carriolas, e a lavra cumpre as cotas. Produz ouro. Agora esses aí estão saciados e nem vão trabalhar. Até congelarem. Só então eles vão sacudir as pás. É inútil dar comida a eles. Foi uma mancada das grossas esse seu almoço. Na primeira vez se perdoa. Todos nós já fomos patos assim.

---

[22] Casaco de pele de carneiro, com os pelos na sua parte interna. (N. da T.)

— Eu não sabia que eles eram um bando de calhordas — disse o educador.

— Na próxima vez vai acreditar nos mais velhos. Mataram um hoje. Um folgado. Por seis meses ficou comendo a cota do governo à toa. Repita: folgado.

— Folgado — repetiu o educador.

Eu estava bem ao lado, mas isso não incomodava a chefia. Havia um motivo legal para eu ficar parado: o chefe da brigada tinha que designar um novo parceiro para mim. O chefe da brigada trouxe Lupílov, ex-ajudante do procurador-geral da URSS. E começamos a encher as caixas com pedra estilhaçada, o mesmo trabalho que eu fazia com o sectário.

Voltávamos pelo caminho habitual, como sempre, sem ter cumprido a cota, sem nos preocuparmos com a cota. Mas, me parece, tínhamos menos frio que de costume.

Tentávamos trabalhar, mas era demasiado grande a distância entre a nossa vida e aquilo que pode ser expresso em números, em carrinhos de mão, em porcentagens de meta. Os números eram um sacrilégio. Mas, por uma hora, por um instante as nossas forças — psíquicas e físicas — ficaram revigoradas após esse almoço tardio.

E, sentindo um arrepio, percebi que aquele almoço noturno dera ao sectário forças para o suicídio. Era a dose de mingau que faltava ao meu parceiro para se decidir a morrer — às vezes é preciso se apressar para não perder a força de vontade para a morte.

Cercamos a estufa, como sempre. Só não havia ninguém para cantar hinos naquele dia. E, pensando bem, eu estava até contente com o silêncio.

(1966)

DOIS ENCONTROS

Meu primeiro chefe de brigada foi Kotur, um sérvio que acabou em Kolimá depois da destruição do clube internacional de Moscou.[23] Kotur não levava suas obrigações de chefe de brigada a sério e entendia que seu destino, assim como o de todos nós, não seria decidido nas minas de ouro, mas num lugar completamente diferente. No entanto, todo dia ele nos distribuía pelos postos de trabalho, fazia medições da produção ao lado de seu encarregado, e balançava a cabeça em sinal de desaprovação. Os resultados eram lamentáveis.

— Ei, você aí, você já conhece o campo de prisioneiros. Mostre como se maneja uma pá — pediu Kotur.

Apanhei a pá e, rachando um pedaço de terra fofa, enchi a carriola. Todos caíram na risada.

— Só os vagabundos trabalham desse jeito.

— Falaremos sobre isso daqui a vinte anos.

Mas não chegamos a falar sobre isso dali a vinte anos. Um novo chefe, Leonid Mikháilovitch Aníssimov, chegou à nossa lavra. Em sua primeira inspeção nas minas, afastou Kotur do trabalho. E Kotur desapareceu...

---

[23] Trata-se da prisão, entre 1937 e 1938, de membros de Partidos comunistas aliados que viviam em Moscou, tanto de comunistas clandestinos em seus países quanto de líderes das organizações comunistas internacionais (da juventude, dos camponeses etc.). (N. da T.)

Nosso chefe de brigada estava sentado numa carriola e não se levantou quando o novo chefe se aproximou. Sem dúvida, a carriola é muito apropriada para o trabalho. Mas sua caçamba é ainda mais apropriada para o descanso. É difícil levantar-se, erguer-se do assento fundo, tão fundo — é preciso força de vontade, força física. Kotur estava sentado na carriola e não se levantou quando o novo chefe se aproximou, não deu tempo. Fuzilado.

Com a chegada do novo chefe — no início, ele era o chefe substituto da lavra —, todos os dias e todas as noites apanhavam homens dos barracões e os levavam embora. Nenhum deles retornou. Aleksándrov, Klivánski... os nomes se esvaíam da memória.

Os novos reforços não possuíam nomes de todo. No inverno de 1938, a chefia decidiu enviar a pé comboios de detentos de Magadan às minas do Norte. De uma coluna de quinhentos homens, ao longo de quinhentos quilômetros, chegaram a Iágodnoie[24] uns trinta ou quarenta. Os demais ficaram pelo caminho — congelados, famintos, fuzilados. Nenhum desses recém-chegados era chamado pelo sobrenome — eram homens de comboios de fora, que não se distinguiam uns dos outros nem pelos trajes, nem pela voz, nem pelas nódoas das bochechas congeladas, nem pelas bolhas dos dedos congelados.

As brigadas se reduziam em número: no caminho para Serpantinka,[25] dia e noite, passavam caminhões da Adminis-

---

[24] Povoado do distrito (*óblast*) de Magadan. (N. da T.)

[25] Serpantinka ou Serpantínnaia, prisão de inquérito localizada em Magadan sob jurisdição do NKVD e do Sevvostlag, acrônimo de *Siêvero-Vostótchni Ispravítelno-Trudovói Lager* (Campo de Trabalho Correcional do Nordeste). (N. da T.)

tração do Norte em missão de fuzilamento e depois voltavam vazios.

As brigadas foram unificadas: faltavam homens, e o governo, que havia prometido fornecer força de trabalho, exigia o cumprimento do plano. Todos os chefes de lavra sabiam que não seriam questionados sobre seus homens. Sem dúvida, o mais valioso são os homens, os quadros permanentes; era o que qualquer chefe aprendia em círculos de estudos políticos, mas a ilustração prática ele recebia nas minas de sua lavra.

Naquela época, o chefe da lavra Partizan da Administração das Minas do Norte era Leonid Mikháilovitch Aníssimov, o futuro grande chefe de Kolimá, que dedicara toda sua vida ao Dalstroi,[26] como chefe da Administração do Oeste e do Tchukotstroi.[27]

Mas foi no campo de prisioneiros da nossa lavra Partizan que Aníssimov começou sua carreira.

Foi justamente sob seu comando que a lavra foi entulhada de escoltas, zonas foram construídas, foi instalado um aparelho de investigadores, começaram os fuzilamentos de brigadas inteiras e de casos individuais. Começaram as chamadas para a contagem do contingente, o remanejamento dos presos, as ordens intermináveis de fuzilamento. Essas ordens eram assinadas pelo coronel Garánin,[28] mas os nomes

---

[26] Acrônimo de *Glávnoie Upravlênie Stroítelstva Dálnego Siêvera*, Administração Central de Obras do Extremo Norte. Submetido ao NKVD, foi um truste estatal, fundado em 1938 no povoado de Sussuman (Magadan), responsável pela mineração na região de Kolimá. (N. da T.)

[27] Acrônimo de *Upravlênie Stroítelstva Tchukotki*, Administração Central de Obras de Tchukotchka, uma das sete administrações do Dalstroi. (N. da T.)

[28] Stepan Garánin (1898-1950). Em 1937 e 1938, foi chefe do Sevvostlag. (N. da T.)

dos homens da lavra Partizan — e havia muitos — eram reunidos e entregues ao coronel por Aníssimov. Partizan era uma área de mineração pequena. Em 1938, havia duas mil pessoas ao todo, conforme o registro do efetivo. Já Verkhi At--Uriakh e Chturmovoi, lavras vizinhas, tinham 12 mil habitantes cada.

Aníssimov era um chefe esforçado. Lembro-me bem de duas conversas pessoais que tive com ele. A primeira aconteceu em janeiro de 1938, quando o cidadão Aníssimov[29] veio presenciar um remanejamento de trabalhos e ficou postado num canto, vendo como seus auxiliares, sob o olhar do chefe, cuidavam dos afazeres mais depressa do que o necessário. Mas, para Aníssimov, não depressa o suficiente.

Enquanto nossa brigada estava sendo alinhada, o contramestre Sótnikov, apontando o dedo na minha direção, tirou-me da fila e colocou-me na frente de Aníssimov.

— Aqui está um vagabundo. Não quer trabalhar.

— Quem é você?

— Sou jornalista, escritor.

— Aqui vai assinar as latas de conservas. Estou perguntando: quem é você?

— Sou mineiro da brigada de Firssov, prisioneiro fulano de tal, pena de cinco anos.

— Por que não trabalha, por que prejudica o país?

— Estou doente, cidadão chefe.

— O que você tem? Um sujeito tão forte!

— É o coração.

— O coração. Sofre do coração. Eu mesmo tenho o coração doente. Os médicos me proibiram o Extremo Norte. No entanto, estou aqui.

— Com o senhor a história é outra, cidadão chefe.

---

[29] Os prisioneiros não podiam se dirigir às autoridades por "camarada". (N. da T.)

Dois encontros 35

— Veja só quantas palavras solta por minuto. O melhor é ficar de bico fechado e trabalhar. Pense melhor, antes que seja tarde. Seu ajuste de contas virá sem falta.

— Entendido, cidadão chefe.

A segunda conversa com Aníssimov aconteceu no verão, durante um temporal, no quarto setor, onde fomos forçados a ficar, completamente ensopados. Estávamos perfurando poços. Por causa do pé-d'água, fazia tempo que tinham deixado a brigada dos *blatares* voltar ao barracão, mas nós éramos os 58[30] e por isso tínhamos que ficar de pé nos poços, que não eram muito fundos, iam até os joelhos. A escolta se protegia da chuva debaixo de um "cogumelo".[31]

Nesse temporal, nesse pé-d'água, Aníssimov, acompanhado do diretor responsável pelas detonações das minas, nos fez uma visita. O chefe veio verificar se estávamos molhados o bastante, e se a sua ordem para os condenados pelo artigo 58 estava sendo executada, homens que não tinham direito a nenhum tipo de dispensa e deveriam preparar-se para o paraíso, o paraíso, o paraíso.

Aníssimov vestia uma capa comprida com um tipo especial de capuz. Ao andar, abanava as luvas de couro.

Eu conhecia o hábito de Aníssimov de bater com as luvas nos rostos dos prisioneiros. Conhecia essas luvas que, no inverno, eram substituídas por uns *krágui*[32] de pele que iam até os cotovelos, conhecia esse hábito de bater com as luvas nos rostos. Já tinha visto essas luvas em ação dezenas de vezes. Falava-se muito sobre essa peculiaridade de Aníssimov

---

[30] O artigo 58 do primeiro Código Penal soviético, de 1922, condenava os crimes políticos, contrarrevolucionários. (N. da T.)

[31] Cobertura geralmente de zinco, com um pé de apoio no meio. (N. da T.)

[32] *Krágui*, luvas inteiriças, apenas com divisão para o polegar, usadas no Extremo Norte. (N. da T.)

nos barracões de detentos da lavra Partizan. Fui testemunha de discussões acaloradas, que por pouco não viravam disputas de sangue: o chefe bate com o punho, as luvas, um bastão, uma bengala, um chicote, ou com o cabo de um revólver? O ser humano é uma criatura complexa. Por um triz as discussões não terminavam em brigas, embora os participantes fossem antigos professores, militantes do Partido, *kolkhózniki*,[33] altos oficiais.

Em geral, todos elogiavam Aníssimov — ele bate, mas quem não bate? Em compensação, as luvas de Aníssimov não deixam equimoses, e se ele chegou a quebrar o nariz de alguém, fazendo-o sangrar, foi porque houve uma "alteração patológica no sistema sanguíneo resultante da detenção prolongada", como um dia explicou um médico que, na época de Aníssimov, não tinha permissão para se ocupar da medicina, sendo obrigado a trabalhar em pé de igualdade com os outros prisioneiros.

Havia me prometido que, se me batessem, seria o meu fim. Eu bateria no chefe e seria fuzilado. Pois é, eu era um rapaz ingênuo. À medida que meu corpo debilitava, meu desejo e meu juízo enfraqueciam. Logo me convenci de que o melhor era aguentar, e não tinha mais ânimo para bater de volta, para o suicídio, para o protesto. Tornei-me um simples *dokhodiaga* e passei a viver segundo as leis psicológicas de um *dokhodiaga*. Só que isso aconteceu muito tempo depois; na época em que me encontrei com o cidadão Aníssimov, eu ainda estava em posse de minhas forças, tinha firmeza de espírito, tinha fé e determinação.

As luvas de couro de Aníssimov se aproximaram e eu preparei a picareta.

---

[33] Camponeses integrantes de um *kolkhoz*, propriedade rural de uso coletivo, cuja parte da produção era direcionada ao governo. (N. da T.)

Mas Aníssimov não me bateu. Seus lindos olhos, grandes e marrom-escuros, se encontraram com os meus, e ele desviou o olhar para um canto.

— Todos eles são assim — disse o chefe da lavra ao seu acompanhante. — Sem exceção. Nada de útil sairá daqui.

(1967)

O TERMÔMETRO DE GRICHKA LOGUN

O cansaço era tanto que, antes de ir para casa, nos sentamos à beira da estrada, sobre a neve. No lugar dos quarenta graus negativos do dia anterior, fazia apenas vinte e cinco, e parecia um dia de verão. Grichka[34] Logun, o mestre de obras do setor vizinho, passou por nós vestindo um casaco curto e desabotoado com forro de pele. Ele levava nas mãos um novo cabo de madeira para a picareta. Grichka era jovem, incrivelmente vermelho e irritadiço. Fora um capataz, ou mesmo um auxiliar de capataz, e agora, com frequência, não conseguia conter a vontade de escorar com os próprios ombros um carro atolado na neve, ajudar a erguer uma tora qualquer, ou mover uma caçamba cheia de terra presa no solo congelado — condutas evidentemente repreensíveis a um mestre de obras. Grichka sempre esquecia que era um mestre de obras.

Ao encontro dele vinha a brigada de Vinográdov, formada por trabalhadores pouco aplicados, parecidos conosco. O pessoal da brigada era como o nosso — antigos secretários de comitês regionais e municipais do Partido, professores titulares e livres-docentes, oficiais de patentes intermediárias...

Temerosos, os homens se encostaram num monte de neve à margem da estrada — estavam voltando do trabalho e

[34] Apelido de Grigóri. (N. da T.)

pararam para dar passagem a Grichka Logun. Mas este também se deteve — a brigada trabalhava em seu setor. Vinográdov, um homem falante, ex-diretor de uma MTS[35] na Ucrânia, destacou-se das fileiras.

Logun já estava longe do lugar onde nos sentávamos e, honestamente, muitas das palavras não eram audíveis, mas tudo era compreensível mesmo sem elas. Gesticulando, Vinográdov explicava alguma coisa a Logun. Daí Logun meteu o cabo da picareta no peito de Vinográdov e este caiu de costas... E não se levantou mais. Logun pulou sobre ele e começou a pisoteá-lo, brandindo o cabo da picareta. Nenhum dos vinte trabalhadores da brigada fez qualquer movimento em defesa de seu chefe. Logun apanhou o chapéu, que havia caído, fez ameaças com o punho e seguiu adiante. Vinográdov levantou-se e continuou caminhando como se nada tivesse acontecido. Os demais — a brigada passou em nossa frente — não expressaram nem compaixão, nem indignação. Ao nos alcançar, Vinográdov torceu os lábios machucados, que sangravam.

— Isso que é termômetro[36] — disse ele.

— "Pisotear" é dançar, no jargão dos *blatares* — disse baixinho Vavilov —, "Ah, casinha, minha casinha...".[37]

— Pois então — disse eu a Vavilov, um amigo que viera comigo da cadeia de Butirka[38] para as minas —, o que me

---

[35] Abreviação de *Machino-Tráktornaia Stántsia* (Estação de Carros e Tratores), empresa soviética de equipamentos agrícolas ativa entre 1928 e 1958, tendo exercido importante papel nos *kolkhozes*. (N. da T.)

[36] Em Kolimá, chamavam de "termômetro" os bastões usados para fustigar os trabalhadores. (N. da T.)

[37] "Akh, vy siéni, moí siéni...", conhecida canção folclórica russa. (N. da T.)

[38] Como era coloquialmente chamada a prisão de inquérito Butírskaia, uma das mais antigas e maiores prisões da Rússia. Situada no bair-

diz? É preciso decidir alguma coisa. Ainda não nos bateram. Mas amanhã pode ser a nossa vez. O que faria se Logun fizesse com você o mesmo que ele fez com Vinográdov, hein?!

— Pelo visto, teria que aguentar — respondeu Vavilov em voz baixa. E compreendi que ele já pensava nessa fatalidade havia tempo.

Depois compreendi que, quando se trata de chefes de brigadas, faxinas[39] e supervisores, ou seja, de homens desarmados, é apenas uma questão de vantagem física. Enquanto sou o mais forte, ninguém me bate, mas basta eu afrouxar e qualquer um baterá. Um faxina bate, um encarregado pelo banho bate, um barbeiro e um cozinheiro batem, um capataz e um chefe de brigada batem, qualquer *blatar* bate, mesmo o mais fraco. A vantagem física da escolta está em seus rifles.

A força do chefe que me bate está na lei, na justiça, no tribunal, na guarda, no exército. Para ele, não é difícil ser mais forte do que eu. A força dos *blatares* está em seu número, em sua "irmandade", em nome da qual, sem pestanejar, são capazes de esfaqueá-lo (como incontáveis vezes presenciei). Mas ainda tenho forças. O chefe, a escolta, o *blatar*, estes podem até me bater, mas o faxina, o capataz e o barbeiro ainda não podem comigo.

Certa vez Poliánski, em outros tempos um esportista e que recebia muitas remessas de alimentos mas jamais dividia, sequer um pedacinho, com quem quer que fosse, disse-me com reprovação que simplesmente não compreendia como

---

ro Tverskaia, na região central de Moscou, a Butirka recebeu escritores como Varlam Chalámov e Óssip Mandelstam. (N. da T.)

[39] Chamavam de "faxina" (*dneválnii*) o preso ou a presa responsável pela manutenção geral dos barracões, escritórios etc., o que era considerado um trabalho leve. Os faxinas cuidavam da limpeza, faziam pequenos consertos, traziam água fervente etc. (N. da T.)

O termômetro de Grichka Logun   41

as pessoas podiam chegar a tal estado ao apanhar e se indignou com minhas objeções. Não havia passado nem um ano quando reencontrei Poliánski, agora um *dokhodiaga*, um *fitil*,[40] um catador de guimbas, capaz de passar a noite toda coçando os calcanhares de algum chefe *blatar* em troca de um prato de sopa.

Poliánski era honesto. Certas angústias secretas o dilaceravam, e eram tão intensas, persistentes e lancinantes que conseguiam abrir caminho através do gelo, da morte, através da indiferença e das surras, através da fome, da insônia e do medo.

Um feriado se aproximava, e éramos obrigados a ficar trancafiados — isso era chamado de "isolamento de feriado". Era justamente nesses isolamentos que alguns homens se encontravam e se conheciam, que se abriam uns com os outros. Por mais medonho e humilhante que esse isolamento fosse para os condenados pelo artigo 58, ainda era mais suportável que o trabalho. Afinal, o isolamento era um descanso, mesmo que por um minuto, e quem naquela época poderia saber se precisaríamos de um minuto, de um dia, de um ano ou de um século para recuperarmos a forma anterior? O estado de espírito anterior nem cogitávamos recuperar. E não recuperamos, é claro. Nenhum de nós. Poliánski, então, era honesto, meu vizinho de tarimba e companheiro de isolamento.

— Faz tempo que estou para perguntar uma coisa.
— Que coisa?
— Alguns meses atrás eu olhava para você, para como você caminhava; como não conseguia saltar uma tora postada em seu caminho, sendo obrigado a contorná-la, quando qualquer cachorrinho seria capaz de saltá-la; como você ar-

---

[40] *Fitil*, sinônimo de *dokhodiaga*, caracteriza pessoa muito magra cujas forças se extinguiram. (N. da T.)

rastava os pés pelas pedras e pequenas irregularidades; como o mínimo ressalto no caminho lhe parecia um obstáculo intransponível, provocando palpitações e respirações ofegantes e exigindo um descanso prolongado; eu olhava para você e pensava: aqui está um indolente, um preguiçoso, um miserável calejado, um simulador.

— Então, depois compreendeu?

— Depois compreendi. Compreendi. Quando eu mesmo enfraqueci. Quando todos passaram a me dar empurrões e a me bater, mas, para um homem, não há nada melhor do que a sensação de saber que existe alguém ainda mais fraco, ainda pior do que ele.

— Por que os *udárniki*[41] são sempre convidados para as reuniões, por que a força física é uma medida moral? Ser fisicamente mais forte significa ser um homem melhor, moralmente, eticamente superior a mim. Pudera, enquanto esse homem levanta um bloco de dez *pudes*,[42] eu me curvo ao erguer uma pedra de meio *pud*.

— Compreendi tudo isso e queria lhe contar.

— Obrigado por isso.

Logo Poliánski morreu: caiu num canto qualquer da mina. O chefe da brigada havia-lhe dado um soco no rosto. Não foi Grichka Logun, mas um dos nossos, Firssov, um militar condenado pelo artigo 58.

Lembro-me bem da primeira vez que me bateram. O primeiro dos milhares de bofetões que passei a tomar, dia e noite.

Não é possível me lembrar de todos os bofetões, mas do primeiro me lembro nitidamente; depois da conduta de Gri-

---

[41] *Udárniki*, plural de *udárnik*, designava os trabalhadores que alcançavam os melhores resultados em suas tarefas, que batiam recordes de produção. (N. da T.)

[42] Medida antiga: um *pud* equivale a 16,38 kg. (N. da T.)

O termômetro de Grichka Logun   43

chka Logun, depois da humilhação de Vavilov, estava preparado para isso.

No meio da fome, do frio, de quatorze horas de trabalho por entre as brumas brancas e geladas de uma galeria de pedras de ouro, de repente brotou algo diferente, uma espécie de felicidade, de esmola dada de passagem — só que a dádiva não era nem pão nem remédio, mas tempo, um descanso inesperado.

Em nosso setor, o encarregado e capataz era Zúiev, um trabalhador contratado, um ex-*zek*[43] que já tinha estado na pele de um preso.

Havia algo nos olhos negros de Zúiev, talvez uma expressão de compaixão pelo destino amargo dos homens.

Poder é corrupção. Um animal feroz escondido no íntimo do homem que, uma vez solto dos grilhões, busca, em surras e homicídios, a satisfação voraz de sua essência humana imemorial.

Não sei se é possível encontrar satisfação ao assinar uma sentença de fuzilamento. Provavelmente, há também algum prazer sombrio nisso, uma fantasia que não pretende se justificar.

Já vi homens, e não poucos, que numa época ordenavam fuzilamentos e que depois acabaram sendo fuzilados. Não havia nada além de covardia, além de gritos: "Há um

---

[43] Acrônimo de *zakliutchióni* (preso, detento) *kanaloarmêiets*, usado em documentos oficiais desde os anos 1920 para designar os prisioneiros de campos de trabalhos forçados (também aparece como *zeka* ou *zek*, pronúncia de *z/k*; o plural é "*z/k z/k*"). O termo *kanaloarmêiets* foi adotado durante a construção do Canal Mar Branco-Báltico (Belomorkanal) entre 1931 e 1933. Antes, possivelmente, *zek* era acrônimo de *zakliutchióni krasnoarmêiets*, daí ligado ao Exército Vermelho. Utilizado por escritores, a sigla *zek* traz principalmente a conotação de uma condenação injusta. (N. da T.)

erro aqui, não sou eu quem deve morrer em nome do Estado, eu mesmo posso matar!".

Não conheci os homens que davam ordens de fuzilamentos. Só os via de longe. Mas penso que a ordem de fuzilamento se baseia no mesmo estado de ânimo, no mesmo princípio espiritual do ato de fuzilamento, do massacre realizado pelas próprias mãos.

Poder é corrupção.

O inebriamento que o poder suscita nas pessoas, a impunidade, o escárnio, a humilhação, os incentivos... — eis a medida de moralidade da carreira de um chefe.

Mas Zúiev batia menos do que os outros — tivemos sorte.

Assim que nossa brigada chegou, amontoou-se atrás da saliência de uma rocha para proteger-se do vento brusco e cortante. Cobrindo o rosto com suas luvas inteiriças, Zúiev, o capataz, aproximou-se de nós. As frentes de trabalho foram definidas, mas eu fiquei sem ocupação.

— Tenho uma solicitação a fazer — disse Zúiev, sufocado na própria ousadia —, uma solicitação. Não é uma ordem! Escreva um requerimento a Kalínin[44] em meu nome. Para revogarem minha condenação. Vou explicar do que se trata.

Uma estufa ardia na pequena guarita do capataz, cuja entrada era proibida aos nossos irmãos — expulsavam a pontapés e a bofetões qualquer trabalhador que se atrevesse a abrir a porta para sorver, mesmo que por um instante, esse hálito quente de vida.

---

[44] Mikhail Kalínin (1875-1946), político do alto escalão da URSS. Entre outras funções, foi membro do Politburo (Comitê Central do Partido Comunista) de 1926 a 1946. Kalínin ficou conhecido como "decano de toda a Rússia" e recebia muitos pedidos da população. (N. da T.)

O termômetro de Grichka Logun

Um instinto selvagem nos impelia à porta almejada. Inventávamos pretextos: "Que horas são?"; perguntas: "A mina segue à direita ou à esquerda?", "Posso acender um cigarro?", "Zúiev está aqui? E Dobriakóv?".

Mas essas solicitações não enganavam a ninguém da guarita. Os que apareceriam por entre a porta eram devolvidos ao frio a pontapés. Mesmo assim, desfrutaram um minuto de calor...

Dessa vez, não me expulsaram, e eu me sentei ao lado da própria estufa.

— Quem é, um advogado? — alguém resmungou com desdém.

— Sim, foi recomendado, Pável Ivánovitch.

— Ora, ora — disse um capataz superior, condescendente com as necessidades de seu subordinado.

Zúiev havia cumprido sua pena desde o ano anterior, um processo simples de aldeia envolvendo uma pensão alimentícia com os pais, que tiveram papel decisivo na prisão do filho. Restava pouco tempo para o fim da pena de Zúiev quando a chefia conseguiu transferi-lo para Kolimá. A colonização deste território exige linha dura na criação de todo tipo de obstáculo para impedir a partida de lá, apoio do Estado e vigilância permanente sobre a entrada, sobre o fornecimento de pessoas. Um comboio de prisioneiros é o meio mais simples para povoar esta terra nova e áspera.

Zúiev queria ajustar as contas com o Dalstroi e pediu que retirassem sua condenação, que o deixassem ao menos ir para o continente.

Para mim, não foi fácil escrever, e não apenas porque as mãos calejaram, porque os dedos curvaram conforme os cabos das pás e das picaretas e era incrivelmente difícil endireitá-los; só era possível envolvendo o lápis e a caneta num trapo grosso qualquer, para que este tomasse a forma da picareta ou da pá.

Depois de intuir o que fazer, achei-me pronto para traçar as letras.

Também não foi fácil escrever porque o cérebro calejara como as mãos, porque sangrava como elas. Era preciso avivar, ressuscitar as palavras, que, conforme eu julgava, tinham saído da minha vida para sempre.

Escrevi a carta suando, contente. Na guarita estava quente, e na hora os piolhos começaram a se mexer, correndo pelo meu corpo. Fiquei com medo de me coçar e, com isso, ser mandado de volta ao frio; como um piolhento, tinha medo de suscitar asco em meu salvador.

À noite terminei de redigir o requerimento a Kalínin. Zúiev me agradeceu e deu-me uma ração de pão. Era preciso comer a ração de imediato — tudo o que podia ser consumido na hora não deveria ser deixado para o dia seguinte; quanto a isso, eu já tinha sido instruído.

O dia estava terminando — segundo os relógios dos capatazes, pois as brumas brancas eram as mesmas, tanto à meia-noite quanto ao meio-dia —, e fomos levados para casa.

Deitei-me e, como sempre, tive o sonho recorrente de Kolimá — blocos de pães pairando no ar, entulhando todas as casas, todas as ruas, toda a terra.

De manhã esperei o encontro com Zúiev — quem sabe ganharia um cigarro.

E Zúiev apareceu. Sem se esconder da brigada, da escolta, pôs-se a urrar tirando-me do abrigo contra o vento:

— Você me enganou, filho de uma cadela!

Ele havia lido o requerimento de noite. Não tinha gostado. Seus colegas, os capatazes, também tinham lido o requerimento e também não estavam satisfeitos. Muito seco. Poucas lágrimas. Inútil apresentar um requerimento assim. Kalínin não ficaria comovido com uma tolice dessas.

Eu não conseguia, não conseguia espremer do meu cérebro ressecado pelo campo de prisioneiros nenhuma palavra supérflua. Não conseguia reprimir o ódio. Não tinha dado conta desse trabalho, e não porque havia uma lacuna muito grande entre a liberdade e Kolimá, não porque minha mente estava cansada, desfalecida, e sim porque, no lugar em que vivem os adjetivos cheios de entusiasmo, nada mais existia além de ódio. Pensem em como o pobre Dostoiévski, durante os dez anos de serviço militar, depois da *Casa dos mortos*,[45] passou a escrever cartas aflitivas, lamuriosas, suplicantes, mas que tocavam a alma dos chefes. Dostoiévski chegou até a escrever uns versos à imperatriz.[46] Só que na *Casa dos mortos* não havia Kolimá. Ou Dostoiévski teria acabado no mutismo, no mesmo mutismo que não me permitiu escrever o requerimento de Zúiev.

— Você me enganou, filho de uma cadela! — berrou Zúiev. — Vou mostrar o que acontece quando me enganam!

— Eu não enganei...

— Passou o dia sentado na guarita, no calor. É por sua causa que tenho que pagar essa pena, seu patife, por causa da sua vagabundagem! E eu que pensei que fosse um homem!

— Sou um homem — sussurrei com hesitação, movendo os lábios azuis congelados.

— Agora vou mostrar que tipo de homem você é!

Zúiev me deu uma com a mão, e eu senti um leve toque, quase imperceptível, não mais forte do que uma rajada de vento, como a que mais de uma vez me levou ao chão das minas.

---

[45] Referência a *Recordações da casa dos mortos* (1860-61), em que Fiódor Dostoiévski narra sua experiência na prisão de Omsk, na Sibéria, onde esteve entre 1850 e 1854. Dostoiévski foi condenado à morte em 1849 por participar do Círculo de Petrachévski, mas teve a pena comutada na hora da execução. Depois de sair de Omsk, cumpriu alguns anos de serviço militar no Cazaquistão. (N. da T.)

[46] Dostoiévski escreveu um poema depois da morte de Nicolau I, em 1855, e o endereçou à viúva, a imperatriz Alexandra. (N. da T.)

Eu caí e, cobrindo-me com as mãos, passei a língua em algo doce e pegajoso que surgira no canto dos meus lábios.

Zúiev deu uns pontapés em meus flancos com os *válenki*,[47] mas não senti dor.

(1966)

---

[47] *Válenki*, botas de feltro, usadas na neve. (N. da T.)

A BATIDA

Com quatro soldados dentro, o Willys,[48] desviou-se bruscamente para fora da via e, acelerando, trepidava sobre as colinas próximas ao hospital, sobre uma estrada vacilante, traiçoeira e coberta de calcário branco. O Willys abria o caminho para o hospital, e o coração de Krist começou a palpitar alarmado, assim como palpitava quando ia encontrar a chefia, a escolta, o destino. O Willys deu um arranco e atolou no pântano. Da via até o hospital havia uns quinhentos metros. Este trechinho de estrada havia sido construído pelo médico-chefe do hospital usando um recurso econômico: o sistema estatal dos sábados comunistas,[49] que em Kolimá eram chamados de *udárniki*. O mesmo sistema usado em todas as obras do plano quinquenal. Os doentes que convalesciam eram levados a essa estrada e carregavam uma pedra, duas pedras, uma padiola de brita. Os auxiliares de enfermagem, escolhidos entre os doentes — um hospitalzinho para prisioneiros não poderia

[48] Os jipes norte-americanos Willys foram transferidos em grande quantidade (cerca de 80 mil) à URSS pelo *lend-lease*, programa que forneceu armas e suprimentos aos países Aliados durante a Segunda Guerra Mundial. (N. da T.)

[49] No original, *subbótnik*, de *subbota* (sábado), termo que designava o trabalho voluntário realizado nos dias livres (no começo, aos sábados) em prol da comunidade. A instituição dessa prática se deu em 1919, durante a Guerra Civil (1918-1921), com o incentivo de Lênin. (N. da T.)

contar com um quadro de funcionários efetivos —, prestavam esse serviço sem fazer objeções; do contrário, a lavra, as minas de ouro, estaria à sua espera. Os que trabalhavam no setor cirúrgico nunca eram enviados aos sábados comunistas — os dedos arranhados e feridos inutilizavam essas pessoas por um bom tempo. Mas foi preciso um decreto de Moscou para que a chefia do campo de prisioneiros se convencesse disso. Esse privilégio, não trabalhar nos sábados comunistas, era motivo de uma inveja doentia e insensata por parte dos outros prisioneiros. Era a impressão que dava, mas que motivo teriam para inveja? Que gastassem duas ou três horas nisso, como todo mundo, que diferença faria? Mas o que acontecia era que, enquanto seus camaradas eram liberados desse trabalho, você não era. E isso era injusto demais, levava-se essa afronta por toda a vida.

Os doentes, os médicos, os auxiliares de enfermagem, cada qual apanhava uma pedra, às vezes duas, ia até a beira do brejo e jogava as pedras no pântano.

Com esse mesmo método Gengis Khan construía estradas e aterrava mares, só que Gengis Khan tinha mais homens do que o médico-chefe do Hospital Central Regional para Detentos, como o estabelecimento era pomposamente chamado.

Gengis Khan tinha mais homens e também aterrava mares, mas não um solo que degelava apenas durante o curto verão de Kolimá.

No verão a estrada era muito pior que no inverno, não era possível substituir a neve e o gelo. Quanto mais o pântano degelava, mais fundo se tornava, mais pedras exigia; e nem uma fileira inteira de doentes trabalhando por três verões daria conta de preencher o leito da estrada solidamente. Somente perto do outono, quando a terra começava a solidificar pela ação do frio e o degelo interrompia, era possível obter sucesso dessa obra gengiskhaniana. Fazia tempo que

A batida

o caráter irremediável desse intento estava claro para o médico-chefe, assim como para os doentes, mas todos já estavam habituados a esse trabalho sem sentido.

Todo verão, os doentes que convalesciam, os médicos, os enfermeiros e os auxiliares carregavam pedras para essa maldita estrada. O pântano dava estalidos, abria-se e sorvia, sorvia as pedras até o fundo. A estrada, coberta de calcário branco e cintilante, era revestida de forma instável.

Era uma relva lamacenta, um brejo, um pântano intransitável, e a pequena estrada polvilhada de calcário branco apenas indicava o caminho, apenas esboçava a direção a seguir. Um prisioneiro, um chefe, um guarda da escolta só conseguiam atravessar esses quinhentos metros indo de placa em placa, de pedra em pedra, mudando de pé, dando saltos. O hospital ficava numa colina: uma dezena de barracões térreos expostos aos quatro ventos. E não era cercado por uma zona de arame farpado. Atrás dos pacientes que recebiam alta era enviada uma escolta da administração, que ficava a seis quilômetros do hospital.

O Willys acelerou, deu um solavanco e atolou de vez. Os soldados saltaram do carro, e Krist viu algo inusitado. Dragonas novas em folha em velhos capotes militares. E um dos homens que saiu do carro tinha nos ombros umas dragonas prateadas... Era a primeira vez que Krist via dragonas.[50] Só em cenas de filmes ele as tinha visto, apenas no cinema, na tela, em revistas como O Sol da Rússia.[51] Além disso, depois da revolução, na província onde Krist tinha nascido, arrancaram as dragonas dos ombros de um oficial que

---

[50] As dragonas dos uniformes tsaristas deixaram de ser usadas pelo Exército Vermelho. Só voltaram a utilizá-las durante a Segunda Guerra Mundial. (N. da T.)

[51] *Sólntse Rossii*, semanário ilustrado de São Petersburgo. Foi publicado entre os anos 1910 e 1916. (N. da T.)

fora apanhado de noite na rua em posição de sentido diante de... Diante de quem estava o oficial? Isso Krist não lembrava. Depois da primeira infância, vieram uma puberdade e uma juventude que a cada ano acumulavam tantas impressões, tão duras e reais, que seriam capazes de preencher dezenas de vidas. Mas Krist não imaginava que oficiais e soldados cruzariam seu caminho. Agora, um oficial e seus soldados estavam tirando o Willys do pântano. Mas em lugar nenhum se via um operador de câmera, em lugar nenhum se via um diretor chegando a Kolimá para encenar uma peça contemporânea. As encenações locais eram representadas invariavelmente com a participação de Krist — com as outras ele não se metia. Era evidente que o Willys, os soldados e o oficial que apareceram ali estavam atuando numa cena da qual o próprio Krist fazia parte. O homem das dragonas era um suboficial. Não, agora chamam de outra maneira: tenente.

O Willys atravessou a parte mais instável do caminho e se aproximou a toda do hospital, parando em frente à padaria, onde um padeiro perneta, abençoando o destino por sua invalidez, por seu coxear, levantou-se num sobressalto, fazendo uma saudação militar ao oficial que saía da cabine do Willys. Nos ombros do oficial brilhavam belas estrelinhas prateadas, duas estrelinhas novas em folha. O oficial saltou do Willys, e o vigia perneta fez um rápido movimento, aproximou-se mancando e, dando um pulinho, parou meio de lado. Mas o oficial, com firmeza e simpatia, segurou o perneta pelo *buchlat*.

— Não é necessário.
— Cidadão chefe, permita-me...
— Já disse que não é necessário. Volte à sua padaria. Vamos nos arranjar sozinhos.

O tenente gesticulou, indicando à direita e à esquerda, e três soldados saíram correndo, cercando o povoado, que de súbito se tornou ermo e silencioso. O motorista desceu do

A batida 53

carro. O tenente, acompanhado pelo quarto soldado, irrompeu no patamar da entrada do setor cirúrgico.

Martelando com os saltos das botas militares, a médica-chefe, que o vigia perneta não conseguira advertir a tempo, descia a colina.

O tenente, um rapaz de vinte anos, era o chefe de um posto independente do campo de prisioneiros, um ex-combatente que se livrou do *front* graças a uma hérnia estrangulada, ou melhor, talvez apenas dissessem isso, o mais provável é que o motivo da dispensa não tivesse sido uma hérnia, mas um pistolão, uma mão poderosa que transferira o tenente dos tanques de Guderian[52] para Kolimá, dando-lhe também uma recomendação para uma patente superior.

A mineração precisava de homens, de muitos homens. A extração predatória e brutal de ouro, antes proibida, era agora estimulada pelo governo. O tenente Solovióv tinha sido enviado para provar sua perícia, sua estratégia, seu conhecimento: sua autoridade.

Os chefes da administração do campo não cuidavam pessoalmente do envio dos comboios de presos, não examinavam os prontuários médicos, não olhavam os dentes dos homens ou dos cavalos, não apalpavam os músculos dos escravos.

No campo, tudo isso era feito pelos médicos.

O efetivo dos prisioneiros, a força de trabalho das lavras, minguava dia após dia no verão de Kolimá, e ao fim de cada noite menos gente saía para o trabalho. Os homens das minas de ouro acabavam "debaixo da colina", no hospital.

---

[52] Heinz Wilhelm Guderian (1888-1954), militar e teórico do exército alemão. Durante a Segunda Guerra Mundial, ocupou vários cargos importantes, chegando, em 1940, a General das Tropas Panzer (veículos blindados) e depois a *Generaloberst* (coronel-general) da Wehrmacht. Guderian esteve na Batalha de Moscou (1941-1942), quando a Alemanha nazista invadiu a URSS. (N. da T.)

A administração regional já tinha espremido todo o possível muito tempo atrás, já tinha dispensado a quem podia, salvo, naturalmente, seus ajudantes pessoais ou, como eram chamados em Kolimá, seus faxinas: os faxinas dos chefes superiores, os cozinheiros e os empregados escolhidos entre os detentos. Limparam tudo, em toda parte. Apenas uma unidade sob o comando do jovem chefe não tinha dado o retorno devido: o hospital! E era lá que se ocultavam as reservas. Era lá que médicos criminosos escondiam simuladores.

Nós, as reservas, sabíamos a troco de que o jovem chefe tinha vindo ao hospital, a troco de que seu Willys tinha se aproximado dos portões. Embora o hospital não tivesse nem cerca, nem portão. O hospital da região situava-se no meio de um pântano na taiga, no alto de uma colina; dois passos para o lado[53] e viam-se mirtilos, tâmias e esquilos. O hospital era chamado de *Bielka*,[54] mesmo que lá já não houvesse sequer um esquilo. Entre as colinas, sob o musgo macio e rubro, corria um córrego gelado. O córrego desembocava num riozinho, e era ali que ficava o hospital. Nem o córrego, nem o riozinho tinham nome.

O tenente Solovióv estudou a topografia do terreno enquanto planejava sua operação. Para cercar um hospital como esse, situado num pântano da taiga, nem um destacamento de soldados seria o bastante. A estratégia deveria ser outra. Os conhecimentos militares do tenente não lhe davam sossego, procuravam uma saída num jogo mortal que não admitia derrotas, num combate contra o mundo de prisioneiros privados de seus direitos.

---

[53] Ironia feita com uma expressão usada pelas escoltas: "Dois passos para o lado e atiraremos sem pestanejar". (N. da T.)

[54] *Bielka* significa "esquilo" em russo. (N. da T.)

Este jogo de caça agitava o sangue de Solovióv: a caça de homens, a caça de escravos. O tenente não estava à procura de analogias literárias — era um jogo militar, uma operação idealizada por ele muito tempo atrás, o seu dia D.

O guarda da escolta conduziu os homens, o butim de Solovióv, para fora do hospital. Todos os que estavam vestidos, os que o chefe encontrou em pé, fora dos leitos, e os que foram tirados da cama com um bronzeado que parecia suspeito ao tenente foram levados até o depósito onde o Willys tinha sido estacionado. O motorista sacou o revólver.

— Quem é você?
— O médico.
— Para o depósito! Ali veremos.
— Quem é você?
— O enfermeiro.
— Para o depósito!
— Quem é você?
— O auxiliar de enfermagem da noite.
— Para o depósito.

O tenente Solovióv conduzia pessoalmente a operação de suprimento da força de trabalho nas lavras de ouro.

Vasculhou pessoalmente todos os armários, todos os sótãos, todos os porões que, segundo seu julgamento, poderiam dar resguardo àqueles que queriam esconder-se do metal, do "primeiro metal".

O vigia perneta também foi levado ao depósito — ali veremos.

Quatro mulheres, enfermeiras, foram levadas ao depósito. Ali veremos.

Foram reunidas oitenta e três pessoas, que ficaram em pé, espremidas, perto do depósito.

O tenente fez um breve discurso:
— Vou mostrar como se monta um comboio. Vamos acabar com este covil. Os papéis!

O motorista tirou do porta-mapas do chefe algumas folhas de papel.

— Médicos, avancem!

Três médicos avançaram — o hospital não tinha mais nenhum.

Dois dos enfermeiros avançaram — as quatro restantes ficaram na fila. Solovióv tinha nas mãos a lista do efetivo do hospital.

— Mulheres, avancem! Os demais: aguardem!

Solovióv fez uma ligação no telefone do escritório do hospital. Os dois caminhões reservados por ele na véspera já estavam a caminho.

Solovióv apanhou um lápis-tinta e papel.

— Aproximem-se para fazer a inscrição. Não precisamos do artigo nem da pena. Só o sobrenome — ali veremos. Vamos!

O chefe compôs a lista do comboio de próprio punho — um comboio para o ouro, para a morte.

— Sobrenome?

— Estou doente.

— O que ele tem?

— Poliartrite — disse a médica-chefe.

— Bem, desconheço esses termos. Um sujeito tão forte. Para a lavra.

A médica-chefe nem se pôs a discutir.

Krist estava no meio do grupo, e um rancor familiar martelava entre suas têmporas. Ele já sabia o que era preciso fazer.

Krist ficou ali parado, pensando tranquilamente. Veja, chefe, desconfiam de você; você revista pessoalmente os sótãos do hospital, inspeciona, com seus olhos claros, debaixo de cada leito. Você bem que poderia apenas dar as ordens, e todos seriam enviados às minas sem este espetáculo. Mas, já que você, chefe, o dono da força de trabalho da mineração,

A batida

escreve listas de próprio punho, caça os presos com as próprias mãos... então vou mostrar como é que se foge. Se me dessem ao menos um minuto para juntar minhas coisas...
— Cinco minutos para os preparativos! Depressa!
Eis as palavras que Krist tanto esperava ouvir. Ao entrar no barracão onde morava, não pegou todas as suas coisas, apenas a *telogreika*, a *uchanka*, um naco de pão, fósforos, *makhorka*[55] e jornal; colocou seus tesouros no bolso da camisa e enfiou uma lata de conservas vazia no bolso da *telogreika*; em seguida, pôs-se a caminho, só que não em direção ao depósito, mas a um barracão, à taiga, esquivando-se facilmente da sentinela, que achava que a operação militar, a caça, já havia terminado.

Krist andou por uma hora inteira córrego acima, até achar um lugar seguro; então, deitou-se sobre o musgo seco e esperou.

Qual tinha sido seu cálculo? O cálculo tinha sido o seguinte: se fosse uma simples batida, qualquer um que fosse achado na rua seria metido no carro e levado à lavra, mas não fariam o carro esperar até de noite apenas por causa de um homem. Agora, se fosse uma caça dirigida, iriam ao encalço de Krist de noite, não o esperariam voltar ao hospital, fariam de tudo para alcançá-lo, nem que fosse preciso desenterrá-lo, e depois o enviariam para a lavra com os outros.

Não dariam uma pena adicional por uma infração dessas. Já que nenhuma bala o pegara enquanto fugia, já que não atiraram nele, Krist poderia voltar a ser um auxiliar de enfermagem. No entanto, se estivessem precisando atrás dele, a médica-chefe o enviaria para a lavra, mesmo sem a presença do tenente Solovióv.

Krist pegou um punhadinho de água, tomou-a, fumou um cigarro encoberto pela manga e deitou-se; quando o sol

---

[55] Tabaco forte de qualidade ruim. (N. da T.)

começou a cair, foi descendo o vale, ao longo do riozinho, rumo ao hospital.

Na calçada de madeira encontrou a médica-chefe. Ela sorriu, e Krist compreendeu que viveria. O hospital morto e deserto renascia. Novos doentes vestiam os velhos aventais e eram designados para auxiliares de enfermagem, começando a trilhar, talvez, o caminho para sua salvação. Os médicos e os enfermeiros distribuíam os remédios, mediam a temperatura, tiravam o pulso dos doentes em estado grave.

(1965)

CORAGEM NOS OLHOS

O mundo dos barracões ficava espremido por um desfiladeiro estreito e montanhoso. Limitado pelo céu e pela pedra. Aqui, o passado surgia por detrás da parede, da porta, da janela; dentro, ninguém se lembrava de nada. Dentro havia o mundo do presente, o mundo das miudezas cotidianas, que nem poderia ser chamado de fútil, pois dependia de uma vontade alheia, não da nossa.

Saí desse mundo pela primeira vez por uma trilha de urso.

A nossa base era de prospecção, e a cada curto verão tínhamos tempo de realizar algumas incursões na taiga — caminhadas de cinco dias, seguindo o curso dos riachos, das nascentes de minúsculos rios sem nome.

Para os que ficavam na base — valas, escavações, poços; para os que saíam em caminhada — a coleta de amostras. Os que ficavam na base eram um pouco mais robustos, os que saíam em caminhada — mais fracos. Ou seja, era o eterno polemista Kalmáiev — que buscava a justiça, que dizia "Não".

Na prospecção construíam barracões, e na floresta rala de taiga juntavam toras de oito metros de lariços serrados — um trabalho para cavalos. Mas não havia cavalos, e todos os troncos eram arrastados pelas pessoas, com correias, com cordas, à maneira dos *burlaks*[56] — um, dois e já. Kalmáiev não gostou desse trabalho.

[56] Trabalhadores que, andando pela beira do rio, puxavam as em-

— Estou vendo que vocês precisam de um trator — disse ele ao capataz Bistróv. — Então prendam um trator e aí reboquem, arrastem as árvores. Não sou um cavalo.

O segundo era o quinquagenário Pikulióv — siberiano, carpinteiro. Não havia entre nós pessoa mais mansa que ele. Mas o capataz Bistróv, com seu olho experiente, treinado no campo, percebeu um pormenor de Pikulióv.

— Que carpinteiro é você — dizia Bistróv a Pikulióv —, que vive procurando um lugar para encostar o traseiro? Mal termina um trabalho, não fica em pé nem um minuto, não dá nem um passo, já vai sentando num tronco.

Estava difícil para o velho, mas a fala de Bistróv era convincente.

O terceiro era eu — uma velha malquerença de Bistróv. Ainda no inverno, ainda no inverno passado, quando me levaram pela primeira vez para o trabalho, e fui até o capataz, Bistróv disse, repetindo com prazer seu chiste preferido, no qual punha todo seu ânimo, todo seu imenso desprezo, aversão e ódio a gente como eu:

— Que trabalho o senhor vai querer: leve ou pesado?

— Tanto faz.

— O leve está em falta. Vai ter que cavar um fosso.

E mesmo que eu conhecesse perfeitamente esse dito, mesmo que soubesse fazer tudo — podia fazer qualquer trabalho tão bem quanto os outros e podia até ensinar —, o capataz Bistróv me tratava com inimizade. Eu, obviamente, não lhe pedia nada, não o "afagava", não lhe dava nem prometia propina — seria possível dar álcool para Bistróv. Às vezes recebíamos álcool. Mas, resumindo, quando se precisou de uma terceira pessoa para a caminhada, Bistróv disse meu nome.

---

barcações contra a corrente. Esse trabalho existiu na Rússia até o início do século XX. (N. da T.)

O quarto era um trabalhador livre, o geólogo contratado Makhmútov.

O geólogo era jovem, sabia tudo. No caminho, ele chupava ora açúcar, ora chocolate, comia separado de nós, tirando do saquinho bolachas, conservas. Nos prometera caçar uma perdiz ou um tetraz e, de fato, duas vezes no caminho ouvimos as asas não de um simples tetraz, e sim as asas pintadas de um tetraz-grande, mas o geólogo atirava com afobação e errava a pontaria. Não sabia atirar numa ave em voo. A esperança de que iriam matar uma ave para nós foi pelos ares. As conservas de carne eram cozinhadas para o geólogo num caldeirão separado, mas isso não era considerado contrário aos costumes. Nos barracões dos detentos ninguém exigia que a comida fosse repartida e, além disso, nesse caso havia a situação bem particular de dois mundos distintos. Mas mesmo assim, à noite, acordávamos os três, Pikulióv, Kalmáiev e eu, por causa do estalido dos ossos, do barulho da mastigação e dos arrotos de Makhmútov. Mas isso não nos irritava muito.

A esperança de obter caça foi destruída já no primeiro dia. Ao cair da noite, montávamos a barraca na beira de um riacho que se estendia aos nossos pés feito uma fina linha prateada, e na outra margem havia um capim cerrado, uns trezentos metros de capim cerrado até a próxima margem escarpada... Esse capim crescia no leito de um outro riacho — na primavera tudo ao redor ficava inundado, e o prado, uma espécie de várzea de montanha, verdejava agora com todo vigor.

De repente todos ficaram alertas. A escuridão ainda não se adensara. Um animal se movia pelo capim, e o fazia balançar — um urso, um glutão, um lince. Todos viam os movimentos no mar de capim: Pikulióv e Kalmáiev pegaram os machados, enquanto Makhmútov, sentindo-se um personagem de Jack London, tirou do ombro e colocou na posição de tiro sua espingarda de pequeno calibre carregada com *jakán*, um pedaço de chumbo para o caso de encontrarmos um urso.

Mas os arbustos terminaram e, arrastando-se sobre a barriga, abanando o rabo, aproximou-se de nós o cãozinho Heinrich — filho da nossa falecida cadela Tamara.

O filhote varou vinte quilômetros na taiga até nos alcançar. Após refletirmos, botamos o filhote para correr. Ele custou a entender porque o recebíamos de forma tão cruel. Mas acabou entendendo e voltou a se arrastar em direção ao capim, e o capim voltou a se mexer, dessa vez em sentido contrário.

A escuridão se adensou, e o dia seguinte começou com sol e vento fresco. Subíamos pelas bifurcações de inúmeros, infinitos riachinhos, procurávamos deslizamentos nas encostas, a fim de levar Makhmútov até os afloramentos, para que o geólogo lesse os sinais do carvão. Mas a terra se calava, e seguimos pela trilha de urso — não havia outro caminho em meio a essas árvores derrubadas, em meio a esse caos que ventanias de vários séculos formaram no desfiladeiro. Kalmáiev e Pikulióv foram arrastando a barraca riacho acima, enquanto eu e o geólogo entramos na taiga, achamos uma trilha de urso e, abrindo caminho entre as árvores derrubadas, começamos a subir por ela.

Os lariços estavam cobertos de bolor, o cheiro das agulhas se fazia sentir por trás do fino odor de putrefação dos troncos mortos — o mofo também parecia primaveril, verde, também parecia vivo, os troncos mortos expeliam cheiro de vida. O mofo verde no tronco parecia vivo, parecia um símbolo, um sinal da primavera. Enquanto, na realidade, é a cor da decrepitude, a cor da putrefação. Mas Kolimá nos fazia perguntas mais difíceis que essa, e a semelhança entre a vida e a morte não nos desnorteava.

A trilha era segura, antiga, uma trilha de urso testada. Naquele momento, pela primeira vez desde a criação do mundo, seres humanos seguiam por ela, um geólogo com uma espingarda de pequeno calibre e um martelo de geólogo nas mãos, e eu atrás com um machado.

Era primavera, todas as flores desabrochavam ao mesmo tempo, os pássaros cantavam ao mesmo tempo todas as canções, e os animais se apressavam em se igualar às árvores na louca propagação da espécie.

A trilha de urso estava bloqueada pelo tronco inclinado e morto de um lariço — um cepo enorme, uma árvore cujo topo fora quebrado, ceifado pela tempestade... Quando? Há um ano, há duzentos anos? Não conheço as marcas dos séculos, se é que elas existem. Em Kolimá, não sei quantos anos duram o que já foram árvores, ou quais traços o tempo deixa num cepo ano após ano.

As árvores vivas contam o tempo em anéis — um ano, um anel. Como se marca a passagem do tempo para os cepos, para as árvores mortas, eu não sei. Por quanto tempo se pode usar um lariço morto, uma montanha quebrada, uma floresta derrubada pela tempestade — usar para fazer uma toca, um covil — isso sabem os animais. Eu não sei. O que obriga o urso a escolher outro covil. O que obriga um animal a se deitar duas, três vezes na mesma toca.

A tempestade inclinou o lariço quebrado, mas não pôde arrancá-lo da terra, faltou-lhe força. O tronco quebrado pendia sobre a trilha, a trilha de urso fazia uma curva e, após contornar o tronco morto inclinado, voltava a endireitar-se. Podia-se calcular facilmente a altura do quadrúpede.

Makhmútov bateu no tronco com o martelo de geólogo, e a árvore respondeu com um som surdo, o som de um tronco oco, o som do vazio. O vazio era uma cavidade, era a casca, era a vida. Da cavidade caiu, bem sobre a trilha, um animalzinho minúsculo, uma doninha. O animalzinho não desapareceu no capim, na taiga, na floresta. A doninha levantou para os humanos seus olhos cheios de desespero e destemor.

A doninha estava nos últimos momentos da gravidez — as contrações de parto continuavam na trilha, diante de nós.

Antes que eu pudesse fazer qualquer coisa, gritar, compreender, segurar, o geólogo atirou na doninha à queima-roupa, com sua espingarda de pequeno calibre carregada com *jakán*, um pedaço de chumbo para o caso de encontrarmos um urso. Não era só nas aves em voo que Makhmútov atirava mal...

A doninha ferida se arrastava pela trilha de urso bem em direção a Makhmútov, e ele começou a andar para trás, recuando diante do seu olhar. A patinha traseira da doninha grávida fora arrancada pelo tiro, e ela arrastava atrás de si uma papa sangrenta de animaizinhos ainda não paridos, não nascidos, seus filhotes, que teriam nascido uma hora mais tarde, quando Makhmútov e eu estivéssemos longe do lariço quebrado, que teriam nascido e saído para o difícil e severo mundo animal da taiga.

Eu vi como a doninha se arrastava em direção a Makhmútov, vi a coragem, a raiva, a vingança, o desespero nos seus olhos. Vi que ali não havia medo.

— Ela vai furar minha bota com os dentes, essa vadia — disse o geólogo, recuando e protegendo suas botas de pântano novinhas. E, pegando a espingarda pelo cano, o geólogo encostou a coronha no focinho da doninha agonizante.

Mas os olhos da doninha se apagaram, e a raiva que havia neles desapareceu. Pikulíov se aproximou, inclinou-se sobre o animalzinho morto e disse:

— Ela tinha coragem nos olhos.

Teria ele entendido alguma coisa? Ou não? Não sei. Seguindo a trilha de urso, saímos na margem do riacho, ao lado da barraca, no local de encontro. No dia seguinte começaríamos o caminho de volta — mas não por essa, por uma outra trilha.

(1966)

MARCEL PROUST

O livro tinha desaparecido. O *in-folio* enorme e pesado, que estava em cima do banco, desaparecera diante dos olhos de dezenas de pacientes. Os que viram o roubo não iriam contar. No mundo não existem crimes sem testemunhas, sejam elas animadas ou inanimadas. Mas, e se existirem crimes assim? O roubo de um romance de Marcel Proust não é um desses segredos difíceis de esquecer. Além do quê, as pessoas se calam sob uma ameaça lançada de passagem, sem destinatário, mas ainda assim certeira. Os que viram se calariam por terem medo. Os benefícios desse tipo de silêncio eram comprovados por toda a vida do campo, e não só a do campo, mas por toda a experiência da vida civil. O livro poderia ter sido roubado por qualquer *fráier*,[57] encarregado por um ladrão, para provar a própria coragem, o seu desejo de pertencer ao mundo do crime, de estar entre os donos da vida do campo. Poderia também ter sido roubado por qualquer *fráier* simplesmente por roubar, porque estava mal guardado. O livro realmente estava mal guardado: bem na beira de um banco no imenso pátio do edifício do hospital de três andares, feito de pedra. No banco estavam sentados eu e Nina Boga-

---

[57] Termo do jargão criminal. Indica o criminoso ocasional, que não faz parte da bandidagem; sinônimo de ingênuo, vítima dos bandidos mais experientes. (N. da T.)

tirióva. Eu já havia passado pelas *sopkas* de Kolimá, tinha dez anos de andanças por aquelas paragens, e Nina vinha da linha de frente da guerra. Nossa conversa, triste e intranquila, tinha terminado havia muito tempo.

Em dias ensolarados, os pacientes eram levados para passear, as mulheres separadamente, e Nina, como auxiliar de enfermagem, os vigiava.

Acompanhei Nina até a esquina e voltei, o banco continuava vazio: os pacientes tinham medo de se sentar nesse banco, achando que era dos enfermeiros, dos auxiliares, dos carcereiros, dos soldados da escolta.

O livro tinha desaparecido. Quem iria ler aquela prosa estranha, quase impalpável, como que pronta a levantar voo no espaço, prosa em que foram deslocadas e embaralhadas todas as dimensões, abolidos o grande e o pequeno? Diante da memória, assim como diante da morte, todos são iguais, e o autor tem o direito de se lembrar do vestido da criada e se esquecer das joias da patroa. Os horizontes da arte da palavra foram extraordinariamente alargados por esse romance. Eu, um detento, um kolimano, fora transportado para um mundo há muito perdido, para outros hábitos, esquecidos e inúteis. Tempo para ler não me faltava. Eu era o enfermeiro do turno da noite. Fui esmagado por *Guermantes*. Foi com o quarto volume, com o *Guermantes*, que conheci Proust. O livro fora enviado para o enfermeiro Kalitínski, conhecido meu, que desfilava pela enfermaria com calças de golfe de veludo e um cachimbo na boca que exalava o inacreditável cheiro de Capstan.[58] Tanto o Capstan como as calças de golfe vieram no pacote junto com o *Guermantes* de Proust. Ah, esposas, amigas queridas e ingênuas! Em vez de *makhorka*, Capstan; em vez de calças de algodão grosso, calças de gol-

---

[58] Tabaco inglês, considerado artigo de luxo em Kolimá. (N. da T.)

fe de veludo; em vez de um cachecol largo, de dois metros de comprimento, feito de lã de camelo, uma coisa aérea, parecida com um laço, com uma borboleta — uma esplêndida echarpe de seda que, retorcida no pescoço, virava um cordão fino como um lápis.

Em 1937, calças de veludo e uma echarpe de seda semelhantes foram enviadas para meu vizinho de RUR[59] (rota disciplinar), um comunista holandês chamado Fritz David, ou talvez seu sobrenome fosse outro. Fritz David não conseguia trabalhar — estava enfraquecido demais, e na lavra não era possível trocar calças de veludo e gravata nem por pão. E Fritz David morreu — caiu no chão do barracão e morreu. Se bem que ali estava tão apertado — todos dormiam em pé — que o morto demorou para chegar ao chão. Meu vizinho Fritz David primeiro morreu e só depois caiu.

Tudo isso havia acontecido dez anos antes — o que *Em busca do tempo perdido* tinha a ver com isso? Kalitínski e eu, ambos recordávamos o nosso mundo, o nosso tempo perdido. No meu tempo não havia calças de golfe, mas havia Proust, e eu estava feliz de ler *Guermantes*. Nem ia para o dormitório coletivo. Proust valia mais que o sono. Além disso, Kalitínski me apressava.

O livro tinha desaparecido. Kalitínski ficou irado, fora de si. Não nos conhecíamos bem, e ele tinha certeza de que eu havia roubado o livro para vendê-lo o mais caro que pudesse. O roubo corriqueiro, entre uma coisa e outra, era uma tradição de Kolimá, tradição forjada pela fome. Cachecóis, *portiankas*,[60] toalhas, pedaços de pão, tabaco — tanto os guardados quanto os já roubados — desapareciam sem dei-

---

[59] Acrônimo de *Rota Ussílennogo Rejima* [Batalhão de Regime Reforçado]. (N. da T.)

[60] Pedaço retangular de pano que se enrola nos pés. (N. da T.)

xar rastro. Na opinião de Kalitínski, em Kolimá todos sabiam roubar. Eu também pensava assim. O livro fora roubado. Até o fim da tarde ainda era possível esperar que chegasse um voluntário, um heroico delator e "soprasse", dissesse onde estava o livro e quem era o ladrão. Mas o fim da tarde passou, passaram dezenas de finais de tarde, e os rastros do *Guermantes* desapareceram.

Se não fosse vendido a um admirador — admiradores de Proust entre os chefes do campo! naquele mundo ainda era possível encontrar fãs de Jack London, mas de Proust! —, seria usado para fazer cartas: *Guermantes* era um *in-fólio* bastante pesado. Esse fora um dos motivos por que não o deixei sobre os joelhos, mas o coloquei no banco. Era um tomo bem grosso. Para cartas, para cartas... Seria retalhado, ponto.

Nina Bogatirióva era uma mulher linda, de beleza russa, trazida havia pouco do continente para o nosso hospital. Traição à pátria. Artigo 58, 1A ou 1B.

— Vem dos territórios ocupados?

— Não, não estávamos nos territórios ocupados. Tudo aconteceu perto da linha de frente. Vinte e cinco anos de detenção e mais cinco de privação de direitos civis. Não houve envolvimento com os alemães. Foi por causa de um major. Fui presa, o major queria que eu vivesse com ele. Eu não quis. Daí a condenação. Kolimá. Agora estou sentada nesse banco. É tudo verdade. E é tudo mentira. Não quis viver com ele. Prefiro dormir com quem eu quiser. Com você, por exemplo...

— Não estou disponível, Nina.

— Ouvi dizer.

— Vai ser difícil para você, Nina. Por causa da sua beleza.

— Maldita seja essa beleza.

— O que a chefia prometeu a você?

— Me deixar no hospital como auxiliar de enfermagem. Vou estudar para ser enfermeira.

— Não permitem mulheres aqui, Nina. Pelo menos por enquanto.

— Mas, no meu caso, prometeram que eu ficaria. Tenho uma pessoa. Vai me ajudar.

— Quem é?

— É segredo.

— Olhe só, esse hospital é estatal, é oficial. Aqui, ninguém tem esse poder. Digo, entre os presos. Pode ser médico, enfermeiro — tanto faz. Não é um hospital de lavra.

— Não importa. Sou sortuda. Vou fazer abajures. E depois, começo a estudar, como você.

Nina ficou no hospital para fazer abajures de papel. E quando os abajures estavam prontos, foi mandada de novo em um comboio.

— É sua, não, a mulher que está indo com esse comboio?

— É minha.

Virei a cabeça. Atrás estava Volódia, um velho lobo da taiga, um enfermeiro sem formação em medicina. No passado, fora um ativista da educação ou secretário de conselho municipal.

Volódia tinha bem mais de quarenta anos e conhecia Kolimá havia muito tempo. Kolimá também conhecia Volódia havia muito tempo. Negócios com os *blatares*, propinas para os médicos. Volódia tinha sido mandado para o hospital para estudar, adquirir alguma base para seu cargo. Ele tinha um sobrenome — Ragúzin, acho — mas todos o chamavam de Volódia. Era Volódia o protetor de Nina? Isso era terrível demais. Atrás de mim, sua voz dizia calmamente:

— No passado, quando estava no continente, mantinha uma ordem exemplar no campo feminino. Era só alguém começar a "soprar" que eu estava vivendo com uma mulher, e na hora eu a punha na lista — pá! E mandava com o comboio. Aí chamava uma outra. Para fazer abajures. E ficava tudo certo de novo.

E lá se foi Nina. Sua irmã, Tônia, ficou no hospital. Ela vivia com o cortador de pão — uma amizade vantajosa — Zolotnítski, um bonitão fortinho, um *bitovitchok*.[61] Graças a uma grande propina, paga, como diziam, ao próprio chefe do hospital, Zolotnítski viera para exercer a função de cortador de pão, um cargo que prometia e dava lucros milionários. Tudo ia bem, mas acontece que Zolotnístki, o moreno bonitão, tinha sífilis: foi necessário retomar o tratamento. O cortador foi exonerado da função e enviado para a zona venérea masculina, o campo para esse tipo de doentes. Zolotnítski havia passado alguns meses no hospital, mas teve tempo de contaminar apenas uma mulher — Tônia Bogatirióva. E Tônia foi levada para a zona venérea feminina.

O hospital ficou em polvorosa. Todos os funcionários tiveram que fazer exames, testar a reação de Wassermann. O do enfermeiro Volódia Ragúzin deu quatro cruzes. O sifilítico Volódia sumiu do hospital.

Alguns meses depois um comboio trouxe mulheres doentes, e, entre elas, Nina Bogatirióva. Mas Nina estava de passagem, ela só descansou no hospital. Estava sendo levada para a zona venérea feminina.

Fui ao encontro do comboio.

Fora os olhos castanhos, grandes e fundos, nada mais restava da Nina de antigamente.

— Veja só, estou indo para a zona venérea.

— Mas por que para a zona venérea?

---

[61] Diminutivo de *bitovik*. Assim eram chamados os condenados por crimes "domésticos", contra pessoas com quem mantinham alguma relação social — parentes, vizinhos, prestadores de serviços etc. (N. da T.)

— Ora, você é enfermeiro e não sabe por que as pessoas vão para a zona venérea? Foram os abajures de Volódia. Tive gêmeos. Mas eram fraquinhos. Morreram.

— As crianças morreram? Sorte sua, Nina.

— Sim. Agora estou livre como um pássaro. Vou me cuidar um pouquinho. E o livro, você achou?

— Não, não achei.

— Fui eu que peguei. Volódia queria alguma coisa para ler.

(1966)

A FOTOGRAFIA DESBOTADA

Um dos sentimentos mais fortes do campo de prisioneiros é o da humilhação sem limites, o consolo de que sempre, em qualquer situação e circunstância, existe alguém pior do que você. Uma gradação com múltiplas facetas. Um consolo que tem o poder de nos salvar e que, talvez, oculte o segredo primordial dos homens. Esse sentimento... Esse sentimento nos salva como uma bandeira branca e, ao mesmo tempo, nos reconcilia com o irreconciliável.

Krist acabou de livrar-se da morte, pelo menos até amanhã, pois o amanhã de um prisioneiro é um mistério indecifrável. Krist é um escravo, um verme, certamente um verme, pois, ao que parece, em todo o reino animal, o verme é a única criatura que não possui coração.[62]

Krist está internado no hospital com a pele seca e pelagrosa descascando — as rugas de seu rosto traçam sua última sentença. Tentando achar no fundo de sua alma, nas últimas células ainda preservadas de seu corpo ossudo, alguma força, física e espiritual, para sobreviver até amanhã, Krist, metido num avental sujo de auxiliar de enfermagem, varre os quartos, ajeita os leitos, faz a faxina, mede a temperatura dos doentes.

---

[62] Alusão a um verso do poema "Deus" (1784), de Gavrila Derjávin (1743-1816), que diz: "Sou tsar — Sou escravo — Sou verme — Sou Deus!". (N. da T.)

Krist já é um deus: os novos esfomeados, os novos doentes olham para ele como se olhassem para seu próprio destino, como para uma divindade capaz de ajudá-los, capaz de salvá-los de algo que eles próprios desconhecem. O doente só sabe que diante dele está um auxiliar de enfermagem que, ao pronunciar uma palavra a seu favor, pode lhe garantir um dia a mais no hospital. Ou mesmo, ao receber alta, o auxiliar pode transferir-lhe seu cargo, sua tigelinha de sopa, seu avental. Mas, se nada disso acontecer, dará no mesmo: a vida está cheia de desilusões.

Krist vestiu o avental e se transformou num deus.

— Vou lavar sua camisa. A camisa, está bem? De noite, no banheiro. E depois vou secá-la sobre a estufa.

— Aqui não temos água. Ela é trazida de longe.

— Então guarde meio balde pra mim.

Fazia muito tempo que Krist queria lavar sua camisa militar. Ele mesmo poderia lavá-la, mas o cansaço era tanto que mal aguentava ficar em pé. A camisa era da lavra e estava curtida de suor. Já nem era uma camisa, mas um trapo. Na certa, na primeira lavagem, ela viraria farrapo, pó, poeira. Um dos bolsos fora arrancado, mas o segundo continuava intacto e nele estava guardado tudo o que, por algum motivo, era importante e necessário para Krist.

Mas, apesar de tudo, era preciso lavá-la. Simplesmente porque ali era um hospital, Krist um auxiliar de enfermagem, e sua camisa estava imunda. Krist lembrou que, alguns anos atrás, havia sido escolhido para passar a limpo os talões de racionamento do departamento de economia — talões com provisões para dez dias, conforme as porcentagens da produção. E que todos os homens que moravam em seu barracão o odiavam por causa dessas noites sem dormir, que lhe garantiam um tíquete de almoço a mais. E que logo o liquidaram, "livraram-se" dele, ao mostrarem a algum dos contadores do departamento que, no colarinho de sua camisa, no colarinho, andava um piolho tão esfomeado quanto ele. Um piolho tão insípido quanto ele. E que naquele instante uma mão de ferro o arrastou para fora do escritório e o pôs na rua.

Sim, seria melhor lavar a camisa.

— Vá dormir, e eu vou lavar sua camisa. Por um pedacinho de pão, mas, se não tiver, fica por isso mesmo.

Krist não tinha pão para dar, mas, no fundo da alma, algo lhe dizia que era preferível ficar faminto, mas com a camisa lavada. E rendeu-se ao desejo desesperado de um homem faminto.

Krist dormiu como sempre: caiu num torpor, e não no sono.

Um mês antes, quando Krist ainda não estava no hospital, mas vagava por entre uma multidão de *dokhodiagas*, do refeitório ao ambulatório, do ambulatório a um barracão em meio à bruma branca de uma zona do campo dos prisioneiros, aconteceu uma desgraça. Roubaram a bolsinha de tabaco de Krist. A bolsinha, naturalmente, estava vazia. Fazia mais de ano que não havia nem resquício de *makhorka* lá. Mas a bolsinha Krist guardou consigo — e a troco de quê? Fotografias e cartas da esposa. Muitas cartas. Muitas fotografias. Embora ele jamais relesse essas cartas e jamais revisse as fotografias — isso era difícil demais —, guardava esse maço para dias, talvez, melhores. Era difícil de explicar por que Krist levava consigo essas cartas, escritas com a caligrafia graúda de uma criança, por todos os seus caminhos prisionais. Durante as buscas, as cartas não eram confiscadas. Um monte de cartas juntara-se na bolsinha. E, de repente, a bolsinha é roubada. Provavelmente, pensaram que lá houvesse dinheiro, que, no meio das fotos, achariam um rublo fininho escondido. Não havia dinheiro nenhum... Krist nunca mais encontrou essas cartas. Conforme o conhecido código de conduta dos ladrões, observado fora das prisões pelos *bla-*

A fotografia desbotada 75

tares e seus imitadores, os documentos deveriam ser deixados sorrateiramente na lata do lixo; as fotografias, enviadas pelo correio ou atiradas ao monturo. Mas Krist sabia que esses vestígios de humanidade já tinham sido completamente exterminados do mundo de Kolimá. As cartas, na certa, foram queimadas numa fogueira qualquer, em alguma estufa do campo de prisioneiros, para produzirem luz com a chama do fogo, e obviamente elas não seriam devolvidas ou deixadas sorrateiramente no lixo. Mas as fotografias, a troco de que ficaram com as fotografias?

— Nunca mais vai achá-las — disse o vizinho de Krist. — Os *blatares* pegaram.

— Mas o que fariam com elas?

— Ora essa! São fotografias de mulher?

— Sim.

— Para uma "sessão".[63]

E Krist parou de fazer perguntas.

Ele guardava as cartas velhas na bolsinha de tabaco. Mas a última carta e a última fotografia, uma fotinho de passaporte, estavam guardadas em seu bolso esquerdo, o único de sua camisa militar.

Krist dormiu como sempre: caiu num torpor, e não no sono. Acordou com a sensação de que algo bom iria acontecer. Não demorou a refrescar a memória. Uma camisa limpa! Lançou as pernas pesadas para fora da tarimba e dirigiu-se à cozinha. O doente da véspera foi ao seu encontro.

— Já está secando, já está secando. Lá na estufa.

De repente, Krist sentiu um suor frio.

— E a carta?

— Que carta?

— A que estava no bolso.

---

[63] Sessão coletiva de masturbação, pelo jargão prisional. (N. da T.)

A ressurreição do lariço

— Não desabotoei o bolso. Por acaso eu seria capaz de desabotoar seu bolso?

Krist apanhou a camisa. A carta estava intacta, mas úmida. A camisa militar achava-se quase seca, mas a carta um pouco molhada, com manchas de água ou de lágrimas. A fotografia estava desbotada, borrada, desfigurada, e somente um contorno grosseiro dos traços lembrava o rosto tão familiar a Krist.

As letras da carta estavam desbotadas, borradas, mas ele as sabia de cor e conseguiu ler frase por frase.

Era a última carta que Krist tinha recebido da esposa. Ele tinha ficado pouco tempo com ela. Logo as palavras descoraram, dissolveram, e logo Krist começou a esquecer o texto. A fotografia e a carta desbotaram, sumiram, desapareceram de vez depois de uma desinfecção especialmente minuciosa feita em Magadan durante os cursos de enfermagem, que transformariam Krist numa verdadeira divindade, e não apenas numa divindade inventada em Kolimá.

Por esses cursos, nenhum preço era alto demais, nenhuma perda parecia excessiva.

Foi assim que Krist foi castigado pelo destino. Depois, com o pensamento amadurecido pelos anos, ele reconheceria que o destino tinha razão: ainda não possuía o direito de ter uma camisa lavada pelas mãos de outro homem.

(1966)

O CHEFE DO DEPARTAMENTO POLÍTICO

Um carro buzinou, buzinou e buzinou... Chamava o chefe do hospital, anunciava um alerta geral... Os visitantes já subiam os lances de escada. Haviam enfiado neles uns aventais brancos, cujos ombros foram rasgados pelas dragonas, de tão apertados que ficavam os aventais sobre as fardas militares.

Dois degraus à frente de todos, avançava um homem alto e grisalho cujo sobrenome todos no hospital conheciam, mas cujo rosto ninguém jamais vira.

Era domingo, domingo para os trabalhadores livres, e o chefe do hospital jogava bilhar com os médicos e ganhava de todos: para o chefe todos perdiam.

O chefe compreendeu no ato a buzina estridente e limpou o giz dos dedos suados. Enviou um mensageiro para dizer que estava a caminho, que chegaria logo.

Mas os visitantes não esperaram.

— Vamos começar pelo setor cirúrgico...

No setor cirúrgico havia duzentas pessoas, duas grandes enfermarias com uns oitenta pacientes cada — uma destinada às cirurgias limpas, outra às cirurgias em feridas infeccionadas —; no primeiro caso, cuidavam das fraturas fechadas e das luxações. Havia também pequenas enfermarias para o pós-operatório. E ainda uma destinada aos doentes terminais da ala das feridas infeccionadas: septicemia, gangrena.

— Onde está o cirurgião?

— Foi para a aldeia. Para a casa do filho. O filho estuda na escola da aldeia.

— E o cirurgião de plantão?

— O plantonista chegará logo.

Mas o cirurgião de plantão, Utróbin, que todo hospital, para provocá-lo, chamava de Ugróbin,[64] estava bêbado e não respondeu ao chamado da chefia superior.

Quem acompanhava a chefia superior pela ala cirúrgica era o enfermeiro-chefe, um prisioneiro.

— Suas explicações não são necessárias, nem seus históricos de doentes. Já sabemos como eles estão escritos — disse o chefe superior ao enfermeiro, entrando numa das enfermarias grandes e fechando a porta atrás de si. — E, por enquanto, não deixem o chefe do hospital entrar aqui.

Um de seus ajudantes, um major, tomou o posto junto à porta.

— Ouçam — disse o chefe grisalho, indo para o centro do aposento e apontando para os leitos que formavam duas filas ao longo das paredes —, ouçam bem. Sou o novo chefe do departamento político do Dalstroi. Se algum de vocês sofreu alguma fratura ou alguma contusão nas minas de ouro ou nos barracões devido à ação dos capatazes, dos chefes de brigadas, em suma, como resultado de espancamentos, comece a falar. Viemos aqui para investigar os traumatismos. É um número exorbitante. Mas acabaremos com isto. Todos os que sofreram esse tipo de trauma falem com meu ajudante. Major, comece a anotar!

O major abriu seu caderno de anotações e pegou uma caneta-tinteiro.

— Então?

---

[64] Do verbo *ugróbit*, que significa "levar alguém à morte", "privar de vida". (N. da T.)

O chefe do departamento político

— E os membros congelados, cidadão chefe?

— Sobre isso não é necessário falar. Só sobre os espancamentos.

Eu era o enfermeiro desse aposento. Dos oitenta doentes, setenta tinham sofrido traumas desse tipo, e tudo estava anotado em seus históricos médicos. Mas nem sequer um doente respondeu ao apelo do chefe. Ninguém confiava no chefe grisalho. Bastava queixar-se para vir o ajuste de contas, e na cama mesmo. Enquanto que, em agradecimento ao caráter cordato e ao bom senso, até deixavam o sujeito ficar um dia a mais no hospital. Manter-se em silêncio era muito mais vantajoso.

— Eu vou falar: um soldado quebrou meu braço.

— Um soldado? Será que agora nossos soldados batem nos prisioneiros? Certamente não foi um soldado da guarda, mas um chefe de brigada qualquer, não é mesmo?!

— Sim, certamente foi um chefe de brigada.

— Vê como sua memória é ruim. Pois um caso como esse, assim como minha chegada, é uma raridade. Sou a autoridade superior. Não vamos admitir espancamentos. Em geral, o que precisa acabar é a grosseria, a insolência, a linguagem obscena. Fiz um discurso sobre isso numa reunião sobre o ativo econômico. Disse que, se o chefe do Dalstroi não conversa educadamente com o chefe do departamento da mineração, o chefe do departamento da mineração, ao repreender os chefes das lavras, permite-se usar insultos ofensivos e obscenos, e da mesma forma os chefes das lavras se dirigem aos chefes dos setores. Obscenidades sem-fim. Só que ainda usam o linguajar do continente. Já um chefe de setor repreende seus mestres de obras, seus chefes de brigada e seus capatazes com o linguajar obsceno de Kolimá. E o que resta aos capatazes, aos chefes de brigada? Pegar um toco de madeira e sair batendo em seus trabalhadores. Não é isso?

— É isso mesmo, camarada chefe — disse o major.

— Nikichov[65] fez uma fala na mesma conferência. Disse que somos novatos, que não conhecemos Kolimá, que aqui as condições são particulares, que aqui a moral é particular. Mas eu disse: viemos para trabalhar e trabalharemos; só que trabalharemos não como manda Nikichov, mas como manda o camarada Stálin.

— É isso mesmo, camarada chefe — disse o major.

Ao ouvirem que a questão chegou a Stálin, os doentes caíram em absoluto silêncio.

Atrás da porta, aglomeravam-se os chefes dos setores do hospital, que tinham sido chamados em suas casas. O chefe do hospital também estava lá. Todos aguardavam o fim do discurso do chefe superior.

— Será que vão limar o Nikichov? — sugeriu Baikóv, o chefe do segundo setor terapêutico, mas na hora fizeram um "psiu", e ele se calou.

O chefe do Departamento Político saiu da enfermaria e cumprimentou os médicos com um aperto da mão.

— Por favor, vamos beliscar algo — disse o chefe do hospital. — O almoço está na mesa.

— Não, não — o chefe do Departamento Político olhou para o relógio. — Precisamos seguir viagem e chegar antes do anoitecer a Západnoie,[66] a Sussuman. Temos uma reunião amanhã. Mas... não é de almoço que preciso, e sim de outra coisa. Passe a pasta — o chefe grisalho pegou uma pasta pesada das mãos do major. — O senhor poderia aplicar glicose em mim?

— Glicose? — disse o chefe do hospital sem entender.

— Sim, glicose. Uma injeção intravenosa. Não bebo nem

---

[65] Ivan Nikichov (1894-1958), chefe do Dalstroi entre 1939 e 1948. (N. da T.)

[66] *Západnoie Gornopromíchlennoie Upravlênie*, Administração da Mineração do Oeste. (N. da T.)

O chefe do departamento político   81

um pingo de álcool desde a infância... Nem fumo. Mas, dia sim, dia não, tomo glicose. Vinte cubinhos de glicose na veia. Meu médico recomendou ainda em Moscou. E o senhor sabe de uma coisa? É o melhor tonificante que há. Melhor do que qualquer ginseng, do que qualquer testosterona. Tenho sempre glicose comigo. Seringa eu não carrego — em qualquer hospital me aplicam injeções. Pois então, me aplique a injeção.

— Não sei fazer isso — disse o chefe do hospital. — Melhor eu segurar o torniquete. Aqui está o cirurgião de plantão, ele está com as cartas na mão.

— Não — disse o cirurgião de plantão —, eu também não sei. — Este tipo de injeção, camarada chefe, não é qualquer um quem faz.

— Então, chame o enfermeiro.
— Não temos enfermeiros contratados.
— E este aqui?
— É um *zek*.
— Estranho. Bem, pouco importa. Você é capaz de fazer?
— Sou — disse eu.
— Ferva a seringa.

Fervi a seringa e a deixei esfriando. O chefe grisalho tirou da pasta uma caixinha com a glicose; o chefe do hospital jogou álcool nas mãos e, ajudado pelo secretário do comitê local do Partido, quebrou o vidrinho e sugou a solução de glicose com a seringa. O chefe do hospital colocou uma agulha na seringa, transferiu a seringa às minhas mãos e, pegando o torniquete de borracha, apertou-o no braço do chefe superior; eu apliquei a glicose e pressionei o local da picada com um pedacinho de algodão.

— Tenho veias de estivador — benevolente, o chefe gracejou comigo.

Fiquei calado.

— Bem, o descanso acabou; está na hora de ir — o chefe grisalho levantou-se.
— E o setor terapêutico? — disse o chefe do hospital, temendo receber uma advertência por não tê-los lembrado.
— Não temos nada a fazer no setor terapêutico — disse o chefe do Departamento Político. — Nossa viagem tem um fim específico.
— E o almoço?
— Nada de almoço. O dever antes de tudo.
A buzina soou e o automóvel do chefe do Departamento Político sumiu na bruma gelada.

(1967)

RIABOKÓN

O vizinho de Riabokón no leito do hospital — uma tarimba com um colchão feito de mato picado — era Peters, um letão que havia combatido, assim como todos os letões, em todos os *fronts* da guerra civil. Kolimá foi o último *front* de Peters. O enorme corpo do letão parecia o de um afogado — branco-azulado, inflado, inchado pela fome. Um corpo jovem com a pele cujas dobras estavam todas esticadas, cujas rugas haviam todas desaparecido — tudo estava claro, dito, explicado. Fazia dias que Peters estava em silêncio, com receio de fazer qualquer movimento desnecessário — as escaras já cheiravam, fediam. Apenas os olhos esbranquiçados seguiam atentamente o médico, doutor Iampólski, enquanto este entrava no quarto. O doutor Iampólski, o chefe do setor sanitário, não era médico. Também não era enfermeiro. O doutor Iampólski era simplesmente um delator e um insolente que abriu caminho por meio de suas delações. Mas Peters não sabia disso e olhava para ele com olhos esperançosos.

Riabokón, que, fosse como fosse, era um ex-trabalhador livre, conhecia o doutor Iampólski muito bem. Mas odiava igualmente Peters e Iampólski e, raivoso, mantinha-se em silêncio.

Riabokón não se parecia com um afogado. Enorme, ossudo, com as veias salientes. O colchão era curto e o cobertor chegava só até os ombros, mas, para ele, tanto fazia. Os pés de proporções gulliverianas pendiam da cama, e os calcanhares, amarelos e ossudos, martelavam no piso de tábuas de madeira, qual bolas de bilhar, enquanto ele se dirigia até a janela e, curvando-se, punha a cabeça para fora — os ombros ossudos não passavam para o outro lado, para o céu, para a liberdade.

O doutor Iampólski esperava que o letão morresse de uma hora para outra — distrofiados como ele morriam depressa. Mas o letão teimava em viver, aumentando a média diária de ocupação do leito. Riabokón também esperava a morte do letão. Peters ocupava a única tarimba comprida do hospital, e o doutor tinha prometido esse leito a Riabokón assim que o letão saísse. Riabokón respirava na janela, sem temer o ar gelado e inebriante da primavera, respirava enchendo o peito e pensando que, quando deitasse na cama de Peters, após sua morte, poderia esticar as pernas, ao menos por alguns dias. Precisava apenas deitar-se direito, alongar-se para relaxar os músculos mais importantes, e então viveria.

A ronda médica tinha terminado. Não havia nada para medicar, e o permanganato e o iodo faziam milagres, mesmo nas mãos de Iampólski. Pois bem, não havia nada para medicar, e por isso Iampólski continuava lá, acumulando experiência e tempo de serviço. Não o culpavam pelas mortes. Afinal, a quem poderiam culpar?

— Hoje vamos dar um banho em você, um banho quente. Está bem?

O ódio faiscou dos olhos esbranquiçados de Peters, mas ele não disse nem sussurrou nada.

Quatros auxiliares de enfermagem, doentes do hospital, acompanhados pelo doutor Iampólski, enfiaram o corpo enorme de Peters num barril de madeira usado para guardar graxa, que fora limpo com água fervente.

Doutor Iampólski marcou a hora em seu relógio de pulso — um presente dado ao querido doutor pelos *blatares* da lavra onde Iampólski havia trabalhado antes de ir para essa ratoeira de pedra.

Depois de quinze minutos o letão emitiu uns ruídos roucos. Os auxiliares e o médico tiraram o doente do barril e o carregaram até a tarimba, até a tarimba comprida. O letão disse nitidamente:

— Roupa de baixo! Roupa de baixo!

— Qual? — perguntou o doutor Iampólski. — Não temos roupa de baixo.

— Ele quer a camisa mortuária — presumiu Riabokón.

Ao olhar para o queixo trêmulo de Peters, para seus olhos que entrefechavam, para seus dedos azulados, inchados, que tateavam o corpo, Riabokón pensou que a morte de Peters seria sua felicidade, e não apenas pelo leito comprido, mas porque eram velhos inimigos — haviam-se encontrado nas batalhas em algum lugar perto de Chepetovka.[67]

Riabokón era um seguidor de Makhnó.[68] Seu desejo se tornou realidade: deitou-se na cama de Peters. E na cama de Riabokón quem deitou fui eu, que escrevo este conto.

Riabokón tinha pressa de falar, ele tinha pressa de falar e eu de memorizar. Éramos ambos peritos na vida e na morte.

Conhecíamos a lei dos memorialistas, sua lei fundamental e essencial: a razão é daquele que escreve por último, daquele que, tendo sobrevivido, tendo atravessado um fluxo de testemunhas, revela sua sentença como se fosse um detentor da verdade absoluta.

---

[67] Cidade da Crimeia, atualmente parte da Ucrânia. (N. da T.)

[68] Nestor Makhnó (1888-1934), conhecido como "*Bakto* Makhnó" ("Pai Makhnó", em ucraniano), líder de um movimento anarquista camponês no sul da Ucrânia que surgiu durante a Guerra Civil russa (1918-1921). (N. da T.)

A vida dos doze Césares de Suetônio é composta de sutilezas que suscitam uma bajulação grosseira dos contemporâneos e perseguem os mortos como uma maldição, uma maldição pela qual nenhum homem vivo se responsabilizará.

— Você acha que Makhnó era antissemita? Isso é tudo bobagem. É propaganda de vocês. Os conselheiros dele eram judeus. Iuda Grossman-Róschin. Báron.[69] Eu era um simples combatente numa *tatchanka*.[70] Eu era uma das duas mil pessoas que o *Batko* Makhnó conduziu à Romênia. Mas não me dei bem na Romênia. Depois de um ano, atravessei a fronteira de volta. Me deram três anos de exílio, depois voltei e fui trabalhar num *kolkhoz*, e em 37 me apanharam...

— Prisão preventiva? Exatamente *"piat rókiv daliókikh táboriv"*.[71]

A caixa torácica de Riabokón era redonda, enorme — as costelas sobressaíam como aros de um barril. Dava a impressão de que, se Riabokón tivesse morrido antes de Peters, os aros do barril do último banho do letão, prescrito pelo doutor Iampólski, poderiam ter sido feitos das costelas de seu vizinho.

A pele esticava-se sobre o esqueleto: o corpo de Riabokón parecia um manual para o estudo de anatomia, um esqueleto vivo e móvel, e não um modelo em tamanho natural. Ele não falava muito, mas ainda tinha forças para prevenir-se das escaras, virando-se na cama, levantando-se, caminhando. A pele seca descascava por todo o corpo, e manchas azuis de futuras escaras apareciam nas coxas e na cintura.

---

[69] Grossman-Róschin (1883-1934), pseudônimo de Iuda Grossman, e Aron Báron (1891-1937) foram judeus revolucionários anarquistas na Ucrânia. (N. da T.)

[70] Carro leve com uma metralhadora usado na Ucrânia e no sul da Rússia durante a Guerra Civil. (N. da T.)

[71] Do ucraniano: "cinco anos de campos distantes". (N. da T.)

— Então eu cheguei lá. Éramos três. Makhnó estava no patamar da entrada de uma casa. "Sabe atirar?" — "Sei, *batko*!" — "Então, diga, se fosse atacado por três, o que faria?" — "Inventaria algo, *batko*!" — "Falou bem. Se dissesse que cortaria a garganta dos três, não aceitaria você no destacamento. A astúcia contra a astúcia." Mas quem foi Makhnó? Makhnó foi Makhnó. Um *ataman*.[72] Vamos todos morrer... Ouvi dizer que ele morreu.

— Sim, em Paris.

— Que Deus o tenha. Está na hora de dormir.

Riabokón cobriu a cabeça com o velho cobertor, deixando à mostra as pernas até a altura dos joelhos, e começou a roncar.

— Está me escutando?

— O que é?

— Conte sobre Maruska, sobre seu bando.[73]

Riabokón descobriu o rosto.

— Que dizer? Um bando é um bando. Ora com a gente, ora com os outros. Ela era uma anarquista, a Maruska. Passou vinte anos nas galés. Fugiu do presídio feminino Novínskaia,[74] em Moscou. Foi fuzilada por Slaschióv,[75] na Crimeia. "Viva a anarquia!", gritou e morreu. Sabe quem era ela? Seu sobrenome era Nikíforova. Uma verdadeira hermafrodita. Escutou? Então, vamos dormir.

---

[72] Líder militar cossaco. (N. da T.)

[73] Maria (Maruska) Nikíforova (1885-1919), também conhecida como Marússia, líder anarquista ucraniana durante a Guerra Civil russa. (N. da T.)

[74] O presídio feminino Novínskaia foi aberto em 1907 e funcionou até o fim dos anos 1950. Localizava-se no centro de Moscou. (N. da T.)

[75] Iákov Slaschióv-Krímski (1886-1929), militar russo, integrante do "Movimento Branco". (N. da T.)

Quando a pena de cinco anos do seguidor nato de Makhnó terminou, ele foi libertado, mas sem o direito de sair de Kolimá. Não podia ir para o continente. Viu-se obrigado a trabalhar como carregador no mesmo depósito onde por cinco anos, na qualidade de *zek*, havia trabalhado feito um cavalo. Um homem livre, um trabalhador livre, e no mesmo depósito de antes, na mesma função de antes. Uma afronta insuportável, uma bofetada que poucos tolerariam. Sem contar os especialistas, naturalmente. Afinal, a principal esperança de um prisioneiro é que algo mude com sua libertação. A partida, o retorno, uma mudança de local ainda podem acalmar, salvar uma pessoa.

O salário era pequeno. Voltar a roubar o depósito? Não, Riabokón tinha outros planos.

Acompanhado por três antigos *zek*, Riabokón partiu para o "gelo" — foi para a taiga profunda. Formaram uma quadrilha de *fráieres*, de homens alheios ao mundo do crime, mas que por muitos anos respiraram o ar desse mundo.

Essa foi a única fuga de trabalhadores livres em Kolimá — não foi uma fuga de prisioneiros, que eram vigiados e contados quatro vezes ao dia, mas de cidadãos livres. Entre eles, achava-se o contador-chefe da lavra, um ex-prisioneiro, assim como Riabokón. Sim, ele estava lá. Naturalmente, na quadrilha não havia homens que trabalhavam por contrato, que podiam viajar em busca de dinheiro, aqui eram todos antigos *zek*. Estes não tinham como aumentar seus ganhos e só conseguiam fazer dinheiro à mão armada.

Por um ano inteiro os quatro assassinos praticaram assaltos ao longo de uma estrada de mil quilômetros, a estrada principal de Kolimá. Por um ano inteiro farrearam, assaltando os carros e as casas dos povoados. Apossaram-se de um caminhão que tinha como garagem o vale de uma montanha.

Riabokón e seus comparsas passaram facilmente para os assassinatos. Uma nova pena não assustava ninguém.

Um mês, um ano, dez anos, vinte anos davam praticamente no mesmo, conforme os exemplos de Kolimá e a moral do Norte.

Tudo terminou como esses casos costumam terminar. Uma briga, uma discussão, uma partilha mal feita do butim. A perda de autoridade do *ataman*, isto é, do contador. O contador passou algum dado falso aos seus comparsas, cometeu algum erro. Depois, o julgamento. Vinte e cinco anos de detenção e mais cinco de privação de direitos civis. Na época, não fuzilavam em caso de homicídio.

Não havia nenhum criminoso reincidente no grupo. Cada um deles era um mero *fráier*. Assim como Riabokón. A leveza de espírito ao matar ele havia conquistado com os anos vividos em Guliaipole.[76]

(1966)

---

[76] Cidade da Ucrânia. Em 1918, Makhnó declarou a povoação de Guliaipole a "capital" de seu exército e lá organizou o "Estado-maior revolucionário de Guliaipole". (N. da T.)

A VIDA DO ENGENHEIRO KIPRÊIEV

Por anos pensei que a morte fosse uma forma de vida e, tranquilizado por esse raciocínio frágil, elaborei uma fórmula que, de maneira ativa, protegesse minha existência nesta terra amarga.

Eu acreditava que um homem só pode considerar-se de fato um homem se sente em suas entranhas, a todo instante, que está pronto para dar cabo da própria vida, que está pronto para intervir em sua existência. Esta consciência é o que lhe dá vontade de viver.

Inúmeras vezes me pus à prova, mas, mesmo tentado a morrer, continuei vivendo.

Muito tempo depois, entendi que havia apenas construído um refúgio para mim, que havia me esquivado da questão principal, pois, no momento decisivo, eu não seria o mesmo de agora, quando a vida e a morte resumiam-se a um jogo de vontades. Perderia a coragem, me transformaria em outro, me trairia. Parei de pensar na morte, mas senti que minha decisão anterior precisava de uma resposta diferente daquela que eu havia me dado, pois as promessas de juventude são por demais ingênuas e condicionadas.

Disto me convenceu a história do engenheiro Kiprêiev.

Nunca em minha vida traí ou vendi ninguém. Mas não sei como reagiria se fosse espancado. Tive sorte em todos os interrogatórios pelos quais passei: sem espancamentos, sem o "método nº 3". Os investigadores que me interrogaram nunca encostaram um dedo em mim. Foi puro acaso, e nada mais; simplesmente porque meus interrogatórios aconteceram muito cedo, na primeira metade do ano 37, quando ainda não faziam uso de torturas.

Mas o engenheiro Kiprêiev foi preso em 38, e conheceu todo o quadro funesto de espancamentos nos interrogatórios. Uma vez, não tolerando a violência, atirou-se contra o investigador que o interrogava e, depois de espancado, foi mandado à solitária. Mas a assinatura necessária foi obtida facilmente: ameaçaram prender sua esposa, e Kiprêiev assinou. Kiprêiev sentiu este terrível golpe moral por toda a vida. Não são poucas as humilhações e as degradações na vida de um detento. Nos diários das pessoas que participaram do movimento de libertação da Rússia, há sempre um trauma terrível: o pedido de clemência. Antes da revolução, isso era considerado uma desonra, uma desonra sem-fim. Mesmo depois da revolução, no círculo de presos políticos condenados às galés e exilados em povoados da Sibéria, eram categoricamente rejeitados os assim chamados "pedintes", isto é, aqueles que, por qualquer motivo, mandaram ao tsar um pedido para que fossem libertados ou para que suas penas fossem atenuadas.

Nos anos 1930, não apenas os "pedintes" eram perdoados, como também aqueles que assinavam confissões contendo mentiras deslavadas, às vezes embebidas em sangue, depondo contra si e contra os outros.

Fazia tempo que os modelos vivos tinham envelhecido, que tinham desaparecido dos campos de prisioneiros e dos exílios, e os detentos que passavam pelos interrogatórios eram quase todos "pedintes". Por isso ninguém soube que tipos de torturas morais fizeram com que Kiprêiev assinasse sua própria sentença, partindo em direção ao mar de Okhotsk, a Vladivostok, a Magadan.

Kiprêiev era um engenheiro físico do famoso Instituto de Física de Khárkov, onde se descobriu a reação nuclear pela primeira vez na União Soviética. Lá também trabalhava Kurtchatov.[77] O Instituto de Khárkov não escapou dos expurgos. E uma das primeiras vítimas na nossa ciência atômica foi Kiprêiev.

Kiprêiev conhecia o seu próprio valor. Mas os chefes do campo não. Além disso, ali se revelou que firmeza moral tinha pouco a ver com talento, experiência científica ou mesmo com paixão pela ciência. Eram coisas diferentes. Ciente dos espancamentos que aconteciam nos interrogatórios, Kiprêiev se preparou de forma muito simples: ele se defenderia como um animal, trocando golpe por golpe, sem distinguir o executor do criador deste sistema, o método n° 3. Kiprêiev fora espancado, fora jogado na solitária. E logo recomeçaram os interrogatórios. Suas forças físicas o traíram, depois sua presença de espírito o traiu. E Kiprêiev assinou. Tinham ameaçado prender sua esposa. O engenheiro sentiu uma vergonha imensurável dessa fraqueza, que fez com que ele, um homem instruído, cedesse diante da força bruta. Naquele momento, na prisão, jurou jamais recair numa atitude tão infame. No entanto, apenas a Kiprêiev essa conduta parecia desonrosa. A seu lado, no barracão, havia outros homens que assinavam confissões e diziam calúnias. Estavam ali e iam vivendo. A vergonha não tem limites, ou melhor, os limites são sempre individuais, e o grau de exigência consigo próprio variava nos habitantes daquelas celas de inquérito.

Kiprêiev chegou a Kolimá com uma pena de cinco anos e confiante de que acharia um caminho para um livramento antecipado, de que conseguiria escapar e retornar à liberdade, ao continente. Certamente valorizariam um engenheiro. Um engenheiro ganharia algum benefício pelos dias traba-

---

[77] Igor Kurtchatov (1903-1960), físico que teve papel central no desenvolvimento da bomba atômica na URSS. (N. da T.)

lhados, uma liberação, uma redução da pena. Kiprêiev referia-se com desprezo ao trabalho braçal do campo de prisioneiros, pois entendeu depressa que no fim desse caminho não havia nada além da morte. Trabalhando onde pudesse aplicar ao menos uma sombra de seus conhecimentos específicos, ele logo seria libertado. Ao menos não perderia sua qualificação.

A experiência do trabalho nas minas de ouro, os dedos quebrados por um *scraper*, a fraqueza física, chegando à debilidade, tudo isso levou Kiprêiev ao hospital e do hospital ao campo de prisioneiros em trânsito.

A desgraça era que, no cotidiano caótico do campo em que vivia, o engenheiro não era capaz de inventar coisa nenhuma, de buscar soluções técnicas e científicas.

Para o campo de prisioneiros, para a chefia do campo, ele não passava de um escravo. A energia de Kiprêiev, por ele tantas vezes amaldiçoada, buscava uma saída.

Só que a aposta nesse jogo deveria ser digna de um engenheiro, de um cientista. Essa aposta era a liberdade.

Kolimá não era um "mundo fascinante"[78] apenas porque lá o inverno dura "nove meses por ano". Durante a guerra, chegava-se a pagar cem rublos por uma maçã, e um erro na distribuição de tomates frescos vindos do continente poderia acabar em dramas sangrentos. Tudo isso — as maçãs, os tomates — só dizia respeito ao mundo dos homens livres, dos trabalhadores contratados, do qual o prisioneiro Kiprêiev não fazia parte. Também não era um "mundo fascinante" porque lá "a taiga era a lei". E não porque Kolimá era um campo de extermínio de Stálin. E não porque lá os

---

[78] Referência a uma canção popular cujo mote é "Kolimá, fica sabendo que és/ Um mundo dos mais fascinantes/ Os meses de inverno são dez/ E de verão os dois restantes". (N. da T.)

produtos deficitários — *makhorka, tchifir*[79] — eram a moeda real, o ouro verdadeiro, com a qual qualquer coisa podia ser adquirida.

No entanto, o produto mais deficitário era o vidro — utensílios de vidro, recipientes para laboratórios, instrumentos. O gelo tornava o vidro ainda mais frágil, mas a norma para a "quebra admissível" não aumentava. Um simples termômetro medicinal custava cerca de trezentos rublos. Mas não existia um mercado negro de termômetros. O médico precisava requisitá-lo a um delegado do distrito, pois era mais difícil ocultar um termômetro do que a *Gioconda*. Só que o médico não fazia requerimento nenhum. Simplesmente pagava trezentos rublos pelo termômetro e guardava-o em casa, de onde só o tirava quando ia medir a temperatura dos doentes graves.

Em Kolimá, um pote de conservas era um poema. O pote de lata era uma unidade de medida, um medidor prático e sempre ao alcance da mão. A medida da água, dos cereais, da farinha, do *kissiel*, da sopa, do chá. Era a xícara do *tchifir* e onde se podia "requentá-lo" à vontade. E a xícara já vinha esterilizada: purificada pelo fogo. O chá e a sopa também podiam ser aquecidos e fervidos na lata, sobre a estufa ou sobre a fogueira.

Uma lata de três litros era a clássica panelinha de um *dokhodiaga*, com uma alça de arame que se prendia confortavelmente no cinto. E quem em Kolimá algum dia não fora um *dokhodiaga*?

Um pote de vidro era a luz emoldurada por um caixilho de madeira, um caixilho guarnecido de estilhaços na medida certa. Este pote era muito conveniente para armazenar medicamentos no ambulatório.

---

[79] Chá de erva forte, muito amarga, que tira o sono. (N. da T.)

Um pote de meio litro servia de vasilhame para o terceiro prato do refeitório do campo de prisioneiros.

Mas nem os termômetros, nem os recipientes para laboratórios, nem os potes de conservas eram os produtos mais difíceis de encontrar em Kolimá.

O grande déficit de Kolimá era a lâmpada elétrica.

Em Kolimá, havia centenas de lavras e de minas, milhares de setores, de jazidas a céu aberto e de poços, dezenas de milhares de galerias de ouro, urânio, estanho e tungstênio, milhares de missões dos campos de prisioneiros, de povoados de trabalhadores contratados, de zonas e de barracões de destacamentos da guarda, e todos precisavam de luz, luz e mais luz. Kolimá vive nove meses ao ano sem sol, sem luz. A luz impetuosa do sol que não se põe não redime, não oferece nada.[80]

Luz e energia eram fornecidas por pares de tratores e por locomotivas.

O maquinário, os equipamentos de lavagem de cascalho, as galerias exigiam luz. As galerias iluminadas por holofotes conseguiam prolongar o turno da noite e produziam mais.

Em toda parte precisavam de lâmpadas elétricas. Elas eram trazidas do continente — de 300, 500 e 1.000 velas —, prontas para iluminar os barracões e as galerias. Mas a energia irregular produzida pelos geradores condenava as lâmpadas a um desgaste prematuro.

Em Kolimá, a iluminação elétrica constituía uma questão de Estado.

Não eram apenas as minas que precisavam de iluminação. Era necessário iluminar as zonas, suas cercas de arame

---

[80] Durante o verão, em algumas regiões do Norte da Rússia e da Europa, o sol nunca se põe completamente. Este fenômeno é chamado de "noites brancas". (N. da T.)

farpado e suas torres de vigilância, conforme exigências que o Extremo Norte só fazia aumentar, em vez de diminuir.

Era preciso garantir iluminação ao destacamento da guarda. Ali não se arranjava uma declaração para uma dispensa (como acontecia nas minas), pois sempre havia pessoas prontas para fugir e, mesmo que não houvesse para onde correr no inverno e ninguém jamais tivesse fugido de Kolimá durante esta estação, a lei continuava sendo a lei. Na falta de luz natural ou elétrica, tochas eram espalhadas em torno da zona e deixadas na neve até de manhã, até clarear. As tochas eram trapos embebidos em querosene ou gasolina.

As lâmpadas elétricas queimavam depressa. E não havia meio de repará-las.

Kiprêiev escreveu um relatório que surpreendeu o chefe do Dalstroi. O chefe já se via com uma condecoração em sua túnica — uma túnica militar, note-se bem, e não uma jaqueta ou paletó qualquer.

As lâmpadas poderiam ser reparadas, desde que o vidro estivesse intacto.

Então ordens ameaçadoras voaram por todos os cantos de Kolimá. Todas as lâmpadas queimadas foram cuidadosamente levadas a Magadan. No complexo industrial de Kolimá, situado no km 47, foi construída uma fábrica. A fábrica de restauração de lâmpadas elétricas.

O engenheiro Kiprêiev foi nomeado o chefe da oficina. O restante do efetivo que se reuniu ao redor da empreitada das lâmpadas era composto por trabalhadores contratados. A sorte do projeto foi lançada às mãos calejadas desses homens livres. Mas Kiprêiev não se preocupava com isso. Criadores como ele não podem ser substituídos.

O resultado foi brilhante. Obviamente, depois do conserto, as lâmpadas não duravam muito tempo. Mesmo assim, Kiprêiev economizou para Kolimá muitas horas, muitos dias de ouro. Dias incontáveis. O Estado ganhou uma vantagem enorme, uma vantagem militar e uma vantagem em ouro.

O diretor do Dalstroi recebeu a Ordem de Lênin. Todos os chefes que tiveram alguma relação com a restauração das lâmpadas elétricas receberam uma Ordem.

No entanto, ninguém nem sequer pensou em mencionar o prisioneiro Kiprêiev, nem em Moscou, nem em Magadan. Para eles, Kiprêiev era um escravo, um escravo inteligente, e nada mais.

Em todo caso, o diretor do Dalstroi achou impossível ignorar completamente seu correspondente da taiga.

Houve um grande feriado em Kolimá, marcado por Moscou, uma festa para um círculo restrito, uma festa solene em homenagem... a quem? Ao diretor do Dalstroi e a todos que haviam recebido condecorações e agradecimentos, pois, além do decreto do governo, o diretor do Dalstroi anunciou seus próprios agradecimentos, condecorações e incentivos: todos os que participaram do reparo das lâmpadas elétricas, todos os colaboradores da fábrica onde ficava a oficina de restauração, receberiam pacotes americanos, ainda do tempo da guerra. Esses pacotes, que haviam sido fornecidos pelo *lend-lease*,[81] continham um terno, uma gravata, uma camisa e um par de botas. O terno, ao que parece, perdeu-se ao ser transportado; em compensação, as botas americanas de couro vermelho e sola grossa eram o sonho de qualquer chefe.

O diretor do Dalstroi aconselhou-se com seus ajudantes, e todos concordaram que o engenheiro *zek* não poderia nem sonhar com uma felicidade maior do que essa, com um presente melhor do que esse.

---

[81] Programa dos Estados Unidos de ajuda aos países aliados na Segunda Guerra Mundial, com o fornecimento de máquinas, equipamentos, roupas e alimentos. (N. da T.)

Quanto à redução da pena do engenheiro ou à sua libertação completa, o diretor nem sequer cogitou em fazer um pedido a Moscou em tempos tão alarmantes. Um escravo deveria ficar satisfeito por ganhar os velhos sapatos de seu dono, um terno com as marcas dos ombros de seu senhor.

Falavam desses presentes em todos os cantos de Magadan, de Kolimá. Os chefes locais receberam condecorações e agradecimentos a rodo. Mas um terno americano, botas de sola grossa... isso já era como uma viagem à lua, um voo a outro mundo.

Deram início à grande festa: caixas brilhantes de papelão, com os ternos dentro, foram empilhadas numa mesa coberta por um feltro vermelho.

O diretor do Dalstroi leu o decreto, que, evidentemente, não fazia nem poderia fazer menção ao nome de Kiprêiev.

O chefe do Departamento Político leu a lista dos que receberiam os presentes. O sobrenome do engenheiro foi o último a ser chamado. Kiprêiev foi até a mesa, vivamente iluminada por lâmpadas, por suas lâmpadas, e pegou a caixa das mãos do diretor do Dalstroi.

Kiprêiev disse em alto e bom som: "Não vou usar esses trapos americanos", e colocou a caixa na mesa.

Kiprêiev foi preso no ato e recebeu oito anos adicionais à sua pena conforme o artigo... não sei que artigo, e também não tinha a menor importância em Kolimá, ninguém se interessava.

No entanto, será que havia um artigo que proibisse recusar presentes americanos? Mas não foi apenas por isso... Nas considerações finais do investigador responsável pelo novo processo de Kiprêiev constava: "disse que Kolimá é um Auschwitz sem os fornos crematórios".

A esta segunda pena Kiprêiev reagiu com tranquilidade. Ele sabia o que aconteceria ao recusar os presentes americanos. Mas havia tomado algumas medidas para sua segurança pessoal. As medidas foram as seguintes: pedira a um conhecido que escrevesse uma carta a sua esposa, que estava no continente, dizendo que ele, Kiprêiev, havia morrido. E ele mesmo parou de escrever a ela.

O engenheiro foi afastado da fábrica e mandado para as minas, para os trabalhos gerais. Pouco tempo depois a guerra terminou, e o sistema do campo de prisioneiros tornou-se ainda mais complexo — um campo numerado[82] estava à espera de um reincidente excepcional como Kiprêiev.

O engenheiro adoeceu e acabou no hospital central para detentos. Ali, os serviços de Kiprêiev mostraram-se muito necessários — era preciso juntar as peças velhas e defeituosas de um aparelho de raios X e fazê-lo funcionar. O chefe do hospital prometeu sua liberação, uma redução da pena.

O engenheiro pouco acreditava em promessas como essa, pois havia sido registrado como "doente", e os benefícios por dias trabalhados só valiam para funcionários efetivos do hospital. Mas ele preferia tentar acreditar nas promessas do chefe — afinal, a sala de raios X não era a lavra, não era uma mina de ouro.

Então soubemos de Hiroshima.

— Veja só, a bomba, era nisso que trabalhávamos em Khárkov.

— O suicídio de Forrestal.[83] Um rio de telegramas ultrajantes.

— Sabe qual é o problema? Para um intelectual ocidental, tomar a decisão de lançar a bomba atômica é algo mui-

---

[82] Os campos independentes de prisioneiros, de regime ainda mais rigoroso, criados pelo Ministério do Interior da URSS em fevereiro de 1948, eram dirigidos aos criminosos políticos considerados mais perigosos (anarquistas, espiões, trotskistas, terroristas etc.). (N. da T.)

[83] James Forrestal (1892-1949), financista norte-americano. Foi secretário da Marinha e o primeiro secretário de Defesa dos EUA, cargo que perdeu em março de 1949, pouco antes de cometer suicídio. (N. da T.)

to complexo, muito penoso. Depressão, loucura, suicídio... eis o preço que um ocidental paga por decisões como essa. Um Forrestal nosso não teria enlouquecido. Quantas pessoas boas você já encontrou na vida? Boas de verdade, aquelas que sentimos vontade de imitar, de servir?

— Deixe-me pensar: Miller, um engenheiro sabotador, e mais uns cinco.

— É muito.

— A Assembleia da ONU assinou um protocolo sobre o genocídio.[84]

— Genocídio? Com o quê se come isso?

— Nós também assinamos. Claro, 1937 não foi um genocídio. Foi apenas o extermínio dos inimigos do povo. Era possível assinar a convenção.

— O regime está apertando todos os parafusos. Não podemos nos calar. É como no bê-á-bá: "Não so-mos es-cra--vos. Es-cra-vos não so-mos". Precisamos fazer alguma coisa, provar algo a nós mesmos.

— A única coisa que provamos a nós mesmos é a nossa própria estupidez. Viver, sobreviver, é esta a nossa tarefa. Não perder o controle... A vida é muito mais séria do que você imagina.

Os espelhos não conservam lembranças. Mas o que escondo em minha mala dificilmente pode ser chamado de espelho — um fragmento de vidro, como uma superfície de águas turvas, como um rio tornado sujo e opaco que guardou em si algo importante, algo infinitamente mais importante que seu fluxo cristalino, diáfano e límpido até o fundo. O espelho turvou e não reflete mais nada. Mas um dia foi um

---

[84] A convenção para prevenção e repressão do crime de genocídio foi aprovada pela Assembleia Geral da Organização das Nações Unidas (ONU) em 9 de dezembro de 1948. (N. da T.)

espelho de verdade, um presente desinteressado que passou duas décadas comigo, que me acompanhou pelos campos de prisioneiros e pela liberdade, que mais parecia o campo, e por tudo o que houve depois do XX Congresso do Partido.[85] O espelho que me foi dado por Kiprêiev não foi mais uma das negociações do engenheiro, mas o resquício de um experimento, de um experimento científico feito na escuridão do gabinete de raios X. Fiz uma moldura de madeira para este pedaço de espelho. Ou melhor, mandei fazê-la. A moldura está inteira até hoje, quem a fez foi um marceneiro da Letônia que convalescia no hospital, em troca de uma ração de pão. Naquela época, eu já tinha condições de oferecer uma ração de pão para satisfazer um desejo puramente pessoal, um pedido puramente supérfluo.

    Olho para esta moldura grosseira, que fora pintada com tinta a óleo vermelha, a mesma usada para pintar pisos — o hospital havia passado por uma reforma e o marceneiro pedira um pouco de tinta. Depois a moldura foi revestida com laca, mas a laca há tempos se desgastou. Agora não se vê mais nada no espelho, mas, em outras épocas, em Oimiakon, eu fazia a barba com ele, e todos os trabalhadores contratados me invejavam. E me invejaram até 1953, quando um homem livre, um sujeito astuto, enviou ao povoado uma remessa de espelhos, de espelhos baratos. E estes espelhos minúsculos e miseráveis — quadrados, redondos — foram vendidos quase a preço de lâmpadas elétricas. Mas todos tiraram dinheiro de suas cadernetas de poupança e os compraram. Os espelhos acabaram em um dia, em uma hora.

    Depois disso, meu espelho artesanal deixou de suscitar inveja em minhas visitas.

[85] No XX Congresso do Partido Comunista da URSS, que ocorreu entre 14 e 25 de fevereiro de 1956, Nikita Khruschov (1894-1964), então secretário-geral, denunciou as atrocidades de Stálin. (N. da T.)

O espelho continua comigo. Não é um amuleto. Nem sei dizer se ele traz sorte. Talvez ele receba raios de maldade, reflita raios de maldade, e não permita que eu me misture ao fluxo de pessoas que, ao contrário de mim, desconhecem Kolimá ou o engenheiro Kiprêiev.

Kiprêiev era indiferente a tudo. Ele começou a ensinar o ofício de radiologista a um delinquente qualquer, quase um *blatar*, que atendia pelo sobrenome de Rógov, um criminoso reincidente, um *blatar* minimamente letrado que fora convidado pela chefia para ser instruído, que aprendia os segredos da sala de raios X movendo as alavancas para ligar e desligar o aparelho.

As intenções da chefia eram grandes e a menor de suas preocupações era o *blatar* Rógov. Só que este foi instalado com Kiprêiev na sala de raios X, quer dizer, o *blatar* podia controlá-lo, vigiá-lo e denunciá-lo, fazendo parte de um serviço do Estado, na qualidade de um amigo do povo. Ele constantemente informava a chefia de tudo, avisava-a de todas as conversas e visitas. Quando não a importunava, fazia denúncias, sempre de vigia.

Era esse o objetivo principal da chefia. Em todo caso, Kiprêiev preparava seu substituto, escolhido entre um dos criminosos comuns.

Logo que Rógov aprendesse o ofício, que se tornaria sua profissão por toda a vida, Kiprêiev seria enviado ao Berlag,[86] um campo numerado para criminosos reincidentes.

Kiprêiev tinha consciência de tudo e não pretendia opor--se ao destino. Ele ensinava a Rógov sem pensar em si mesmo.

---

[86] Acrônimo de *Beregovói Ispravítelno-Trudovói Lager*, Campo de Trabalho Correcional da Costa. Trata-se do campo independente n° 5, com suas divisões, que funcionou, como parte do Dalstroi, de 1949 a 1954. Em 1954, voltou a ser um campo de prisioneiros comum. (N. da T.)

A sorte de Kiprêiev era que Rógov não se aplicava muito. Como todo criminoso comum que havia compreendido o principal, ou seja, que a chefia, fosse como fosse, jamais perdoaria seus crimes passados, Rógov não dava muita atenção às lições. Mas um dia a hora chegou. Rógov declarou que já era capaz de operar a máquina, e Kiprêiev foi enviado ao campo numerado. No entanto, algo no aparelho de raios X desajustou, e, por intermédio dos médicos, Kiprêiev foi mandado de volta ao hospital. A sala de raios X voltou a funcionar.

A essa época remonta a experiência de Kiprêiev com a *blenda*.[87]

O dicionário de termos estrangeiros de 1964 explica a *blenda* da seguinte maneira: "4) diafragma (uma tampa com abertura regulável), usada em fotografia, microscopia e radioterapia".

Vinte anos antes, a palavra *blenda* não constava no dicionário de termos estrangeiros. Era uma novidade dos tempos de guerra, uma invenção acessória ligada ao microscópio eletrônico.

Uma página arrancada de uma revista técnica caiu nas mãos de Kiprêiev, e logo ele passou a usar o diafragma na sala de raios X do hospital para prisioneiros, situado à margem esquerda do rio Kolimá.

A *blenda* era o orgulho do engenheiro Kiprêiev, sua esperança, embora fosse uma esperança vaga. Falaram sobre a *blenda* numa conferência médica e enviaram um relatório a Magadan, a Moscou. Nenhuma resposta.

— Você seria capaz de fazer um espelho?
— Sem dúvida.
— Um grande, como um tremó?

---

[87] Russificação do termo alemão *blende*, que designa o diafragma das lentes, cuja finalidade é regular a intensidade da luz. (N. da T.)

— Qualquer um. Só preciso de prata.
— Colheres de prata?
— Serve.

Deram ordens para tirar do depósito um pedaço de vidro grosso usado nas mesas dos gabinetes dos chefes e transferi-lo para a sala de radiologia.

A primeira experiência não deu em nada, e, de raiva, Kiprêiev quebrou o vidro com um martelo.

Um dos estilhaços é o meu espelho, o presente de Kiprêiev.

Na segunda vez, tudo saiu a contento, e a chefia recebeu das mãos de Kiprêiev o que tanto sonhara: um tremó.

O chefe nem pensou em gratificar Kiprêiev. A troco de quê? Um escravo sensato deve ser grato simplesmente por permitirem que ele ocupe um leito do hospital. Se a *blenda* atraísse a atenção da chefia, Kiprêiev, além de um agradecimento, nada mais receberia. O tremó, sim, era uma realidade, enquanto a *blenda* não passava de um mito, de algo nebuloso... Kiprêiev estava de pleno acordo com o chefe.

Mas de noite, ao deitar numa tarimba no canto da sala de raios X, depois de esperar a saída da mulher que costumava visitar seu ajudante, aluno e delator, Kiprêiev não queria acreditar nem em Kolimá, nem em si mesmo. A *blenda* não era uma peça qualquer. Era uma façanha tecnológica. Mas tanto em Moscou quanto em Magadan fizeram pouco caso da *blenda* do engenheiro Kiprêiev.

No campo, as pessoas não respondiam a cartas e não gostavam de ser notificadas por isso. Só restava esperar. Um acaso, um encontro importante.

Tudo isso deixava o engenheiro com os nervos à flor da pele — isso se sua pele de chagrém, machucada e gasta, ainda existisse.

Para um prisioneiro, a esperança é sempre um grilhão. A esperança é sempre privação de liberdade. Um homem que espera algo muda seu comportamento, age contra sua consciência com muito mais frequência do que um homem desprovido de esperanças. Enquanto o engenheiro esperou pela decisão sobre a maldita *blenda*, mordeu a língua, fingiu não ouvir piadinhas de todo tipo que divertiam seus chefes mais próximos, sem falar do seu ajudante, que só esperava o dia e a hora em que se tornaria o patrão. Rógov até aprendeu a fazer espelhos — um lucro, um ganho certo.

Todo mundo sabia da história da *blenda*. Todo mundo fazia troça de Kiprêiev, incluindo o secretário do comitê local do Partido no hospital, o farmacêutico Krugliák. O farmacêutico, de rosto rechonchudo, não era um sujeito ruim, só que era esquentado, e o pior é que lhe tinham ensinado que um prisioneiro é como um verme. E o tal Kiprêiev... Não fazia muito tempo que o farmacêutico tinha chegado ao hospital, e ele nunca tinha ouvido falar da história da restauração das lâmpadas elétricas. Também nunca tinha pensado em quanto custara montar uma sala de raios X numa taiga perdida no Extremo Norte.

Para Krugliák, a *blenda* era uma invenção astuta de Kiprêiev, que queria "despistar", "manter as aparências" — expressões que o farmacêutico não demorou a aprender.

Krugliák insultou Kiprêiev na sala de procedimentos do setor cirúrgico. O engenheiro pegou um banquinho e o brandiu na direção do secretário do comitê local do Partido. Na hora, arrancaram o banquinho das mãos de Kiprêiev e o levaram para a enfermaria.

Kiprêiev ficou sob ameaça de ser fuzilado. Ou ainda poderia ser transferido para uma lavra disciplinar, uma zona especial, o que era pior que ser fuzilado. Kiprêiev tinha muitos amigos no hospital, e não só graças aos espelhos. A história das lâmpadas elétricas ainda estava fresca na memória de todos. Eles o ajudavam. Mas agora se tratava do artigo 58, parágrafo 8: terrorismo.

Foram atrás do chefe do hospital. As médicas é que foram. O chefe do hospital, Vinokúrov, não gostava de Krugliák. Vinokúrov estimava o engenheiro, esperava alguma resolução sobre o relatório da *blenda* e era, sobretudo, um homem decente. Um chefe que não usava seu poder para prejudicar ninguém. Independente e carreirista, Vinokúrov não era dado a caridades, mas também não desejava mal a ninguém.

— Está bem, não vou dar ordens para o delegado abrir um processo contra Kiprêiev, mas somente sob a condição de não haver uma queixa formal por parte de Krugliák, a vítima propriamente — disse Vinokúrov. — Se houver queixa, haverá processo. E a lavra disciplinar é a penalidade mínima.

— Obrigada.

Já atrás de Krugliák foram os homens, seus amigos.

— Será que você não entende que o homem será fuzilado? Ele não tem direito a nada. Não é como eu ou como você.

— Mas ele levantou a mão contra mim.

— Ele não levantou a mão coisa nenhuma, ninguém o viu fazer isso. E, se eu desse de discutir com você, bastaria uma palavra sua para eu lhe dar uma na fuça, porque você se intromete em tudo, não deixa ninguém em paz.

Krugliák, no fundo, era um sujeito bom, mas um completo inútil na qualidade de um chefe de Kolimá, e acabou cedendo: não deu queixa.

Kiprêiev permaneceu no hospital. Passado um mês, apareceu ali o major-general Derevianko, o vice-diretor do Dalstroi, o responsável pelos campos, e, aos olhos dos prisioneiros, a autoridade suprema.

Os chefes gostavam de hospedar-se no hospital. Para a grande chefia do Norte, o hospital era onde se podia parar um pouco, onde se podia comer e beber, descansar.

Vestindo um avental branco, o major-general Derevianko andava de departamento em departamento, para esticar o corpo antes do almoço. O humor do major-general estava radiante, e Vinokúrov resolveu arriscar.

— Tenho aqui um prisioneiro que prestou um grande serviço ao Estado.

— Que serviço?

O chefe do hospital deu um jeito de explicar o que era a *blenda*.

— Gostaria de oferecer o livramento antecipado a esse prisioneiro.

O major-general perguntou sobre a ficha do engenheiro e, ouvindo a resposta, deu um mugido.

— Escute o que vou dizer, chefe — disse o major-general. — A *blenda*... vá lá, mas o melhor é mandar esse engenheiro... Kornêiev...

— Kiprêiev, camarada chefe.

— Pois bem, Kiprêiev. Mande-o ao seu devido lugar, conforme seus antecedentes.

— Entendido, camarada general.

Uma semana depois, Kiprêiev foi enviado à lavra, mas na semana seguinte o aparelho de raios X quebrou, e trouxeram o engenheiro de volta.

Agora, a coisa não estava para brincadeiras — Vinokúrov temia que a cólera do major-general se voltasse contra ele.

O chefe da administração jamais acreditaria que o aparelho havia quebrado. E Kiprêiev foi designado para seguir num comboio, só que adoeceu e ficou no hospital.

Kiprêiev estava com mastoidite, uma inflamação na cabeça que pegara numa tarimba da lavra, e uma operação mostrou-se inevitável. Mas ninguém queria acreditar nem no termômetro, nem nos relatórios dos médicos. Enfurecido, Vinokúrov exigiu a operação com urgência.

Os melhores cirurgiões do hospital reuniram-se para operar a mastoide de Kiprêiev. O cirurgião Braude era praticamente um especialista em mastoidite. Em Kolimá, esse tipo de inflamação acontecia sem parar, e Braude ganhara muita experiência, tendo realizado centenas de operações como essa. No entanto, ali ele só seria o assistente. A operação seria realizada pela doutora Nóvikova, uma excelente otorrinolaringologista, discípula do doutor Voiátchek, que havia trabalhado anos e anos no Dalstroi. Nóvikova nunca tinha sido prisioneira, mas fazia anos que trabalhava apenas nas cercanias do Norte. E não porque estava atrás de dinheiro fácil. É que no Extremo Norte muita coisa era relevada. A médica era uma alcoólatra inveterada. Depois da morte do marido, a bela e talentosa Nóvikova passara anos vagando pelo Extremo Norte. No começo, saía-se sempre brilhante, mas depois perdia a linha por semanas.

Nóvikova estava com cerca de cinquenta anos. Não havia ninguém mais qualificado do que ela. A essa altura, a especialista se achava no fim de um acesso de bebedeira, e o chefe de hospital permitiu que Kiprêiev esperasse mais alguns dias.

Ao longo desses dias, Nóvikova se restabeleceu. Suas mãos pararam de tremer, e ela fez uma operação brilhante em Kiprêiev — um presente de despedida de um médico ao seu técnico de raios X. O doutor Braude assistiu-a, e Kiprêiev foi internado no hospital.

Kiprêiev compreendeu que não deveria ter mais esperanças, que não o segurariam no hospital nem uma hora a mais do que o necessário.

O campo numerado o aguardava, onde os prisioneiros eram conduzidos ao trabalho em fila, de cinco em cinco, ombro com ombro, rodeados por uns trinta cachorros.

Mesmo com esse desfecho desesperador, Kiprêiev não traiu sua consciência. Quando o chefe do setor solicitou ao doente, ao prisioneiro engenheiro que tinha acabado de sair de uma operação de mastoidite, uma operação séria, quando lhe solicitou uma refeição especial, isto é, uma dieta reforçada, Kiprêiev recusou-a, dizendo que, entre os trezentos homens acamados, havia doentes mais graves que ele, mais merecedores de uma refeição especial.

E Kiprêiev foi levado embora.

Por quinze anos procurei o engenheiro Kiprêiev. Escrevi uma peça dedicada à sua memória — uma forma categórica de o ser humano intervir no outro mundo.

Mas escrever uma peça dedicada à memória de Kiprêiev não foi o bastante. Foi ainda necessário que, numa rua central de Moscou, num apartamento comunal onde mora uma antiga conhecida, surgisse uma nova vizinha. Por meio de um anúncio, houve uma troca de moradias.

Quando foi conhecer os outros moradores, a nova vizinha entrou no aposento da minha amiga e viu sobre a mesa a peça dedicada a Kiprêiev, revirando-a.

— As iniciais coincidem com as de um conhecido meu. Só que ele não está em Kolimá, está em outro lugar.

Minha conhecida me telefonou. Recusei-me a continuar a conversa. Isso seria um erro. Além do mais, o herói da peça é um médico, enquanto Kiprêiev era um engenheiro físico.

— É isso mesmo, um engenheiro físico.

Troquei de roupa e fui à casa da nova moradora do apartamento comunal.

O destino tece ramagens engenhosas. Mas por quê? Por que são necessárias tantas coincidências para que a vontade do destino se manifeste de forma tão persuasiva? Mal procuramos uns aos outros, e o destino prende nossas vidas em suas mãos.

O engenheiro Kiprêiev continua vivo e mora no Norte. Faz dez anos que o libertaram. Foi transferido para Moscou e chegou a trabalhar em campos secretos. Depois de sua libertação, voltou para o Norte. Quer trabalhar lá até a aposentadoria.

Cheguei a reencontrar o engenheiro Kiprêiev.

— Nunca mais serei um cientista. Um engenheiro comum, e basta. Voltaria como um homem sem direitos, que ficou para trás, enquanto todos os meus colegas do instituto e da faculdade foram laureados há tempos.

— Mas que absurdo.

— Não, não é nenhum absurdo. Para mim, respirar no Norte é mais simples. Quero respirar com leveza até me aposentar.[88]

(1967)

---

[88] Este conto foi baseado na vida do físico soviético Gueórgui Demídov (1908-1987), que passou vinte anos em Kolimá e foi amigo de Chalámov. Além deste conto, Chalámov escreveu a peça *Ivan Fiódorovitch* (1962) em memória do engenheiro. Ao ser libertado dos campos, Demídov passou a viver em Ukhtá e dedicou-se a escrever — as correspondências entre o engenheiro e Chalámov trazem discussões acaloradas sobre literatura. Conhecida apenas clandestinamente, a obra de Demídov começou a ser reunida nos anos 2000, com relatos sobre a vida nos campos de prisioneiros. O primeiro volume saiu com o título *Mundo fascinante* (*Tchudnaia planeta*, Moscou, Vozvraschenie, 2008). (N. da T.)

DOR

Esta é uma história estranha, tão estranha que não pode ser compreendida por aqueles que nunca estiveram num campo de prisioneiros, por aqueles que não conhecem as profundezas sombrias do mundo criminal, do reino dos *blatares*. O campo é o abismo da vida. O mundo criminal não é o fundo desse abismo. É algo diferente, completamente diferente, algo não humano.

Há uma frase banal: a história repete-se duas vezes — a primeira como tragédia e a segunda como farsa.

Não. Há ainda um terceiro reflexo de um mesmo acontecimento, de uma mesma trama — o reflexo do espelho côncavo do mundo subterrâneo. Uma trama inimaginável que nem por isso deixa de ser real, de existir de fato, de estar ao nosso lado.

Nesse espelho côncavo de sentimentos e ações, refletem-se os verdadeiros cadafalsos das "regras" das lavras, do "tribunal de honra" dos *blatares*. Aqui eles brincam de guerra, encenam espetáculos de guerra, mas derramam sangue de verdade.

Existe o mundo das forças superiores, o mundo dos deuses de Homero que descem à terra para se mostrarem a nós e, com seu exemplo, aperfeiçoarem a raça humana. De fato, os deuses estão atrasados. Homero louvava os aqueus, enquanto nós admiramos Heitor — o clima moral mudou um pouco. Às vezes, os deuses chamam os homens para ir ao céu e os tornam espectadores de "atos sublimes".[89] Tudo isso fora desvendado pelo poeta tempos atrás. Existe ainda o mundo e o inferno subterrâneos, de onde às vezes as pessoas voltam, e não desaparecem para sempre. Por que voltam? Seus corações estão repletos da aflição eterna, do pavor eterno de um mundo sombrio, mas que não é absolutamente o além. Este mundo é mais real do que o céu de Homero.

Chelgunóv conseguiu "enfurnar-se" no campo de prisioneiros em trânsito em Vladivostok — um sujeito esfarrapado, sujo e faminto, um recusador de trabalho que escapara da escolta. Era preciso viver, mas os barcos a vapor conduziam ao outro lado do mar, como carretas rumo às câmaras de gás de Auschwitz: barcos atrás de barcos, comboios atrás de comboios. Um ano antes, Chelgunóv estivera no além-mar, de onde ninguém jamais havia voltado, ficara num vale da morte, num hospital, onde aguardava seu retorno para o continente — seus ossos não serviam para a extração do ouro.

Agora o perigo de novo o espreitava, e Chelgunóv, cada vez mais, sentia toda a incerteza que rondava a vida de um prisioneiro. E não havia saída para essa incerteza, para essa fragilidade.

O campo de prisioneiros em trânsito era um povoado enorme recortado em várias direções pelos quadrados regulares das zonas, enredado nos fios de arame farpado e sob o fogo de centenas de torres de vigilância, iluminado por milhares de holofotes que cegavam os olhos fracos dos detentos.

As tarimbas deste enorme campo de trânsito — a porta de entrada a Kolimá — eram subitamente esvaziadas e, en-

___
[89] Excerto do poema "Cícero" (1829-1830), de Fiódor Tiutchev (1803-1873). (N. da T.)

tão, novamente entulhadas de pessoas sujas e extenuadas em novos comboios vindos da liberdade.

Os barcos a vapor aportavam, e o campo de trânsito expelia uma nova porção de gente: esvaziava-se e entulhava-se outra vez.

Na zona onde vivia Chelgunóv, a maior zona do campo de trânsito, todos os barracões eram continuamente desocupados, salvo o barracão nº 9. O barracão dos *blatares*. Era ali que o próprio Rei farreava — o cabeça do grupo. Ali os carcereiros não apareciam, e todo dia os serviçais do campo recolhiam nos degraus da entrada os corpos daqueles que haviam reclamado seus direitos ao Rei.

A esse barracão os cozinheiros levavam os melhores pratos da cozinha e as melhores coisas — os trapos de todos os comboios invariavelmente serviam de aposta nas jogatinas do barracão régio, o nº 9.

Chelgunóv, descendente direto de uma geração de revolucionários, cujo pai era um acadêmico em liberdade e a mãe uma professora, desde a infância vivera cercado de livros; bibliófilo e leitor voraz, assimilara a cultura russa com o leite materno. O século XIX, o século de ouro da humanidade, havia formado Chelgunóv.

Compartilhar o conhecimento. Acreditar nos homens e amá-los: era o que ensinava a grande literatura russa, e fazia tempo que Chelgunóv sentia-se pronto para retribuir à sociedade tudo o que havia recebido como legado. Sacrificar-se por qualquer pessoa. Levantar-se contra a mentira, por menor que ela fosse, principalmente quando próxima.

A prisão e o exílio foram a primeira resposta do Estado à sua tentativa de viver de acordo com o que aprendera com os livros, com o século XIX.

Chelgunóv estava perplexo diante da baixeza dos homens à sua volta. No campo de prisioneiros, não havia heróis. Ele não queria acreditar que tinha sido enganado pelo século XIX. A desilusão profunda que sentia pelos homens nos interrogatórios, nos comboios e nos campos de trânsito de repente deu lugar ao ânimo e ao entusiasmo de outros tempos. Chelgunóv procurou e encontrou aquilo que queria, aquilo que sonhava: modelos vivos. Encontrou a força sobre a qual tanto havia lido, e a fé nesta força invadiu seu sangue. Esta força era o mundo dos *blatares*, o mundo criminal.

A chefia, que humilhava, espancava e desprezava os colegas e amigos de Chelgunóv, assim como a ele próprio, temia e respeitava os criminosos.

Era um mundo que se colocava corajosamente contra o Estado, um mundo que poderia ajudar Chelgunóv em sua sede romântica e cega de praticar o bem, em sua sede de vingança...

— Existe algum romancista[90] aqui?

Um sujeito calçava os sapatos apoiando o pé numa tarimba. Ao vislumbrar a gravata e as meias do visitante num ambiente onde havia anos que só se viam *portiankas*, Chelgunóv avaliou sem vacilar: era alguém do barracão nº 9.

— Temos um. Ei, escritor!

— Aqui está ele, o escritor!

Chelgunóv surgiu da escuridão.

— Vamos lá até a casa do Rei, você vai "tirar"[91] umas histórias pra ele.

— Não vou.

— Mas como não vai? Você não passa de hoje à noite, imbecil!

A grande literatura já havia preparado Chelgunóv para

---

[90] "Romancistas" eram os contadores de histórias, homens muito valorizados no campo de prisioneiros. (N. da T.)

[91] No original, *tiskát*, "imprimir", "prensar". Era um jargão local usado para os "romancistas", que normalmente contavam histórias de teor fantástico. (N. da T.)

o encontro com o mundo do crime. Respeitoso, Chelgunóv atravessou a soleira do barracão nº 9. Todos os seus nervos, toda a sua inclinação para o bem, estavam tensos, tiniam como cordas. Chelgunóv precisava triunfar, precisava conquistar a atenção, a confiança e a estima de um ouvinte muito importante: o senhor de tudo, o Rei. E Chelgunóv realizou essa proeza. Todos os seus infortúnios acabaram no instante em que os lábios secos do Rei abriram-se num sorriso.

Só Deus me faria lembrar todas as histórias que Chelgunóv "tirou"! Descartar de cara seu trunfo, *O conde de Monte Cristo*, Chelgunóv não queria. Não. Diante do Rei, ele fez reviver as crônicas de Stendhal e a autobiografia de Cellini, com as lendas sangrentas da época medieval italiana.

— Bravo, que sujeito! — dizia o Rei com voz rouca. — Esbaldou-se em cultura.

Dessa noite em diante, para Chelgunóv, já não existia nem conversa sobre o trabalho no campo. Deram-lhe comida e tabaco e, no dia seguinte, transferiram-no para o barracão nº 9 com uma autorização de moradia permanente, se é que tais autorizações existiam no campo.

Chelgunóv tornou-se o romancista da corte.

— Por que está triste, romancista?

— Penso na minha casa, na minha esposa...

— E então?

— Sabe como é, o interrogatório, o comboio, a prisão de trânsito. Enquanto não o levam para as minas de ouro, não permitem troca de correspondências.

— Mas que trouxa! E a gente serve pra quê? Escreva pra sua belezura, e vamos enviar a carta pela nossa estrada de ferro, sem caixas postais. Que tal, romancista?

— Serei seu eterno servidor.

— Então, escreva.

E Chelgunóv passou a enviar uma carta por semana a Moscou.

A esposa de Chelgunóv era uma atriz, uma atriz moscovita filha de um general.

Tempos atrás, quando ele foi preso, eles se abraçaram: "Mesmo que fique um ano ou até dois sem receber cartas, eu o esperarei. Estarei sempre ao seu lado."

"Você as receberá bem antes", disse Chelgunóv com segurança e virilidade, acalmando a esposa. "Acharei os canais certos. E por meio deles você receberá minhas cartas e me responderá."

"Sim! Sim! Sim!"

— Devo chamar o romancista? Já cansou dele? — solícito, Kólia Karzúbi perguntou ao seu chefe. — Quer que tragam um *petiúntchik* do novo comboio?... Talvez um dos nossos, ou quem sabe um dos 58?

Os *blatares* chamavam os pederastas de *petiúntchik*.

— Não. Chame o romancista. Nos esbaldamos de cultura, é verdade. Só que tudo isso não passa de romance, de teoria. Vamos jogar outra rodada com esse *fráier*. Tempo nós temos de sobra.

— Meu sonho, romancista — disse o Rei depois de concluir todos os rituais antes de dormir: os calcanhares foram coçados, a cruz foi pendurada no pescoço, e as "ventosas" da prisão foram aplicadas nas costas: tapas e beliscões —, meu sonho, romancista, é receber cartas de uma mulher de fora da prisão como a sua. Que belezura! — o Rei revirou a fotografia estropiada e desgastada de Marina, a esposa de Chelgunóv, a fotografia que foi salva de milhares de inspeções, desinfecções e roubos. — Que bela mulher! Sob medida para uma "sessão". Filha de um general! Uma atriz! Vocês, *fráieres*, é que têm sorte, mas, para nós, só sobram as sifilíticas. O sujeito já nem liga para a gonorreia. Bem, vamos tirar uma pestana. Já estou quase sonhando.

Dor

Na noite seguinte, o romancista não "tirou" nenhum romance.

— *Fráier*, existe algo em você que faz bem para minha alma. Você é um trouxa completo, mas tem uma gota de sangue de vigarista. Escreva uma carta para a esposa de um camarada meu, enfim, um homem aí. Você é um escritor. Alguma coisa melosa, criativa, já que conhece tantos romances. Na certa, nenhuma mulher resistirá a uma carta escrita por você. Pois a gente... a gente é um povo ignorante. Escreva. Depois ele vai passar tudo a limpo e enviar. Vocês têm até o mesmo nome: Aleksandr. Chega a ser hilário. Tudo bem que ele só é chamado de Aleksandr no processo que corre contra ele. Mas não deixa de ser Aleksandr. Chura,[92] quer dizer, Chúrotchka.

— Nunca escrevi cartas desse gênero — disse Chelgunóv. — Mas posso experimentar.

O Rei explicava o sentido de cada carta oralmente e Chelgunóv-Cyrano dava vida às suas ideias.

Chelgunóv escreveu cinquenta cartas como essa.

Numa delas constava: "Reconheço-me culpado de tudo, e peço que o poder soviético conceda-me perdão...".

— Será que agora um *urka*,[93] um criminoso, pede perdão? — perguntou Chelgunóv, interrompendo a escrita de modo involuntário.

— Como é? — disse o Rei. — É uma carta clandestina, uma impostura, um disfarce, um engodo. Uma artimanha de guerra.

Chelgunóv não perguntou mais nada e, submisso, apenas escrevia o que o Rei ditava.

---

[92] Apelido de Aleksandr. (N. da T.)

[93] Jargão do campo usado para bandidos calejados, sinônimo de *blatar*. (N. da T.)

Chelgunóv relia as cartas em voz alta, corrigia o estilo e orgulhava-se da força de sua mente ainda viva. O Rei dava seu consentimento, descerrando os lábios num sorriso majestoso.

Tudo temina um dia. E a escrita de cartas para o Rei um dia terminou. Talvez por um motivo sério — circulou um rumor, um boato, dizendo que, apesar de tudo, o Rei seria mandado num comboio a Kolimá, para onde ele mesmo, entre tantas mortes e falcatruas, havia mandado muitos homens. Diziam que o apanhariam dormindo, amarrariam seus pés e suas mãos e o jogariam num barco a vapor. Era hora de parar com as correspondências em que, por quase um ano, Chelgunóv-Cyrano declarou seu amor a Roxane em nome de Cristiano. Mas era preciso terminar o jogo à maneira *blatar*, regado a sangue de verdade...

O sangue coagulava na têmpora de um homem cujo corpo foi largado à vista do Rei.

Chelgunóv quis cobrir o rosto, que estampava um olhar de reprovação.

— Viu quem é? É o seu xará, Chura, pra quem você escrevia cartas. Hoje o pessoal da investigação deixou o homem ajeitado, cortou a cabeça dele com um machado. E a cara, olha lá, cobriram com uma echarpe. Escreva aí: "Quem escreve é um camarada de Chura! Ontem Chura foi fuzilado e me apresso em lhe escrever que suas últimas palavras...". Escreveu? — disse o Rei. — Depois passamos a limpo e vai ficar bom. Agora você não precisa mais escrever cartas. Esta eu seria capaz de escrever até sem você — disse o Rei sorrindo. — A educação é uma coisa valiosa, escritor. A gente é um povo ignorante...

Chelgunóv escreveu a carta com a notícia do falecimento.

O Rei parece que adivinhou: foi pego de noite e enviado para o outro lado do mar.

E Chelgunóv, agora sem contato com sua família, perdeu as esperanças. Lutou sozinho por um ano, dois, três — arrastava-se do hospital ao trabalho, indignado com a esposa, que se revelou uma canalha e uma covarde que não soube fazer uso dos "canais confiáveis" e esqueceu-se do marido, de Chelgunóv, espezinhando qualquer lembrança dele.

Só que o inferno do campo de prisioneiros também chegou ao fim, e Chelgunóv foi libertado e voltou para Moscou. Sua mãe disse que não tinha notícias de Marina. Seu pai havia morrido. Chelgunóv descobriu uma amiga da esposa, uma colega do teatro, e foi até o seu apartamento.

A amiga deu um grito:

— O que aconteceu? — perguntou Chelgunóv.

— Chura, você não está morto?...

— Como morto?! Estou bem na sua frente!

— Viverá para sempre — intrometeu-se um homem do quarto vizinho. — Existe uma crença assim.

— Talvez não seja necessário viver para sempre — disse baixinho Chelgunóv. — Mas o que aconteceu? Onde está Marina?

— Marina está morta. Depois que você foi fuzilado, ela se jogou debaixo de um trem. Só que em Rastorgúiev, e não onde Anna Kariênina se jogou. Meteu a cabeça sob as rodas. Pegou em cheio, a cabeça foi completamente cortada. Você confessou sua culpa, mas Marina não quis escutar, acreditava em você.

— Confessei?

— Sim, você mesmo escreveu. E sobre o fuzilamento quem escreveu foi seu camarada. Aqui está o bauzinho de Marina.

No baú estavam as cinquenta cartas que Chelgunóv havia mandado a Marina por intermédio de seus canais de Vladivostok. Os canais funcionavam perfeitamente bem, mas não eram para o bico de um *fráier*.

Chelgunóv queimou todas as cartas que haviam matado Marina. Mas onde foram parar as cartas e a fotografia que ela havia enviado a Vladivostok? Ele imaginou o Rei lendo as cartas de amor, apreciando a fotografia de Marina numa "sessão". E Chelgunóv caiu no choro. E chorou todos os dias do resto de sua vida.

Chelgunóv precipitou-se para a casa de sua mãe, para encontrar qualquer coisa, nem que fossem algumas linhas, escrita pela mão de Marina, mesmo que não tivesse sido endereçada a ele. Encontrou duas cartas, duas cartas antigas, e aprendeu-as de cor.

A filha de um general, uma atriz, escrevendo cartas a um *blatar*... Na língua dos *blatares*, existe o termo *khlestát*, que quer dizer "gabar-se", um jargão que chegou ao dialeto *blatar* por meio da grande literatura. *Khlestát* envolve ser um Khlestakóv,[94] e o Rei tinha motivos para ser um, para gabar-se: "Este *fráier*, o romancista. Que comédia. Meu querido Chura. É assim que se escreve uma carta, mas você, sua cadela sem-vergonha, não consegue nem juntar uma palavra com outra...". O Rei lia trechos de seu próprio "romance" para Zoia Talítova, uma prostituta.

"Não tenho educação." "A ignorância... Aprendam a viver, bestas."

Tudo isso Chelgunóv via claramente em sua imaginação, parado na entrada escura de um prédio de Moscou. A cena de Cyrano, Cristiano e Roxane fora encenada no nono círculo do inferno, quase sobre o gelo do Extremo Norte. Chelgunóv havia acreditado nos *blatares* e eles o fizeram matar a esposa com as próprias mãos.

---

[94] O verbo *khlestát* significa "açoitar", "chicotear". Khlestakóv é o personagem principal de *O inspetor geral* (1836), peça de Nikolai Gógol (1809-1852). (N. da T.)

Dor 121

As duas cartas estavam muito desgastadas, mas a tinta ainda não tinha desbotado nem o papel desmanchado. Todo dia, Chelgunóv relia essas cartas. Como conservá-las eternamente? Que cola repararia as fendas, as rachaduras desses papéis de carta que um dia foram brancos? Só não daria para usar vidro líquido. O vidro líquido queimaria, destruiria o papel. Em todo caso, é possível colar as cartas, para que vivam eternamente. Qualquer arquivista conhece esse método, especialmente se for um arquivista do Museu de Literatura. É preciso fazer as cartas falarem, e é tudo.

Um rosto encantador de mulher foi grudado num vidro e colocado ao lado de um ícone russo do século XII, e, um pouco acima, estava o ícone da Virgem das Três Mãos. O rosto de mulher, a fotografia de Marina, encaixava-se perfeitamente ali, até superava o ícone... E o que faltava para Marina ser uma Virgem Maria, uma santa? O quê? Por que tantas mulheres viram santas, comparáveis aos apóstolos, mártires, e Marina é apenas uma atriz que meteu a cabeça debaixo de um trem? Ou a religião ortodoxa não admite suicidas entre os anjos? A fotografia desaparecia entre os ícones, ela mesma era um ícone.

Às vezes Chelgunóv acordava no meio da noite, e, sem acender a luz, tateava a mesa à procura da fotografia de Marina. Os dedos congelados no campo não conseguiam distinguir o ícone da fotografia, a madeira da cartolina.

Ou talvez Chelgunóv estivesse simplesmente bêbado. Ele bebia todos os dias. Claro que a vodca é prejudicial, que o álcool é um veneno, mas o antabuse[95] é uma coisa boa. E que fazer se o ícone de Marina estava bem em cima da mesa?

---

[95] Remédio usado no tratamento do alcoolismo. (N. da T.)

— Ei, Guenka, você ainda se lembra daquele *fráier* escritor, do romancista? Ou já esqueceu faz tempo? — perguntou o Rei antes de pegar no sono, depois de concluir todos os seus rituais.

— Como poderia esquecer? Lembro muito bem. Era um imbecil, um asno! — e Guenka fez um gesto expressivo, agitando os dedos em leque sobre a orelha direita.

(1967)

A GATA SEM NOME

A gata não conseguiu alcançar a rua a tempo — o motorista Micha[96] apanhou-a na entrada. Com uma broca velha, uma espécie de pé-de-cabra, Micha quebrou a coluna e as costelas da gata. Agarrando-a pelo rabo, o motorista abriu a porta com o pé e atirou a gata na rua, na neve, na noite, num frio de menos 50°. A gata era de Krugliák, o secretário da organização do Partido no hospital. Krugliák ocupava um apartamento inteiro num sobrado de dois andares de um povoado de trabalhadores livres, e no quarto, disposto acima do de Micha, criava um porquinho. O revestimento do teto de Micha ficara úmido, inchado e escuro e, no dia anterior, havia desabado, deixando cair esterco na cabeça do motorista. Micha fora até o vizinho pedir explicações, mas Krugliák o expulsara. Micha era um sujeito decente, mas a ofensa tinha sido grande demais, e bastou a gata do vizinho cair em suas mãos...

Em cima, no apartamento de Krugliák, houve silêncio: apesar dos ganidos, dos gemidos, dos gritos de socorro da gata, ninguém apareceu na rua. Será que a gata gritava por socorro? Ela não acreditava que alguém viria em seu socorro; fosse Krugliák, fosse o motorista; para ela, era indiferente.

Voltando a si, a gata arrastou-se para fora de um monte de neve, indo até um caminho de gelo que brilhava sob a

[96] Apelido de Mikhail. (N. da T.)

luz da lua. Eu estava passando por perto e levei a gata comigo para o hospital, o hospital dos detentos. Não era permitido manter gatos na enfermaria, apesar de estar tão infestada de ratos que nem a estricnina nem o arsênico conseguiriam dar conta, e de ratoeiras e armadilhas já nem se fala. O arsênico e a estricnina eram guardados a sete chaves e não estavam destinados aos ratos. Implorei ao enfermeiro do setor neuropsiquiátrico que levasse a gata para os loucos. Lá a gata reanimou e recobrou as forças. O rabo congelado caiu, sobrou só um toquinho, e uma pata e algumas costelas estavam quebradas. Mas o coração era forte e os ossos fecharam. Dois meses depois a gata já guerreava contra os ratos, limpando o setor neuropsiquiátrico do hospital.

Quem passou a ser o protetor da gata foi Liónetchka, um simulador que dava até preguiça de desmascarar, um imprestável que conseguira se safar durante toda a guerra graças a um capricho incompreensível de um médico, um protetor dos *blatares* que tremia diante de qualquer reincidente, e não de medo, mas de admiração, respeito, veneração. "Um grande ladrão", o respeitável médico falava de seus pacientes, simuladores notórios. E isso não porque o médico tivesse algum objetivo "comercial" — suborno, extorsão. Não. Ao doutor simplesmente faltava energia para praticar o bem, por isso era dominado pelos bandidos. Quanto aos doentes de verdade, estes não conseguiam se internar no hospital ou sequer pôr os olhos num médico. Além do mais, como estabelecer um limite entre uma doença imaginária e uma real, principalmente num campo de prisioneiros? Um simulador que agrava doenças e um doente que sofre de verdade pouco diferem um do outro. Um doente de verdade precisa agir como um simulador para conseguir um leito no hospital.

Mas o que salvou a vida da gata foi o capricho desses loucos. Sem demora, a gata deu umas voltinhas e teve filhotes. É a vida.

Depois, uns *blatares* chegaram ao setor, mataram a gata e dois filhotes e os cozinharam numa caldeirinha, e deram um prato de sopa de carne de gato ao enfermeiro de plantão, meu conhecido, em troca de silêncio e em sinal de amizade. O enfermeiro salvou um dos filhotes para mim, o terceiro filhote, um miudinho cinza cujo nome não sei: fiquei com medo de dar-lhe um nome, de batizá-lo, e assim atrair alguma desgraça para ele.

Parti para meu setor na taiga levando o filhote junto ao peito, a filha da gata sem nome, mutilada, que fora comida pelos *blatares*. Alimentei a gata no ambulatório, fiz-lhe um brinquedo com um carretel e deixei-lhe um pote com água. O problema era que meu trabalho me obrigava a viajar.

Seria impossível deixar a gata trancafiada por dias no ambulatório. Era preciso dá-la a alguém cuja função no campo de prisioneiros permitisse alimentar outro ser, fosse homem ou animal, tanto fazia. O capataz? O capataz odiava animais. A escolta? Nos alojamentos da guarda só mantinham cachorros, pastores-alemães, e isso seria condenar o filhote a sofrimentos infindáveis, a humilhações cotidianas, perseguições e pontapés...

Dei a gatinha a Volódia Buiánov, um cozinheiro do campo. Volódia cuidava da comida no mesmo hospital onde eu havia trabalhado. Um dia, ele encontrou um rato, um rato cozido, na sopa dos doentes, dentro do caldeirão. Volódia fez um escarcéu, apesar de não ter sido um grande escarcéu, tampouco útil, pois nenhum dos doentes teria recusado uma tigela a mais de sopa de rato. A história acabou com Volódia sendo acusado de ter feito isso com alguma intenção etc. O chefe da cozinha era um trabalhador livre, um funcionário contratado, e Volódia foi retirado dali e transferido para a floresta, para o aprovisionamento de lenha. E era justamente lá que eu trabalhava como enfermeiro. A vingança do chefe da cozinha alcançou Volódia até na floresta. A função de cozinheiro era muito invejada. Escreviam denúncias contra Volódia e o vigiavam, dia e noite, voluntariamente. Todos sabiam que não seriam admitidos na função de cozinheiro, mas mesmo assim davam parte de Volódia, seguiam seus rastros e o acusavam. No final das contas, ele perdeu seu posto e me devolveu a gatinha.

Dei a gata ao barqueiro.

O riacho ou, como diziam em Kolimá, a "fonte" de Duskania, em cujas margens se cortava e armazenava madeira, era como todos os rios, riachos e córregos de Kolimá: sua largura era indefinida, instável, dependia do fluxo de água, e o fluxo de água dependia da chuva, da neve e do sol. Por mais que a fonte secasse no verão, era preciso de um transporte, de um barco, para levar as pessoas de uma margem a outra.

Perto do córrego, achava-se a pequena isbá onde morava o barqueiro, que também era pescador.

Os cargos dos hospitais, obtidos por meio de um "pistolão", nem sempre eram fáceis. Geralmente, o sujeito cumpria três jornadas em vez de uma, e, para os doentes que ocupavam os leitos, com um "histórico médico", a coisa era ainda mais complicada, mais delicada.

Escolheram um barqueiro que também pescasse para a chefia. Peixes frescos sempre à mesa do chefe do hospital. Na fonte de Duskania havia peixes, não muitos, mas havia. O barqueiro pescava para o chefe do hospital assiduamente. Toda noite, o motorista que transportava lenha apanhava com o pescador um saco escuro molhado, cheio de peixes e de grama encharcada, jogava o saco na cabine do caminhão e punha-se a caminho do hospital. De manhã, o motorista levava o saco vazio de volta ao pescador.

Quando havia muitos peixes, o chefe do hospital, depois de separar os melhores para si, dava o restante ao médico--chefe e a alguns funcionários de cargos inferiores.

Ao pescador a chefia não dava nem mesmo um pouco

A gata sem nome

de *makhorka*, pois considerava que a função de pescador deveria ser valorizada por quem "tinha histórico", ou seja, por quem tinha um histórico médico.

Os homens de confiança — chefes de brigada, funcionários de escritório — seguiam voluntariamente os passos do pescador para ver se ele vendia peixe sem o conhecimento da chefia. E, de novo, todos escreviam denúncias e acusações.

O pescador era um velho prisioneiro do campo e sabia muito bem que, ao menor deslize, seria forçado a ir para a lavra. Mas não houve nenhum deslize.

Tímalos, salmões asiáticos e salmões-ómuli nadavam à sombra de um rochedo ao longo da correnteza do riacho límpido, uma correnteza ligeira, embrenhando-se na escuridão, num lugar mais profundo, calmo e seguro.

E era ali que ficava a canoa do pescador. As varas pendiam para baixo, atiçando essas variedades de salmões. A gata ficava sentadinha no barco, petrificada como o pescador, vigiando as boias de pesca.

E dava até a impressão de que fora a gata que estendera as varas com as iscas sobre o rio. Ela habituou-se depressa ao pescador.

Quando lançada à água, a gata, embora a contragosto, nadava com facilidade, voltando para a margem, para casa. Ninguém precisou ensiná-la a nadar. Só que ela não aprendeu a ir nadando até o pescador quando ele ancorava a canoa em duas estacas em meio à correnteza para pescar com a vara. Paciente, a gata o esperava voltar até a margem.

Ao longo do riacho, aproveitando a costa esburacada e os sulcos e as depressões formados pela corrente, o pescador armou o espinel: uma corda com anzóis guarnecidos de iscas de peixinhos. É assim que se pescam os peixes grandes. Depois de um tempo, o pescador fez uma barragem de pedras, fechando um dos braços do rio, e cobriu os quatro braços restantes com nassas que ele mesmo havia trançado com ramos de salgueiro. A gata observava atentamente o trabalho. As nassas foram colocadas com antecedência, de modo que, quando os peixes começassem a migrar no outono, não escapassem.

O outono ainda estava longe, mas ele entendeu que conter a migração outonal dos peixes seria seu último trabalho como pescador do hospital. Depois, seria enviado para a lavra. É verdade que ele ainda teria algum tempo para colher frutinhas silvestres e cogumelos. Poderia ficar uma semana a mais, o que já era alguma coisa. A gata não sabia colher frutas e cogumelos.

Mas o outono não chegaria da noite para o dia.

Enquanto isso, a gata caçava peixes com a patinha na parte rasa do rio, apoiando-se com força no cascalho da margem. A caça não era lá grande coisa mas, em compensação, o pescador dava todos os restos de peixe a ela.

No fim de cada pescaria, de cada jornada, o pescador separava a produção: os peixes maiores eram reservados para o chefe do hospital e ficavam escondidos num salgueiro, dentro da água. Os de tamanho mediano iam para os chefes menos importantes, afinal, todos queriam peixe fresco. Os menores o pescador guardava para si e para a gata.

Algum tempo depois, os homens da nossa missão foram enviados a outro lugar e deixaram com o pescador um cachorrinho de uns três meses que vivia com eles, para o pegarem na volta. Queriam vender o filhote a algum chefe, mas ou não houve interessados, ou não chegaram a um acordo sobre o preço — o fato é que ninguém veio buscar o cachorro até que o outono estivesse bem avançado.

O cachorro integrou-se facilmente à família do pescador; fez amizade com a gata, que era mais velha do que ele — não pela idade, mas pela sabedoria de vida. A gata não tinha o menor medo do cãozinho e respondeu com as unhas ao seu primeiro ataque de brincadeira, arranhando sorrateiramente o focinho do filhote. Depois, fizeram as pazes e ficaram amigos.

A gatinha começou a ensiná-lo a caçar. Para isso ela já tinha todos os fundamentos. Uns dois meses antes, quando ela ainda vivia com o cozinheiro, mataram um urso e lhe arrancaram a pele; a gata atirou-se sobre o animal e, triunfante, cravou as unhas na carne crua e vermelha. Já o cachorrinho pôs-se a ganir e escondeu-se debaixo de um leito do barracão.

Essa gata nunca havia caçado com sua mãe. Ninguém havia lhe ensinado sua arte. Dei leite a esse filhote que sobrevivera à morte da mãe. E aqui estava ela, agora uma gata de batalha, que sabia tudo o que uma gata deveria saber.

Quando ainda morava com o cozinheiro e era um filhote de nada, ela apanhou um rato, seu primeiro rato. Os ratos de Kolimá são grandes, só um pouco menores do que um gato. E a gatinha esganara o inimigo. Quem lhe havia ensinado a ter raiva, a ser hostil? Era uma gata bem nutrida que morava numa cozinha.

A gata ficava horas parada perto da toca de um rato, e o cãozinho ficava paralisado como ela, imitando-a em cada movimento, esperando o resultado da caça, o bote.

A gata repartia a presa com o cão como se ele fosse um gatinho: ela lhe atirava o rato capturado, e o cachorrinho rosnava, aprendendo a caçar.

Mas a gata não teve que aprender nada. Ela já sabia tudo desde que nascera. Tantas vezes presenciei seu instinto de caçador vindo à tona, e não apenas instinto, mas arte e conhecimento.

Quando a gata espreitava passarinhos, o cachorro, ansioso, ficava imóvel, à espera do bote, do golpe final.

Ratos e passarinhos havia aos montes. E de preguiçosa a gata não tinha nada.

O cão e a gata tornaram-se grandes amigos. Juntos, inventaram uma brincadeira que o pescador não cansava de contar e que eu mesmo presenciei umas três ou quatro vezes. Diante da pequena isbá do pescador, havia uma clareira enorme e no meio da clareira um toco grosso de lariço com cerca de três metros de altura. O jogo começava quando a gata e o cãozinho iam a toda para a taiga e punham as tâmias para correr, e estes esquilos listrados do campo, uns animaizinhos de olhos esbugalhados, iam, um após outro, até a clareira. O cachorrinho corria em círculos para tentar apanhar uma tâmia, que escapava facilmente subindo no toco da árvore e lá esperava que ele se distraísse para dar um salto e desaparecer na taiga. O cachorro corria em círculos para ver a clareira melhor, para ver a cepa com o esquilo listrado no topo.

A gata saía em disparada pela grama até o toco e o escalava em direção à tâmia. A tâmia dava um pulo e acabava na boca do cão. A gata saltava da árvore e o cãozinho largava a presa. Depois de examinar o animalzinho morto, a gata empurrava-o com a pata para seu amigo.

Naquela época, eu passava com frequência por este caminho; na isbá do barqueiro eu fervia meu *tchifir*, comia alguma coisa e descansava antes de começar uma longa caminhada pela taiga — eu precisava transpor vinte quilômetros para chegar ao meu destino, ao ambulatório.

Toda vez que eu olhava para a gata, o cãozinho, o pescador, para a algazarra alegre entre eles, pensava no outono implacável, na fragilidade dessa pequena felicidade e no direito de cada um a essa fragilidade: do animal, do homem, do pássaro. O outono vai separá-los, eu pensava. Mas a separação chegou antes do esperado. O pescador viajou para o campo de prisioneiros atrás de mantimentos e, quando voltou, não achou mais a gata. Ele a procurou por duas noites, subiu quase todo o riacho, verificou todas as armadilhas, to-

das as emboscadas, gritou, chamou por um nome que a gata não tinha, que não conhecia.
O cachorrinho estava em casa, mas não podia falar. Ele uivava, chamava a gata.
Mas a gata não voltou.

(1967)

O PÃO DE OUTRO

Esse pão era de outro, o pão do meu camarada. Meu camarada confiava apenas em mim, ele havia saído para o turno do dia e deixado comigo o pão dentro de um bauzinho russo de madeira. Agora já não fabricam baús como esse, mas, nos anos 1920, as beldades moscovitas exibiam-se com essas maletas esportivas de imitação de couro de crocodilo. No bauzinho havia pão, uma ração de pão. Ao sacudir a caixa, dava para sentir o pão virando lá dentro. O baú estava sob minha cabeça. Fiquei muito tempo sem conseguir dormir. Um homem faminto não dorme direito. Mas eu não conseguia dormir porque o pão estava sob minha cabeça, o pão de outro, o pão do meu camarada. Sentei-me no leito... Tive a impressão de que todos olhavam para mim, de que todos sabiam o que eu pretendia fazer. O faxina, perto da janela, remendava alguma coisa. Outro fulano, cujo nome eu não sei e que, assim como eu, trabalhava no turno da noite, estava deitado no lugar de outro, no meio do barracão, com os pés virados para a estufa de ferro aquecida. A mim este calor não chegava. O fulano estava deitado de costas, com o rosto voltado para o alto. Aproximei-me dele — seus olhos estavam fechados. Dei uma espiada nas tarimbas de cima — ali, num canto do barracão, alguém dormia ou apenas descansava, coberto com um monte de trapos. Deitei-me de novo em meu lugar, com a firme decisão de dormir. Contei até mil e levantei-me outra vez. Abri o baú e retirei o pão. Era uma ração de trezentos gramas, fria como um pedaço de madeira. Eu a aproximei do nariz, e minhas narinas sentiram o odor secreto, quase imperceptível, de pão. Coloquei o naco de volta no baú e o retirei outra vez. Virei a caixa e despejei algumas migalhas na palma da mão. Lambi as migalhas e na hora a boca se encheu de saliva e as migalhas dissolveram. Não hesitei mais. Belisquei três pedacinhos de pão, minúsculos como a unha do meu mindinho, e coloquei o pão de volta no baú. Belisquei e chupei as migalhas. Então adormeci, orgulhoso por não ter roubado o pão do meu camarada.

(1967)

UM ROUBO

A neve caía, o céu estava cinza, a terra estava cinza, e uma fileira de homens, que passava de uma colina de neve a outra, estendia-se pelo horizonte. Depois foi preciso esperar um bom tempo, até o chefe da brigada terminar de alinhar a tropa, como se um general os espreitasse atrás da colina de neve. A brigada alinhou-se em pares e desviou-se do atalho — o caminho mais curto para casa, para o barracão —, pegando outra estrada, uma estrada para cavalos. Fazia pouco tempo que um trator havia passado, e a neve ainda não tinha coberto os rastros que pareciam pegadas de um animal pré--histórico. Era bem mais difícil caminhar por ali do que pelo atalho; todos se apressavam e, a cada instante, alguém tropeçava e ficava para trás, mas, tão logo desprendia suas *burki* forradas de algodão cheias de neve, saía em disparada atrás dos camaradas. De repente, depois de uma curva perto de um monte de neve, surgiu a figura preta de um homem usando um enorme *tulup* branco. Só ao me aproximar pude ver que o monte de neve era uma pilha de sacos de farinha. Provavelmente um caminhão atolara ali e, depois de descarregado, fora rebocado por um trator.

A brigada avançava sem desvios na direção da vigia, passando ao lado da pilha de sacos em marcha acelerada. Depois, o chefe da brigada afrouxou o passo, e as fileiras desmancharam. Tropeçando na escuridão, os operários finalmente avistaram a luz de uma lâmpada elétrica enorme, pendurada no portão do campo de prisioneiros.

A brigada alinhou-se diante do portão às pressas e de forma irregular, queixando-se de frio e de cansaço. O carcereiro apareceu, descerrou o portão e deu passagem aos homens que entravam na zona. Mesmo dentro da zona, os homens continuaram a andar em fila, até chegarem ao barracão, e eu continuava sem entender.

Foi apenas perto do amanhecer, quando começaram a distribuir a farinha com uma panelinha no lugar do medidor, que eu entendi que, pela primeira vez na vida, tinha participado de um roubo.

Isso não me deixou muito abalado: não havia tempo para pensar, era preciso preparar minha parte usando qualquer um dos métodos disponíveis naquela época — bolinhos cozidos, sopa de legumes, os famosos *rvantsi*,[97] ou simplesmente pães achatados de centeio, crepes e panquequinhas.

(1967)

---

[97] Massa de corte irregular, espécie de nhoque, feito à base de água e farinha. (N. da T.)

A CIDADE NO TOPO DA MONTANHA

Fui levado a essa cidade no topo da montanha pela segunda e última vez no verão de 1945. Dois anos antes, eu tinha sido retirado de lá para ir ao tribunal, ao meu julgamento, quando eu recebi dez anos de pena. Depois, me arrastei atrás de "vitaminas", em missões que eram o prenúncio da morte: eu "depenava" o *stlánik*,[98] passava um tempo no hospital e saía para as missões outra vez. Acabei fugindo do setor da fonte Almázni, onde as condições eram insuportáveis, sendo detido e submetido a um inquérito. Minha nova pena tinha acabado de começar, e o investigador decidiu que para o Estado não haveria grande vantagem num novo inquérito, numa nova condenação, no início de uma nova pena, num novo cálculo do tempo de vida prisional. O memorando mencionava a lavra disciplinar, a zona especial, onde, daquele dia em diante, eu deveria ficar para todo o sempre. Mas eu não quis dizer amém.

Nos campos de prisioneiros havia uma regra: não enviar, não "escoltar" os prisioneiros com novas condenações às lavras onde eles já haviam trabalhado. Um senso prático extraordinário. O Estado assegurava a vida de seus colaboradores secretos, de seus informantes, perjuros e falsos testemunhos. Este era o direito mínimo deles.

---

[98] Das folhas do *stlánik* era feito um xarope que se acreditava ser rico em vitamina C. (N. da T.)

Mas comigo agiram de outra maneira, e não apenas devido à indolência do investigador. Não, os heróis das acareações, as testemunhas de meu processo anterior, já tinham sido retirados da zona especial. O chefe de brigada Nesterienko, seu substituto, o capataz Krivitski, o jornalista Zaslávski, e Chailêvitch, que eu nem conhecera, não estavam mais em Djelgala. Como homens reabilitados, que tinham provado sua lealdade, foram transferidos da zona especial. Assim, o Estado pagava honestamente pelo trabalho de seus informantes e falsos testemunhos. Meu sangue, minha nova pena eram o preço, a remuneração.

Parei de ser chamado para ir aos interrogatórios e, não sem prazer, fiquei instalado numa cela de inquérito abarrotada da Administração do Norte. Não sabia o que fariam comigo: considerariam minha fuga uma ausência não autorizada, o que era um crime infinitamente menor?

Cerca de três semanas depois, fui chamado e transferido para uma cela de prisioneiros em trânsito, onde, perto da janela, sentava-se um homem vestindo uma capa impermeável, umas botas decentes e uma *telogreika* resistente e praticamente nova. Ele "tirou meu retrato", como dizem os *blatares*, e instantaneamente entendeu que eu não passava de um *dokhodiaga*, que não tinha acesso a seu mundo. E eu também "tirei" o dele: afinal, eu não era um mero *fráier*, mas um "*fráier* calejado". Diante de meus olhos, achava-se um *blatar* que, pelo que presumi, seria transferido comigo.

Fomos conduzidos a uma zona especial, à minha velha conhecida Djelgala.

Uma hora depois, a porta da cela se abriu.

— Quem é Ivan Grek?

— Sou eu.

— Uma encomenda pra você — o soldado entregou um embrulho a Ivan, e o *blatar*, sem pressa, colocou-o na tarimba.

— Será que vão demorar?
— Estão trazendo o caminhão.
Depois de algumas horas, acelerando e resfolegando, o caminhão conseguiu chegar a Djelgala, ao posto da vigia. O estaroste[99] do campo surgiu em nossa frente e examinou nossos documentos, os meus e os de Ivan Grek. Estávamos numa zona onde ninguém era o "último da fila" na saída para o trabalho: pastores-alemães, meus olhos são testemunhas, faziam todos, sem exceção, saírem correndo, doentes ou não, para o posto de vigia — a formação das frentes de trabalho era feita atrás do posto, perto do portão da zona, de onde uma estrada íngreme descia, atravessando a taiga. O campo de prisioneiros ficava no topo de uma montanha, mas os trabalhos eram conduzidos em seu sopé — mais uma prova de que a crueldade humana não tem limites. Numa plataforma em frente ao posto de vigia, dois carcereiros apanhavam qualquer recusador de trabalho, balançavam o sujeito, segurando-o pelos braços e pelos pés, e o arremessavam ladeira abaixo. Ele despencava, rolando por uns trezentos metros. Lá embaixo um soldado estava à sua espera, e se o prisioneiro não se levantasse, se não caminhasse à custa de pancadas e de empurrões, era preso em duas pértigas amarradas a um cavalo, que arrastava o homem até o trabalho — a distância até as minas era de pelo menos um quilômetro. Eu presenciava esta cena todos os dias, e assim fora até me retirarem de Djelgala. Agora eu estava de volta.

Ser atirado morro abaixo (a zona especial tinha sido projetada para isso) ainda não era o pior. Nem ser arrastado até o trabalho. O terrível era o fim da jornada, pois, depois do serviço extenuante sob um frio intenso, de um dia inteiro

---

[99] Em sentido amplo, *stárosta* (estaroste, na versão aportuguesada) é o chefe de uma comunidade. No caso do campo, o representante dos prisioneiros que dialogava com a administração. (N. da T.)

A cidade no topo da montanha   139

de trabalho, era preciso arrastar-se morro acima de volta, agarrando-se aos galhos, aos ramos, aos cepos. Tínhamos que nos arrastar e ainda carregar lenha para a guarda, para o nosso campo de prisioneiros: "para vocês mesmos", como dizia a chefia.

Djelgala era uma empresa séria. Naturalmente, havia as brigadas *stákhanovtsi*,[100] como a brigada de Margarian, as não tão produtivas, como a nossa, e também a dos *blatares*. Aqui, como em toda lavra de um OLP[101] de primeira categoria, via-se um posto de vigia com a inscrição: "O trabalho é questão de honra, glória, bravura e heroísmo".

Naturalmente, havia denúncias, piolhos, inquéritos e interrogatórios.

O doutor Mokhnatch já não se encontrava no setor sanitário de Djelgala, um homem que por meses me vira dia após dia na recepção do ambulatório e, depois, atendendo às exigências do investigador, escreveu, na minha presença: "o *zek* fulano de tal é um homem saudável e nunca se queixou de nada ao setor médico de Djelgala".

O investigador Fiódorov caíra na risada, dizendo: "Escolha dez presos, os nomes que quiser. Vou recebê-los na minha sala e todos vão depor contra você". Era absolutamente verdade, e eu o sabia tão bem quanto Fiódorov.

Agora Fiódorov já não estava em Djelgala, havia sido transferido. Assim como o doutor Mokhnatch.

E quem estava no setor médico de Djelgala? O doutor Iampólski, um trabalhador contratado, um antigo *zek*.

Nem enfermeiro o doutor Iampólski era. Na lavra Spokóini, onde nos encontramos pela primeira vez, ele só trata-

---

[100] Os que batiam recordes de produção. (N. da T.)

[101] Abreviação de *Otdiêlni Láguerni Punkt*, posto independente da lavra. Normalmente, esses postos achavam-se perto das áreas de trabalho, tendo sido criados para controlar melhor a produção. (N. da T.)

va os doentes com permanganato e iodo, mas nem mesmo um catedrático poderia receitar algo diferente... Sabendo que não havia medicamentos, a alta chefia não era muito rigorosa. A batalha contra o contágio de piolhos era desesperadora e vã, mas de Iampólski a alta chefia só exigia vistos burocráticos nas atas, dados pelos representantes do setor sanitário, uma "vigilância" geral, e nada mais. O paradoxo era que, sem responder a nada e sem tratar a ninguém, o doutor Iampólski, pouco a pouco, acumulara experiência, e era tão valorizado quanto qualquer médico de Kolimá.

Eu tinha um conflito particular com ele. O médico-chefe do hospital onde eu tinha sido internado enviara uma carta ao doutor Iampólski pedindo ajuda para que eu fosse readmitido. Sem nada melhor a fazer, Iampólski entregou esta carta ao chefe do campo de prisioneiros, quer dizer, denunciou-me. Só que Emeliánov não entendeu a intenção verdadeira de Iampólski e, ao dar de cara comigo, disse: vamos enviá-lo, vamos enviá-lo. E me enviaram ao hospital. E agora nos encontramos outra vez. Logo na primeira consulta, Iampólski avisou que não me liberaria do trabalho e que iria me desmascarar, me delatar.

Dois anos antes, eu tinha chegado a esta zona num comboio militar negro — eu constava na lista do senhor Kariákin, o chefe de setor da mina de Arkagala.[102] O comboio de vítimas, que tinha sido organizado conforme as listas de todas as administrações, de todas as lavras, fora conduzido a um dos Auschwitz de Kolimá, a uma de suas zonas especiais, campos de extermínio desde 38 — ano em que toda a Kolimá era um campo de extermínio.

Dois anos antes, eu tinha sido enviado ao tribunal — dezoito quilômetros de taiga; uma ninharia para os soldados

---

[102] As minas de carvão de Arkagala começaram a ser exploradas em 1938. (N. da T.)

que corriam para pegar a sessão de cinema, mas, para um homem que passou um mês sem enxergar num cárcere escuro, com uma caneca de água e trezentos gramas de pão por dia, essa caminhada estava longe de ser uma ninharia.

Ainda encontrei meu velho cárcere, ou melhor, seus vestígios, pois tinham construído um novo isolamento havia tempo — os negócios cresciam. Lembrei-me de como o chefe do isolamento, um soldado da guarda, tinha medo de me deixar lavar vasilhas ao sol, num fluxo de água — nem era um riacho, mas uma calha de madeira ligada a um equipamento de lavagem de cascalho, o que não fazia diferença, pois estávamos no verão, havia sol e água. O chefe tinha medo de me deixar lavar as vasilhas, só que ele mesmo não o fazia, não por preguiça, mas simplesmente porque isso seria vergonhoso para alguém de sua posição. Não era condizente com suas funções. Só havia um detento que não tinha permissão de sair: eu. Os outros penalizados saíam, e eram as vasilhas deles que eu precisava lavar. E eu lavava com gosto — pelo ar, pelo sol, por um pratinho de sopa. Quem sabe se não foram esses passeios diários que me fizeram chegar vivo até o julgamento, que me fizeram suportar todas as surras que levei.

O velho isolamento fora destruído, só restaram as marcas nas paredes e os buracos queimados das estufas, e eu sentei-me na grama, pensando em meu julgamento, em meu processo.

O amontoado de velharias de ferro, um molho de tralhas, se desfez facilmente, e, ao remexer nele, vislumbrei minha faca, uma pequena faca finlandesa que me fora dada de despedida por um enfermeiro do hospital. A faca não era muito útil no campo de prisioneiros — eu me ajeitava muito bem sem ela. Mas todo habitante do campo se orgulhava de um bem como esse. Nos dois lados da lâmina havia a marca de uma cruz cravada por uma lima. Dois anos antes, ao me prenderem, esta faca fora confiscada. E agora ela estava de novo em minhas mãos. Coloquei a faca de volta, entre as outras velharias.

Dois anos antes, eu tinha chegado à zona com Varpakhóvski, que vivia em Magadan havia tempos, e com Zaslávski, que vivia em Sussuman havia tempos. E quanto a mim? Era minha segunda vez na zona especial.

Ivan Grek foi levado embora.

— Aproxime-se.

Eu já sabia do que se tratava. O meio-cinto atrás da minha *telogreika*, sua gola dobrada, o cachecol tricotado de algodão, um cachecol largo com um metro e meio de comprimento que eu tentava inutilmente esconder, tudo isso atraiu o olho experiente do estaroste do campo.

— Desabotoe!

Desabotoei a *telogreika*.

— Vamos fazer uma troca — o estaroste apontou para o cachecol.

— Não.

— Pense melhor, será bem recompensado.

— Não.

— Depois será tarde.

— Não.

Começou uma verdadeira caça ao meu cachecol, mas eu cuidava bem dele, amarrava-o ao corpo durante o banho, nunca o tirava. Logo apareceram piolhos, mas, para preservar o cachecol, eu estava disposto a suportar esse tormento. Só às vezes, de noite, eu tirava o cachecol para descansar das picadas, e o via na claridade se mexendo, se movendo. Era pela quantidade de piolhos. Numa das noites foi difícil de aguentar, acenderam a estufa e fez um calor fora do comum, então eu tirei o cachecol e coloquei-o ao meu lado, sobre a tarimba. Ele desapareceu na hora, e desapareceu de vez. Uma semana depois, saindo para a distribuição dos trabalhos e já me preparando para cair nas mãos dos carcereiros e rolar morro abaixo, avistei o estaroste do campo perto do portão do posto de vigia. Seu pescoço estava envolto em meu cachecol. Obviamente, o cachecol tinha sido lavado, fervido, desinfetado. O estaroste não me deu sequer uma espiada. E eu mesmo só olhei uma vez para o cachecol. Duas semanas foram o suficiente para mim, duas semanas de luta vigilante. Provavelmente, o ladrão recebera do estaroste uma ração de pão menor que eu teria recebido na minha chegada. Quem poderia saber? Nem pensei nisso. Fiquei até aliviado, e as picadas no meu pescoço começaram a cicatrizar e passei a dormir melhor.

Mesmo assim, nunca esquecerei esse cachecol que ficou tão pouco tempo em meu poder.

Na minha vida no campo de prisioneiros, quase não houve mãos anônimas que me apoiassem numa nevasca, numa tempestade, camaradas anônimos que me salvassem a vida. Mas me lembro de cada pedaço de pão que ganhei das mãos de uma pessoa, e não do Estado, de cada cigarro de *makhorka*. Fui parar muitas vezes no hospital, vivi por dez anos entre o hospital e as minas, sem esperança de nada, mas nunca desprezei a caridade de quem quer que fosse. Com frequência, ao sair do hospital, os *blatares* ou a chefia se apossavam das minhas coisas logo no primeiro campo de trânsito.

A zona especial havia crescido muito; o posto de vigia e o isolamento, sob o fogo contínuo das torres de vigilância, eram novos. As torres também eram novas, mas o refeitório era o mesmo da minha época, de dois anos antes, quando o ex-ministro Krivitski e o ex-jornalista Zaslávski, à vista de todas as brigadas, distraíam-se com uma brincadeira terrível do campo de prisioneiros. Em surdina, deixavam um naco de pão na mesa, uma ração de trezentos gramas largada como se não tivesse dono, como se um imbecil a tivesse esquecido ali, e um *dokhodiaga* qualquer, já meio louco de fome, atirava-se sobre a ração, apanhava-a da mesa e corria a um cantinho escuro, onde tentava mastigá-la com os dentes podres de escorbuto, deixando rastros de sangue no pão preto. Mas o ex-ministro, que também era ex-médico, sabia que o sujeito esfomeado não conseguiria mastigar o pão de imediato, que não tinha dentes para isso, e permitia que o espetáculo prosseguisse, para que não houvesse um caminho de volta, para que as provas fossem mais convincentes.

Uma multidão de trabalhadores enfurecidos atirava-se sobre o ladrão que tinha "mordido a isca". Cada qual considerava um dever bater nele, castigá-lo por seu crime, e mesmo que os golpes dos *dokhodiagas* não quebrassem seus ossos, aniquilavam sua alma.

Era uma crueldade plenamente humana. Um traço que mostra até que ponto o homem se afastou do animal.

O ladrão azarado, surrado e ensanguentado escondia-se num canto do barracão, e o ex-ministro, o vice-chefe da brigada, fazia discursos ensurdecedores ao grupo sobre os malefícios do roubo, sobre o caráter sagrado da ração prisional.

Eu tinha tudo isso diante dos olhos e, ao observar os *dokhodiagas* almoçando, lambendo as tigelas com o movimento clássico e ágil da língua, eu lambia a tigela com a mesma agilidade e pensava: "Logo um pão-chamariz, uma 'isca', vai surgir sobre a mesa. Na certa, há algum ex-ministro aqui, algum ex-jornalista, assim como promotores de crimes, provocadores e falsos testemunhos". No meu tempo, o "jogo da isca" estava muito em voga na zona especial.

Algo nessa crueldade lembrava os romances dos *blatares* com prostitutas esfomeadas (seriam mesmo prostitutas?) em que os honorários eram pagos com uma ração de pão, ou melhor, num acordo recíproco, com a quantidade de pão que a mulher conseguisse comer enquanto estivessem deitados juntos. Tudo o que ela não comesse nesse meio-tempo, o *blatar* pegava de volta e levava embora.

— Vou congelar esta ração na neve e enfiá-la na boca dela. Ela não vai conseguir mastigar o pão congelado... Voltarei com a ração inteirinha.

O amor cruel de um *blatar* está além dos limites humanos. Nenhum homem seria capaz de inventar uma distração como essa, só um *blatar* seria capaz disso.

Dia após dia eu me aproximava da morte, e nada mais esperava.

Eu ainda me esforçava em arrastar-me até o outro lado do portão da zona, em ir trabalhar. Qualquer coisa, menos uma recusa ao trabalho. Depois de três recusas, fuzilavam o pobre-diabo. Era assim em 38. Agora estávamos em 45, em outubro de 45. E as leis continuavam as mesmas, especialmente nas zonas especiais.

Eu ainda não tinha sido arremessado montanha abaixo. Logo que o guarda da escolta fazia um sinal com a mão, eu me atirava em direção ao sopé da montanha de gelo e descia deslizando, freando com os galhos, com as saliências das rochas e os blocos de gelo. Conseguia entrar na fila a tempo e punha-me a marchar debaixo dos insultos dos chefes de brigada, pois eu marchava muito mal, porém só um pouco pior, só um pouco mais devagar do que os outros. Mas foi exatamente essa diferença insignificante de forças que me tornou um objeto de perversidade geral, um objeto de ódio geral. Meus camaradas, pelo visto, odiavam-me mais do que a escolta.

Arrastando minhas *burki* pela neve, eu me deslocava até o local do trabalho, e um cavalo passava ao lado puxando, com as pértigas, outra vítima da fome e dos espancamentos. Dávamos passagem ao cavalo e nos arrastávamos para o mesmo lugar que ele — ao início da jornada. Sobre o fim ninguém pensava. A jornada terminaria por si só, e não fazia diferença se um novo fim de tarde, uma nova noite ou um novo dia chegariam ou não.

O trabalho ficava mais difícil a cada dia, e eu sentia que era preciso tomar certas medidas.

— Gússev, Gússev! Gússev ajudará.

Na véspera, Gússev tinha sido meu parceiro na limpeza de um barracão novo — era preciso queimar o lixo e enterrar o restante no solo congelado.

Eu conhecia Gússev. A gente tinha se encontrado na lavra dois anos antes; e Gússev, justamente, havia me ajudado a achar uma encomenda roubada: ele indicara quem deveria apanhar e, depois de o barracão inteiro ter espancado o dito-cujo, a encomenda reapareceu. Naquela época, eu dei a Gússev um pedaço de açúcar e um pouco de compota — afinal, eu não era obrigado a dar-lhe tudo em troca de sua descoberta, de sua denúncia. Em Gússev eu podia confiar.

Achei uma saída: quebrar meu braço. Dei umas pancadas em meu braço esquerdo com um pequeno pé-de-cabra, mas, além das equimoses, nada consegui. Ou eu não tinha força suficiente para quebrar um braço humano, ou uma espécie de vigilância interior me impedia de levantar a mão como se deve. Que Gússev desse o golpe.

Só que Gússev se recusou.

— Eu até poderia dedurar você. Pela lei, os automutiladores devem ser denunciados, e você pegaria três anos adicionais. Mas não vou fazer isso. Ainda me lembro daquela compota. Mas não me peça para pegar o pé-de-cabra, isso eu não farei.

— Por quê?

— Porque, quando baterem em você na sala de investigação, vai dizer que fui eu.

— Não direi nada.

— Esta conversa está terminada.

Era necessário encontrar um trabalho bem mais leve, e eu pedi ao doutor Iampólski que me admitisse na construção do hospital. Iampólski me odiava, mas sabia que eu já tinha trabalhado como auxiliar de enfermagem.

Revelei-me um trabalhador imprestável.

— Por que diabos — disse Iampólski coçando sua barbicha assíria — você não quer trabalhar?

— Eu não posso.

— E você vem dizer isso a mim, um médico?!

"Não é médico coisa nenhuma", era o que eu tinha vontade de dizer, pois sabia muito bem quem era Iampólski. Mas, "se não acredita, finja que é um conto de fadas".[103] Qualquer um no campo de prisioneiros — detento ou homem livre, trabalhador ou chefe — era o que aparentava... Com isso, considerava-se tanto a forma quanto a essência.

Claro, o doutor Iampólski era o chefe do setor sanitário e eu um trabalhador braçal, um penalizado, um cativo de uma zona especial.

— Agora entendi você — disse o doutor, irado. — Vou dar-lhe uma lição de vida.

Fiquei em silêncio. Em minha vida, já tinha recebido lições de tanta gente.

— Vai ver só amanhã. Amanhã você entenderá...

Mas não houve amanhã.

De noite, deixando para trás a subida ao longo do riacho, dois veículos, dois caminhões irromperam na nossa cidade no topo da montanha. Com estrondo e aceleradas, os caminhões aproximaram-se do portão da zona, e logo começaram a desembarcar.

Nos veículos, viam-se homens em belos uniformes estrangeiros.

Eram repatriados. Da Itália, dos batalhões de trabalho vindos da Itália. Correligionários de Vlássov?[104] Não. No en-

---

[103] Provérbio do mundo criminal. (N. da T.)

[104] Em 1942, o general soviético Andrei Vlássov (1901-1946) foi

tanto, para nós, antigos viventes de Kolimá, apartados do mundo, não estava muito claro quem eram os *vlássovtsi*. Já para os novatos tudo estava mais próximo e vivo. Seu instinto de defesa dizia: fiquem na sua! A ética de Kolimá não nos permitia fazer perguntas.

Na zona especial, na lavra de Djelgala, havia tempo que se tinha notícia da vinda dos repatriados. Sem pena determinada. As condenações chegariam logo em seguida, depois deles. Mas eram homens vivos, muito mais vivos dos que os *dokhodiagas* de Kolimá.

Para os repatriados, era o fim de um percurso que havia começado na Itália, nos comícios. "A Pátria vos chama de volta! A Pátria vos perdoará!" Desde a fronteira russa, uma escolta foi colocada nos vagões. Os repatriados foram diretamente a Kolimá para me separar do doutor Iampólski, para me livrar da zona especial.

Afora a roupa íntima de seda e um uniforme militar novo em folha, nada do estrangeiro restou aos repatriados. Os relógios de ouro, os ternos e as camisas foram trocados por pão no caminho — eu já tinha passado por isso, o caminho era longo e eu o conhecia de cor. De Moscou a Vladivostok, o comboio leva quarenta e cinco dias. Depois, no vapor de Vladivostok a Magadan, são mais cinco. Depois os infindáveis dias nas prisões de trânsito, e eis que o percurso chega ao fim: Djelgala.

Nos caminhões que haviam trazido os repatriados foram transferidos cinquenta prisioneiros da zona especial pa-

---

capturado por tropas alemãs, entre as quais se alinhou. Tornou-se, então, o comandante em chefe da ROA (*Rússkaia Osvobodítelnaia Ármia*, Exército de Libertação da Rússia), que lutou ao lado da Alemanha contra o Exército Vermelho. No fim, depois de uma tentativa frustrada de reaproximação aos Aliados, os membros do Exército de Vlássov, os *vlássovtsi*, foram presos e mandados à Sibéria. Acusado de traição, Andrei Vlássov foi condenado à morte. (N. da T.)

ra a administração, para o desconhecido.[105] Eu não estava na lista, mas o doutor Iampólski estava, e eu nunca mais o vi na vida.

O estaroste do campo também foi levado, e pela última vez vi em seu pescoço o cachecol que me causara tantos tormentos e preocupações. Os piolhos, naturalmente, haviam sido exterminados com vapor.

No inverno, os repatriados seriam balançados e arremessados montanha abaixo pelos carcereiros; lá embaixo, presos a pértigas e arrastados até as minas, até o trabalho. Como faziam conosco...

Estávamos no início de setembro, começava o inverno de Kolimá...

Fizeram uma busca nos pertences dos repatriados que suscitou um estremecimento geral. Os carcereiros experientes do campo descobriram o que dezenas de buscas feitas "na liberdade", desde a Itália, deixaram passar: uma pequena folha de papel, um documento, o manifesto de Vlássov! Mas essa notícia não nos impressionou nem um pouco. Nada sabíamos sobre Vlássov e seu Exército de Libertação da Rússia, e, sem mais nem menos, surge um manifesto.

— E o que vai acontecer com eles? — perguntou um sujeito que torrava o pão na estufa.

— Não vai acontecer nada.

Não sei quantos deles eram oficiais. Os oficiais do Exército de Vlássov foram fuzilados, então, provavelmente, ali só havia soldados rasos, se considerarmos certas características da psicologia russa, da natureza dos russos.

Cerca de dois anos depois desses acontecimentos, aconteceu de eu trabalhar como enfermeiro em uma zona japo-

---

[105] Os prisioneiros suspeitos de crimes mais graves eram levados para a administração. (N. da T.)

nesa. Lá, em qualquer cargo — faxina, chefe de brigada, auxiliar de enfermeiro —, só eram admitidos oficiais, e isso era considerado a coisa mais natural do mundo, apesar de os oficiais japoneses cativos não usarem uniformes na zona do hospital.

Entre nós, os repatriados faziam denúncias, desmascaravam uns aos outros, segundo um modelo já muito conhecido.

— O senhor trabalha no setor sanitário?

— Sim, no setor sanitário.

— Malinóvski foi designado como enfermeiro. Permita-me relatar o fato de que Malinóvski era colaborador dos alemães, trabalhava num escritório em Bolonha. Vi com meus próprios olhos.

— Isso não me diz respeito.

— E diz respeito a quem? A quem devo me dirigir?

— Não sei.

— Estranho. Alguém precisaria de uma camisa de seda?

— Não sei.

O faxina aproximou-se exultante, estava de partida, de partida, de partida da zona especial.

— Caiu nessa, meu caro?! Usar uniformes italianos no *permafrost*. Bem feito. Ninguém mandou servir aos alemães!

Então o novato disse em voz baixa:

— Pelo menos, vimos a Itália! E quanto ao senhor?

O faxina ficou sombrio e calou-se. Kolimá não assustou os repatriados.

— Em geral, gosto daqui. Dá pra viver. Só não entendo por que ninguém jamais come a ração de pão no refeitório; aliás, esses duzentos ou trezentos gramas... isso depende do quanto se trabalha? Há um percentual?

— Sim, é isso.

— O sujeito come a sopa e o mingau sem o pão, e o pão, sabe-se lá por que, leva ao barracão.

Por acaso, o repatriado tocou na questão crucial da vida de Kolimá.

Mas eu não tive vontade de responder:

"Depois de duas semanas, cada um de vocês fará o mesmo."

(1967)

O EXAME

Só pude sobreviver, sair vivo do inferno de Kolimá, graças ao fato de ter entrado na área médica — concluí os cursos de enfermagem do campo de prisioneiros e fui aprovado no exame estadual. Só que antes, dez meses antes, houve outro exame, o exame de admissão que, em certo sentido, foi mais decisivo para mim, para o meu destino. O teste de resistência foi superado. Uma tigela de *schi*[106] do campo de prisioneiros era algo como a ambrosia, mas, na escola, eu nada aprendera sobre o manjar dos deuses. Pela mesma razão, eu não conhecia a fórmula química do gesso.

O mundo onde vivem os deuses e os homens é o mesmo. Alguns acontecimentos podem ser tão ameaçadores para os homens quanto para os deuses. As fórmulas de Homero são muito exatas. Mas no tempo de Homero não havia um mundo subterrâneo criminal, o mundo dos campos de concentração. Em comparação a este mundo, o submundo de Plutão parece o céu, o paraíso. Mas este nosso mundo está apenas um nível abaixo do mundo de Plutão; os homens até sobem daqui ao céu, e os deuses às vezes decaem, descem por uma escadaria a um ponto mais baixo que o inferno.

O Estado exigia que nesses cursos fossem admitidos apenas criminosos comuns, e dos condenados pelo artigo 58 só

---

[106] Sopa típica russa à base de repolho feita com vegetais variados e às vezes com carne. (N. da T.)

eram aceitos os do parágrafo 10: "agitação", nenhum outro além deste.

Eu estava no campo justamente pelo parágrafo 10 do artigo 58 — tinha sido condenado durante a guerra por dizer que Búnin era um clássico russo. No entanto, na segunda e na terceira vez, fui condenado por artigos que não condiziam com a situação legal exigida de um estudante. Mas valia tentar: depois das ações de 37, e também com a guerra, o caos nos registros do campo era tão grande que valia fazer uma aposta na vida.

O destino é um burocrata, um formalista. Já foi observado que o sabre de um carrasco erguido sobre a cabeça de um condenado é tão difícil de deter quanto a mão do carcereiro que fecha a porta para a liberdade. A ventura, a roleta, Monte Carlo, o símbolo do acaso cego poetizado por Dostoiévski, revelam-se de repente um esquema científico cognitivo, um objeto da grande ciência. O desejo impetuoso de compreender o "sistema" do cassino tornou-o científico, passível de ser estudado.

Será que a fé na fortuna, na sorte, no limite da sorte, é acessível ao entendimento humano? E o instinto, a vontade cega e animal de uma escolha, não estaria baseado em algo maior que a casualidade? "Enquanto a sorte está a seu favor, é preciso aceitar tudo", dizia o cozinheiro do campo. Será que é tudo uma questão de sorte? Não se pode conter o infortúnio. Mas também não se pode conter a sorte, ou melhor, aquilo que os prisioneiros chamam de sorte, a sorte do detento.

Deve-se fiar no destino quando os ventos estão favoráveis e repetir, pela milionésima vez, a expedição Kon-Tiki[107] sobre os mares dos homens?

---

[107] Liderada por Thor Heyerdahl (1914-2002), a expedição Kon-Tiki atravessou o Oceano Pacífico, em 1947, com apenas uma jangada de

Ou é melhor se meter numa gaiola por uma fresta — não há gaiolas sem frestas! — e retornar para a escuridão? Ou se enfiar numa caixa lançada ao mar, na qual não há lugar para você, mas, enquanto isso não se esclarece, ser salvo por formalidades burocráticas?

Tudo isso é a milésima parte dos pensamentos que, na época, poderiam ter passado pela minha cabeça, mas que não passaram em absoluto.

Minha sentença foi de atordoar. Meu peso vivo já havia se reduzido tanto que eu estava pronto para morrer. O período de inquérito numa cela escura, sem janelas e sem luz, no subsolo. Um mês com uma caneca de água e trezentos gramas de pão por dia.

No entanto, eu já tinha passado por cárceres piores. A missão de construção de estradas em Kadiktchan fora alojada numa zona disciplinar. As zonas disciplinares, as zonas especiais, os Auschwitz de Kolimá e as lavras de ouro mudavam de lugar, em um movimento incessante e sinistro que deixava cárceres e valas comuns por onde passava. Na missão de Kadiktchan, o cárcere fora escavado numa rocha, no *permafrost*. Pernoitar lá já seria o suficiente para perder a vida, para resfriar até a morte. Nem oito quilos de lenha poderiam proteger um sujeito num cárcere como esse. Ele era destinado aos detentos que construíam as estradas. A construção contara com uma administração própria, com leis próprias, que dispensavam a escolta, com um modo próprio de agir. Depois, o cárcere passara para o campo de prisioneiros de Arkagala, e o chefe do setor de Kadiktchan, o engenheiro Kissiliov, também recebera o direito de plantar os detentos ali "até de manhã". A primeira experiência foi desastrosa: dois homens, duas pneumonias, duas mortes.

madeira, para provar que a Polinésia pode ter sido colonizada por nativos da América do Sul. (N. da T.)

O terceiro homem fui eu. "Dispa-se. No cárcere até de manhã, e só com a roupa de baixo." Mas eu era mais experiente do que aqueles homens. Acender a estufa ali seria inútil, pois o gelo das paredes derreteria e logo se formaria outra vez, gelo sobre a cabeça e sob os pés. O piso de tábuas tinha sido queimado muito tempo atrás. Andei a noite toda de um lado para outro, protegendo a cabeça em meu *buchlat*, e escapei com apenas dois dedos do pé congelados.

Minha pele embranquecida queimou-se no sol de junho e, em duas ou três horas, estava marrom. Fui julgado em junho no povoado de Iágodnoie, num aposento minúsculo onde todos se espremiam — os membros do tribunal e os da escolta, o acusado e as testemunhas —, e ficava difícil de discernir o réu do juiz.

Aconteceu que, em lugar da morte, a condenação me trouxe a vida. Meu crime foi punido em função de um artigo bem mais brando do que aquele que me trouxera a Kolimá.

Meus ossos doíam, as feridas expostas não queriam cicatrizar. E o principal: eu não sabia se seria capaz de aprender. Talvez as cicatrizes em meu cérebro, causadas pela fome, pelas surras e pelos empurrões, fossem eternas, e eu estivesse condenado, até o fim de meus dias, a urrar feito um animal selvagem sobre uma tigela do campo de prisioneiros, a pensar apenas no campo. Mas valia arriscar — tinha sido preservado um número suficiente de células em meu cérebro para que eu tomasse essa decisão. Uma decisão bestial para um salto bestial, para que eu me refugiasse no reino dos homens.

Que diferença faria se eu fosse espancado e mandado embora dos cursos, se fosse enviado de volta às minas, de volta à pá detestável, de volta à picareta?! Eu simplesmente ficaria lá como um animal, e nada mais.

Tudo isso era segredo meu, um segredinho fácil de guardar — bastaria não pensar nele. E foi o que fiz.

Fazia tempo que o caminhão saíra da via principal e bem nivelada, a estrada da morte, e, dando solavancos nos buracos, buracos, buracos, jogava-me de um lado para outro na carroceria. Aonde estaria me levando? Para mim, não fazia diferença — nada seria pior do que aquilo que eu deixava para trás, do que aqueles nove anos de vida errante entre lavras e hospitais. As rodas do veículo do campo de prisioneiros me conduziam à vida, e eu queria avidamente acreditar que nada poderia detê-las.

Sim, sou admitido a um departamento do campo, sou introduzido na zona. O plantonista abre o pacote de documentos e não grita: "Afaste-se para o lado! Parado aí!". No banho, largo minha roupa de baixo, um presente do doutor; em minhas errâncias pelas lavras, nem sempre tive uma roupa de baixo. Um presente de despedida. Uma roupa íntima nova. Aqui, no hospital, as regras são outras: a roupa de baixo é "despersonalizada" conforme uma antiga moda do campo. Em lugar de uma peça resistente de morim, ganho uns retalhos remendados. Mas tanto faz. Que sejam retalhos. Que seja "despersonalizada". Mas não fico muito tempo me regozijando com a roupa de baixo. Se tudo for um "sim", ainda poderei tomar outros banhos, se um "não", nem vale a pena lavar-me. Fomos conduzidos até os barracões, com o sistema de tarimbas duplas dos vagões. Então, sim, sim, sim... Mas tudo ainda está por vir. Tudo se afunda num mar de boatos. "Artigo 58, parágrafo 6 — não aceitam." Depois desse anúncio, feito por um dos nossos, levam Lúnev embora, e ele desaparece da minha vida para sempre.

Artigo 58, parágrafo 1 — ah! — não aceitam. KRTD[108] — em hipótese nenhuma. Isso é pior do que traição à pátria.

---

[108] KRTD (58§1), acrônimo de *kontrrevoliutsiónnaia trotskístskaia diéiatelnost*, atividade contrarrevolucionária trotskista. (N. da T.)

E KRA?[109] KRA dá no mesmo que o artigo 58, parágrafo 10. KRA aceitam.

E ASSA?[110] Quem tem ASSA? "Eu" — disse um homem com o rosto pálido e sujo de prisioneiro, o mesmo sujeito que sacolejou comigo no caminhão. ASSA dá no mesmo que KRA. E KRD?[111] KRD, sem sombra de dúvida, não chega a ser KRTD, mas também não é KRA. Não admitem KRD nos cursos.

O melhor de todos é o puro 58§10, sem troca por letras. Artigo 58, parágrafo 7 — sabotagem. Não aceitam. 58 §8. Terrorismo. Não aceitam.

Meu artigo é o 58. Parágrafo 10. Continuo no barracão.

A comissão de admissão para os cursos de enfermagem do hospital central do campo dá permissão para que eu faça as provas. Provas? Sim, os exames. Os exames de admissão. E o que os senhores pensam? É uma instituição séria, com emissão de certificados. Os cursos precisam saber com quem estão lidando.

Mas não se assustem. Para cada matéria, um exame: língua russa, prova escrita; matemática, prova escrita; química, prova oral. Três matérias, três notas. Os médicos do hospital, professores dos cursos, irão ministrar palestras, até os exames, a todos os futuros estudantes. Um ditado. Por nove anos, minha mão ficou sem se endireitar, sempre curvada conforme o formato dos cabos da pá, só se endireitava dan-

---

[109] KRA (58§10), acrônimo de *kontrrevoliutsiónnaia agitátsia*, agitação contrarrevolucionária. (N. da T.)

[110] ASSA (58§10), acrônimo de *antissoviêtskaia agitátsia*, agitação antissoviética. A partir dos anos 1930, praticamente substituiu a KRA. (N. da T.)

[111] KRD (58§1), acrônimo de *kontrrevoliutsiónnaia diéiatelnost*, atividade contrarrevolucionária. (N. da T.)

do estalos, a muito custo, só no banho, amolecida por água quente.

Endireitei os dedos com a palma esquerda, introduzi a caneta entre eles, molhei a pena no tinteiro e, com a mão trêmula, suando frio, escrevi o maldito ditado. Meu Deus!

Tinha prestado meu último exame em 1926, vinte anos antes, um exame de língua russa para ingressar na Universidade de Moscou. Na redação de tema livre, eu "tinha dado" duzentos por cento de mim e fui liberado do exame oral. Aqui não havia provas orais de russo. Justamente! Justamente por isso era preciso atenção: Turguêniev ou Babaiévski?[112] Para mim, era absolutamente indiferente. O texto era fácil... Verifiquei as vírgulas, os pontos. Depois da palavra "mastodonte", um ponto-e-vírgula. Evidentemente, Turguêniev. Em Babaiévski, não poderia haver nenhum mastodonte. Tampouco ponto-e-vírgula.

"Eu queria ter dado um texto de Dostoiévski ou de Tolstói, mas fiquei com medo de ser acusado de propaganda contrarrevolucionária", contou depois o examinador, o enfermeiro Bórski. Os professores, os educadores, se recusaram, por unanimidade, a conduzir provas orais de russo, não confiavam nos próprios conhecimentos. No dia seguinte teria minha resposta. Um 5.[113] O único da turma — em geral, os resultados do ditado foram lamentáveis.

As palestras de matemática me assustaram. As questões solucionavam-se como que por iluminação, por instinto, e davam uma tremenda dor de cabeça. Apesar de tudo, foram resolvidas.

---

[112] Ivan Turguêniev (1818-1883), grande escritor russo, autor de *Pais e filhos*. Semion Babaiévski (1909-2000), escritor cuja literatura estava alinhada aos ideais soviéticos, sobretudo na questão dos *kolkhozes*. Recebeu três vezes o Prêmio Stálin. (N. da T.)

[113] Nota máxima na Rússia. (N. da T.)

As palestras preliminares, que de início me assustaram, agora me acalmavam. Eu esperava com ansiedade pelo último exame, ou melhor, pelo último colóquio: química. Eu não sabia nada de química, mas achei que os camaradas me explicariam. Mas ali ninguém estudava com ninguém, cada qual extraía de sua memória o que sabia. No campo de prisioneiros, ajudar ao outro não era um costume, e eu não ficava ofendido, mas aguardava passivamente pelo destino, contando com a fala do professor. Nos cursos, a palestra de química era ministrada por Bóitchenko, um membro da Academia de Ciências da Ucrânia que cumpria uma pena de 25 anos. Era também o examinador.

No fim do dia, quando deram as informações sobre o exame de química, disseram que Bóitchenko não daria nenhuma palestra preliminar. Não achava necessário. Analisaria tudo durante o exame.

Para mim, foi uma desgraça. Eu nunca tinha estudado química; durante a guerra civil, Sokolóv, nosso professor de química na escola, fora fuzilado. Nessa noite de inverno, fiquei muito tempo deitado no barracão dos estudantes relembrando Vólogda em tempos de guerra civil. Acima de mim, deitava-se Suvorov que, como eu, tinha vindo de uma administração de mineração distante para prestar os exames e sofria de incontinência urinária. Deu preguiça de brigar com ele. Temia que ele propusesse mudarmos de lugar, então seria ele quem se queixaria do vizinho de cima. Simplesmente desviei o rosto dos pingos fétidos.

Nasci e passei a infância em Vólogda. Uma cidade do Norte extraordinária. Lá, ao longo dos séculos, exílios tsaristas sucederam-se uns aos outros — protestantes, insurgentes e críticos de todo tipo criaram, por muitas gerações, um clima moral particular, superior ao de qualquer cidade russa. As exigências morais e culturais eram sempre elevadas. Lá a juventude aspirava aos modelos vivos de sacrifício e abnegação.

Eu sempre pensei com admiração no fato de Vólogda ser a única cidade da Rússia onde não houve sequer uma revolta contra o regime soviético. Revoltas como essa agitavam todo o Norte do país: Múrmansk, Arkhánguelsk, Iaroslav, Kotlas. As cercanias do Norte ferviam com as revoltas, que chegavam até Tchukotchka, até Ola; sem falar do Sul, onde cada cidade vivenciou mais de uma troca de poder.

E somente Vólogda, a Vólogda coberta de neve, a Vólogda exilada, ficava em silêncio. Eu sabia por quê... Havia uma explicação.

Em 1918, M. S. Kiêdrov,[114] chefe do *front* do Norte, chegou a Vólogda. Sua primeira ordem, para fortalecer o *front* e a retaguarda, foi o fuzilamento dos reféns. Duzentas pessoas foram fuziladas em Vólogda, uma cidade de dezesseis mil habitantes. Em Kotlas, em Arkhánguelsk, a contagem havia sido outra.

Kiêdrov era a própria imagem de Chigalióv[115] profetizada por Dostoiévski.

A ação foi tão fora do comum, mesmo para aqueles tempos sangrentos, que exigiram explicações em Moscou. Kiêdrov nem pestanejou. Colocou na mesa nada mais nada menos que um bilhete pessoal de Lênin. O bilhete foi depois publicado na *Revista Histórica Militar*, no início dos anos 1960, talvez um pouco antes. Ei-lo em linhas gerais: "Caro Mikhail

[114] Mikhail Kiêdrov (1878-1941), político e agente secreto soviético. Fez parte do Partido Operário Social-Democrata Russo e, durante a dissolução deste, alinhou-se aos bolcheviques. Em 1919, tornou-se membro da Tcheká, polícia secreta do governo bolchevique. Um homem irascível, comandou um verdadeiro massacre em Vólogda em 1918, numa "inspeção soviética". Foi executado em 1941. (N. da T.)

[115] Personagem do romance *Os demônios* (1872), de Fiódor Dostoiévski. (N. da T.)

Stepánovitch. O senhor foi designado para um cargo de extrema importância à República. Peço que não demonstre fraqueza. Lênin".

Depois, ao longo de anos de trabalho na VTCHK--MVD,[116] Kiêdrov só fez denunciar, delatar, vigiar, punir e liquidar os inimigos da revolução. Via em Iejóv,[117] mais do que em qualquer outro, um comissário do povo leninista, um comissário do povo stalinista. Mas não gostava de Béria,[118] que substituiu Iejóv. Kiêdrov organizou uma vigilância contra Béria... E resolveu entregar suas conclusões a Stálin. Naquela época, Ígor, o filho de Kiêdrov, já adulto, trabalhava no MVD. O combinado foi que o filho entregaria o relatório à chefia e, caso fosse preso, o pai diria a Stálin que Béria era um inimigo. Kiêdrov possuía canais muito confiáveis.

O filho enviou o relatório por meio das facilidades de seu cargo: foi preso e fuzilado. O pai escreveu uma carta a Stálin: foi preso e submetido a um interrogatório conduzido

---

[116] VTCHK, acrônimo de *Vserossíinskaia Tchrezvitcháinaia Komíssiia (Po Borbie s Kontrrevoliútsiei i Sabotajem)*, Comissão Extraordinária de Toda a Rússia (Pelo Combate à Contrarrevolução e à Sabotagem). Trata-se da Tcheká, a primeira polícia secreta do governo bolchevique, criada em 1917 e substituída pelo OGPU em 1922. MVD, acrônimo de *Ministiérstvo Vnútrennikh Del*, Ministério do Interior. (N. da T.)

[117] Nikolai Iejóv (1885-1940). Entre outros, foi comissário do povo do NKVD (polícia secreta que substituiu o OGPU) entre 1936 e 1938, durante a fase do Grande Expurgo (1937-1938). O "ano sanguinário", como era conhecido, tornou-se símbolo da fase mais aguda de repressão em massa soviética, chamada *iejóvschina*. Iejóv foi executado em 1940, condenado por atividades antissoviéticas. (N. da T.)

[118] Lavrenti Béria (1899-1953). De origem georgiana, foi uma figura do alto escalão do governo soviético, muito próximo a Stálin. Ocupou diversos cargos, como o de chefe do NKVD durante a Segunda Guerra Mundial, vice-presidente do Conselho dos Ministros da URSS, ministro do Interior, membro do Politburo. Foi preso e executado depois da morte de Stálin, em 1953. (N. da T.)

por Béria em pessoa. Este quebrou a coluna de Kiêdrov com um bastão de ferro.
Stálin simplesmente tinha mostrado a carta a Béria.
Kiêdrov escreveu uma segunda carta a Stálin contando de sua coluna quebrada e dos interrogatórios que Béria conduziu pessoalmente.
Depois disso, Béria atirou em Kiêdrov dentro de sua cela. Stálin também tinha mostrado essa carta a Béria. Ambas as cartas foram encontradas no cofre pessoal de Stálin após a sua morte.
Quem falou abertamente dessas cartas, do conteúdo e das circunstâncias dessas correspondências da "alta cúpula", foi Khruschov, durante o XX Congresso do Partido. E tudo foi reiterado num livro escrito pelo biógrafo de Kiêdrov.
Será que Kiêdrov, diante da morte, lembrou-se dos reféns de Vólogda que fuzilara? Não sei dizer.
Nosso professor de química, Sokolóv, fora fuzilado entre esses reféns. Eis por que eu nunca tinha estudado química. Não conhecia a ciência do senhor Bóitchenko, que não encontrou tempo para dar orientações.
Isso significava que eu teria de voltar para as minas, que não me tornaria um homem. Pouco a pouco, meu velho rancor voltou a acumular e a martelar entre minhas têmporas, e eu nada mais temia. Algo tinha que acontecer. A maré de sorte é tão inevitável quanto a maré de azar, todo jogador de cartas, de *terts*, de *rams*,[119] de vinte-e-um sabe disso... A aposta era muito alta.
Pedir uma apostila aos camaradas? Lá não existiam apostilas. Pedir que alguém me explicasse algo de química? Mas será que eu tinha o direito de tomar o tempo de meus

---

[119] Jogos de cartas populares entre os detentos russos desde fins do século XIX. (N. da T.)

camaradas? A única coisa que eu receberia em resposta seriam xingamentos.

Restava concentrar-me, resignar-me e esperar.

Tantas vezes acontecimentos de força maior, imerecidos, inesperados, entraram em minha vida de modo imperativo e despótico, ordenando, salvando, rechaçando, ferindo... Um assunto decisivo da minha vida estava ligado a esse exame, àquele fuzilamento sucedido um quarto de século antes.

Fui um dos primeiros a prestar o exame. Sorridente, Bóitchenko mostrou-se tremendamente simpático comigo. Mesmo que não fosse nenhum membro da Academia de Ciências da Ucrânia, nenhum doutor em química, diante dele estava um homem supostamente instruído, um jornalista, que havia tirado duas notas 5. É verdade que ele se vestia pobremente e estava franzino — um vagabundo, provavelmente um simulador. Bóitchenko ainda não tinha passado do km 23 de Magadan, do nível do mar. Era seu primeiro inverno em Kolimá. Pouco importava que tipo de preguiçoso postava-se em sua frente, era preciso ajudá-lo.

O livro dos exames — perguntas e respostas — achava-se diante de Bóitchenko.

— Bem, espero não me deter muito no senhor. Escreva a fórmula do gesso.

— Não sei.

Bóitchenko ficou petrificado. Seus olhos viam um insolente que não queria estudar.

— E a fórmula do cal?

— Também não sei.

Ambos ficamos furiosos. Bóitchenko foi o primeiro a conter-se. Por trás dessa resposta, ocultavam-se certos segredos que Bóitchenko não queria ou não era capaz de compreender, mas que, provavelmente, deveriam ser respeitados. Além do mais, ele tinha sido advertido. "É um estudante muito conveniente. Não seja rigoroso."

— Pela lei, sou obrigado a passar você — Bóitchenko já tinha mudado o tratamento para "você" —, são três perguntas para responder por escrito. Duas eu já fiz. Agora vem a terceira: "O sistema periódico de elementos de Mendeléiev".

Fiquei em silêncio, tentando atrair ao cérebro, à garganta, à língua e aos lábios qualquer coisa que eu pudesse saber do sistema periódico. Eu certamente sabia que Blok[120] tinha sido casado com a filha de Mendeléiev e seria até capaz de contar todos os detalhes desse estranho romance. Mas nada disso era útil para um doutor em química. Gaguejei algo muito distante do sistema periódico sob o olhar de desprezo do examinador.

Bóitchenko me deu um 3, e eu escapei, saí do inferno.

Concluí os cursos, concluí minha pena, esperei pela morte de Stálin e retornei para Moscou.

Não cheguei a conhecer de fato Bóitchenko, a conversar com ele. Durante a época dos cursos, Bóitchenko odiava-me, tendo considerado minhas respostas no exame uma afronta pessoal a uma personalidade da ciência.

Bóitchenko jamais soube do destino de meu professor de química, um refém fuzilado em Vólogda.

Mas depois foram oito meses de felicidade, de uma felicidade contínua, de assimilação, de absorção ardente de conhecimentos e aprendizados. Para cada estudante, a nota de uma prova equivalia a uma vida, e, cientes disso, todos os professores, com exceção de Bóitchenko, entregavam a um grupo variado de detentos mal-agradecidos todos os seus conhecimentos, toda a maestria que obtiveram em trabalhos não inferiores aos de Bóitchenko.

---

[120] O poeta Aleksandr Blok (1880-1921), um dos expoentes do simbolismo russo, foi casado com Liubóv Mendeléieva (1881-1939), atriz e filha do químico Dmitri Mendeléiev (1834-1907). (N. da T.)

O exame para a vida foi superado, fomos aprovados no exame estadual. Todos nós recebemos o direito de curar, de viver, de ter esperanças. Fui enviado como enfermeiro ao setor cirúrgico de um grande hospital do campo de prisioneiros, onde cuidei de doentes, trabalhei, vivi e comecei, lentamente, a transformar-me num homem.

Quase um ano se passou.

Inesperadamente, fui chamado ao gabinete do chefe do hospital, o doutor Doktor. Era um antigo funcionário do Departamento Político que havia dedicado sua vida em Kolimá a farejar, a denunciar, a vigiar, a procurar, a delatar, a perseguir os prisioneiros condenados pelos artigos políticos.

— Enfermeiro prisioneiro fulano de tal às suas ordens...

O doutor Doktor era loiro, algo ruivo, e usava suíças à Púchkin. Estava sentado à mesa e folheava minha ficha pessoal.

— Diga, como conseguiu ser admitido nos cursos?

— Ora, como um detento consegue ser admitido, cidadão chefe? Chamam o detento, pegam sua ficha pessoal, entregam a ficha ao escolta, metem o sujeito num carro e o levam até Magadan. Como mais seria, cidadão chefe?

— Saia daqui — disse o doutor Doktor, branco de raiva.

(1966)

NO RASTRO DE UMA CARTA

O operador de rádio, meio embriagado, escancarou a minha porta.
— Chegou um aviso da administração pra você, passe na minha casa — e desapareceu na neve, em meio à neblina.

Afastei da estufa as carcaças de lebres que eu tinha trazido de viagem, e era uma abundância de lebres: mal deu tempo de colocar os laços, metade do telhado do barracão estava coberto por corpos esfolados, por corpos congelados... Os trabalhadores não tinham a quem vendê-las, de modo que o presente — dez peças de reses — não era muito valioso, e não demandou algo em troca, uma remuneração. Só que as lebres ainda precisavam descongelar. E agora minha cabeça não estava para lebres.

Um aviso da administração — um telegrama, um radiograma, uma mensagem por telefone em meu nome —, meu primeiro telegrama em quinze anos. Era atordoante, angustiante, como numa aldeia, onde qualquer telegrama é trágico, como um sinal de morte. Um aviso de libertação? Não, para isso não teriam pressa, e, também, já fazia tempo que eu tinha sido solto. Fui até a casa do operador de rádio, ao seu castelo fortificado, uma estação com seteiras, uma paliçada tripla, e três portões cheios de ferrolhos e cadeados que sua esposa abriu para mim e, enfiando-me pelas frestas das portas, aproximei-me da morada do operador. Ao passar pela última porta, achei-me no meio de um estrondo de asas e de um fedor de esterco de aves. Abri passagem por entre as galinhas batendo as asas e os galos cantando e, curvando-me e protegendo o rosto, atravessei mais uma soleira, mas o operador também não estava lá. Só havia porcos, limpos e bem cuidados, três pequenos e um maior, a porca mãe. Era o último obstáculo.

O operador de rádio estava sentado, cercado por caixas com mudas de pepino e de cebolinha. Pelo visto, preparava--se para virar um milionário. Em Kolimá também se podia enriquecer assim. Dinheiro fácil — uma aposta alta, uma ração polar,[121] um aumento de porcentagens — era o primeiro caminho. O comércio de *makhorka* e de chá era o segundo. O terceiro a criação de galinhas e de porcos.

Espremido na beirada da mesa por toda aquela fauna e flora, o operador de rádio estendeu-me uma pequena pilha de papéis, todos iguais — parecia um papagaio tirando a minha sorte.

Remexi nos telegramas, mas não entendi nada, não achei o meu, e o operador de rádio, condescendente, puxou meu telegrama com as pontinhas dos dedos...

"Venha carta", isto é, saia em busca de uma carta — as comunicações postais eram econômicas em sentido, mas o destinatário, certamente, entendia do que se tratava.

Dirigi-me ao chefe da região e mostrei o telegrama.

— Quantos quilômetros?

— Quinhentos.

— Que seja.

— Estarei de volta em cinco dias.

---

[121] As rações diárias no campo eram variáveis; para os prisioneiros das lavras disciplinares, por exemplo, a ração era 50% menor do que a norma determinava, enquanto que para as mulheres grávidas, os *udárniki* e aqueles que viviam em zonas próximas do círculo polar era maior do que a norma. (N. da T.)

— Muito bem, mas se apresse. Nem adianta esperar por um carro. Amanhã os iacutos vão levar você num trenó de cachorros até Baragon. De lá pode pegar uma parelha de renas do correio, se não der uma de mesquinho. O importante é chegar até a via principal.

— Está bem, obrigado.

Assim que deixei o chefe, entendi que não chegaria até a maldita via principal, nem mesmo até Baragon: eu não tinha um um casaco de pele. Era um habitante de Kolimá sem peliça... E a culpa era minha. Um ano antes, quando fui libertado do campo de prisioneiros, Serguei Ivánovitch Korotkóv, o almoxarife, me deu uma peliça branca praticamente nova. Deu também um travesseiro grande. Mas, numa tentativa de livrar-me dos hospitais e de mudar-me para o continente, vendi tanto a peliça quanto o travesseiro, simplesmente para não estar em posse de coisas supérfluas que só poderiam ter um fim: seriam roubadas ou tomadas pelos *blatares*. Foi o que fiz no passado. Mas não consegui ir embora: o departamento pessoal, apoiado pelo MVD de Magadan, não autorizou minha saída, e, quando o dinheiro se foi, me vi novamente obrigado a ingressar num serviço no Dalstroi. Foi o que fiz, e me mudei para o lugar onde vivia o operador de rádio com suas galinhas esvoaçantes, mas acabei não comprando outra peliça. Pedir que alguém me emprestasse uma por cinco dias seria motivo de riso em Kolimá. Só restava comprar um casaco no povoado.

Dito e feito: encontrei tanto o casaco quanto o vendedor. Só que a peliça, preta, com uma magnífica gola de pele de ovelha, mais parecia uma *telogreika* — não tinha bolsos e era muito curta, apenas uma gola e umas mangas largas.

— Mas você cortou a barra? — perguntei ao vendedor, um carcereiro do campo chamado Ivanóv. Um solteirão taciturno. Ele havia cortado a parte de baixo do casaco para fazer umas luvas-*krágui*, que estavam na moda. Fez uns cinco pares de luvas e cada qual saía pelo preço de uma peliça inteira. O que havia sobrado, obviamente, não poderia ser chamado de peliça.

— Que diferença faz? Estou vendendo a peliça. Por quinhentos rublos. Você está comprando. Se cortei a barra ou não, é uma questão irrelevante.

Certamente era uma questão irrelevante; apressei-me em pagá-lo, levei a peliça para casa, experimentei-a e fiquei à espera.

Uma parelha de cachorros, uma espiada ligeira dos olhos negros de um iacuto, meus dedos adormecidos agarrados ao trenó, um voo, uma curva... um riozinho, gelo, arbustos batendo ruidosamente em meu rosto. Mas eu mantinha tudo amarrado, bem firme. Dez minutos de voo e o povoado do correio surgiu...

— Maria Antónovna, alguém vai me levar?
— Vai.

Um ano atrás, no último verão, um garotinho iacuto tinha desaparecido ali, uma criança de cinco anos, e eu e Maria Antónovna tentamos iniciar as buscas. Mas sua mãe nos impediu. Ela fumou um cachimbo, fumou por um longo tempo, depois voltou seus olhos negros para mim e para Maria Antónovna e disse:

— Não é preciso procurar por ele. Ele virá sozinho. Não se perderá. Esta é sua terra.

Ei-las, as renas, ei-los, os guizos, os trenós e a vara do condutor. Mas essa vara é chamada de *khorei*, e não de *ostol*, a que se usa para conduzir cachorros.

Maria Antónovna fica tão entediada que acompanha cada viajante por um bom trecho, até os confins da taiga, ou até o que chamam de confins da taiga.

— Adeus, Maria Antónovna.

Corro ao lado do trenó, ou melhor, tento me sentar, fico agachado, prendendo-me ao trenó, caio, corro outra vez. À noite, surgem as luzes da via principal, ouve-se o ruído dos carros passando pela névoa.

Acerto as contas com os iacutos e vou até um local aquecido, uma estação na estrada. A estufa não está acesa — falta lenha. Em todo caso, há teto e parede. A fila para o caminhão que vai até o centro, até Magadan, está formada. Uma fila modesta: só uma pessoa. Soa a buzina, o homem corre em direção à névoa. Soa a buzina. O homem desaparece. Agora é minha vez de sair correndo ao frio cortante.

O caminhão de cinco toneladas trepida tanto que mal consegue parar ao meu lado. O lugar na cabine está desocupado. Neste frio intenso, seria impossível fazer uma viagem tão longa na carroceria.

— Para onde?
— Para a margem esquerda.
— Não vou levar. Preciso transportar este carvão até Magadan, e só até a margem esquerda não vale a pena levar você.
— Vou pagar a corrida até Magadan.
— Daí, a história é outra. Sente-se. Conhece a taxa?
— Sim. Um rublo por quilômetro.
— Pagamento adiantado.

Peguei o dinheiro e paguei.

O caminhão mergulhou numa névoa branca, diminuindo a marcha. Foi impossível prosseguir: neblina.

— Vamos dormir, que tal? Em Evrachka.

O que é *evrachka*? *Evrachka* é uma espécie de marmota. A Estação da Marmota. Demos um jeito de nos acomodar na cabine, com o motor ligado. Dormimos até o amanhecer, e a névoa branca do inverno já não parecia tão assustadora como de noite.

— Vamos ferver um pouco de *tchifir* e partir.

O motorista ferveu um punhado de chá numa lata de conservas, deixou-o esfriar na neve e bebericou. Tornou a fervê-lo, uma segunda rodada, bebeu mais um pouco e guardou a caneca.

— Vamos! Você é de onde?

Eu lhe contei.

— Já passei por lá. Até trabalhei como motorista na sua região. Vocês têm um belo canalha no campo, Ivanóv, um carcereiro. Roubou meu *tulup*. Pediu para usá-lo só até chegarmos — fazia um frio infernal no ano passado — e evaporou-se. Sem deixar vestígios. Não me devolveu o *tulup*. Mandei um recado por meio de algumas pessoas. Ele respondeu: não peguei, e ponto final. Acho que vou passar lá pessoalmente e pegar meu *tulup* de volta. Era preto, de primeira. E pra que ele precisaria de um *tulup*? A não ser que o corte e faça umas luvas-*krágui* para vender. É a última moda. Eu mesmo poderia ter costurado umas luvas assim, mas agora nada de *krágui*, nada da *tulup*, nada de Ivanóv.

Eu me virei, pressionando a gola da minha peliça.

— Era preto, como o seu casaco. Filho de uma cadela. Bem, já dormimos, agora pé na tábua.

O caminhão voou, buzinando, trovejando nas curvas — o motorista havia recobrado as forças com o *tchifir*.

Quilômetro atrás de quilômetro, ponte atrás de ponte, lavra atrás de lavra. Já amanhecia. Os carros se ultrapassavam, vinham de encontro uns aos outros. De repente, ouviu-se um estrondo, e tudo desabou. O motorista brecou o caminhão e o estacionou na beira da estrada.

— Que vá tudo para o inferno! — gritou o motorista, gesticulando. — Para o inferno o carvão! Para o inferno a cabine! Para o inferno a lateral da carroceria! Para o inferno as cinco toneladas de carvão!

Ele não sofreu nem um arranhão, e eu sequer entendi o que havia se passado.

O carro tinha sido atingido por um Tatra da Tchecoslováquia que vinha de encontro a nós.[122] A lateral de ferro do Tatra não ficou arranhada. Os motoristas frearam e saíram dos caminhões.

— Calcule depressa o valor do seu prejuízo, do carvão, de uma lateral nova — disse o motorista do Tatra. — Vamos pagar por tudo. Só não dê queixa, entendeu?

— Está bem — disse o meu motorista. — Dará...

— De acordo.

— E quanto a mim?

— Vou arranjar uma carona. Só faltam uns quarenta quilômetros, vão levar você até lá. Faça-me este favor. Quarenta quilômetros, é apenas uma hora de viagem.

Aceitei a proposta, tomei um lugar na carroceria de um caminhão e acenei um adeus ao amigo do carcereiro Ivanóv.

Mal deu tempo de começar a congelar na carroceria, o caminhão começou a frear: a ponte. A margem esquerda. Desci do caminhão.

Era preciso achar um lugar para passar a noite. Não era permitido dormir onde a carta se encontrava.

Entrei no hospital onde eu havia trabalhado. Um forasteiro não tinha permissão para se aquecer num hospital do campo de prisioneiros, e eu só fui até lá para aproveitar um instante de calor. Um enfermeiro contratado que eu conhecia passou por mim, e pedi que me arranjasse um lugar para pernoitar.

No dia seguinte, bati à porta de um apartamento; entrei e ali me entregaram uma carta escrita com uma caligra-

---

[122] Uma das primeiras empresas fabricantes de automóveis do mundo. Fundada na ex-Tchecoslováquia em 1850, passou-se a chamar Tatra em 1919. (N. da T.)

fia que eu conhecia bem: ligeira e impetuosa e, ao mesmo tempo, clara e legível.
Era uma carta de Pasternak.[123]

(1966)

[123] Em março de 1952, Varlam Chalámov enviou a Boris Pasternak (1890-1960) dois cadernos de poemas: "Boris Leonídovitch. Tome consigo estes dois cadernos que jamais serão impressos e publicados. São apenas um testemunho modesto do imenso respeito e apreço que sinto pelo poeta cujos versos me acompanharam ao longo desses vinte anos". Em 9 de junho do mesmo ano, Pasternak mandou-lhe um longa e afetuosa carta em resposta, com uma análise detalhada de seus versos. Desde então, passaram a trocar correspondências. (N. da T.)

A MEDALHA DE OURO

Primeiro, houve as explosões. Mas antes disso, antes da ilha Aptiêkarski, onde a *datcha* de Stolípin foi pelos ares,[124] houvera o ginásio feminino de Riazan, e a medalha de ouro recebida por resultados excepcionais e bom comportamento. Caminho à procura de travessas. Leningrado, uma cidade-museu, preserva as feições de Petersburgo. Encontrarei a *datcha* de Stolípin na ilha Aptiêkarski, a travessa Fonárni, a rua Morskaia, a avenida Zágorodni. Entrarei no bastião Trubetskói da Fortaleza de Pedro e Paulo, onde sucedeu o julgamento, a sentença que sei de cor e cuja cópia, com o lacre de chumbo de um cartório de Moscou, estava em minhas mãos ainda há pouco.

"Em agosto de 1906, tendo participado de uma sociedade criminosa que se autoproclamava uma organização de combate dos socialistas-revolucionários maximalistas,[125]

---

[124] Piotr Stolípin (1862-1911) ocupou, entre outros, o cargo de ministro do Interior (depois chamado primeiro-ministro) no reinado de Nicolau II, tendo participado ativamente da repressão contra os revolucionários. Stolípin sofreu vários atentados no começo do século XX, e foi ferido mortalmente em 1911 enquanto assistia a uma ópera em Kíev, na presença do tsar. O autor do atentado fatal foi o anarquista Dmitri Bogróv (1887-1911). (N. da T.)

[125] Setor composto pelos membros mais radicais do Partido Socialista Revolucionário; os maximalistas tornaram-se uma ala do partido em 1906. (N. da T.)

cujo objetivo claro de suas atividades era modificar, à custa de violência, o modelo fundamental do governo estabelecido por lei [...]".

"[...] constituiu a cumplicidade necessária para o atentado contra a vida do ministro do Interior por meio da explosão da *datcha* por ele habitada na ilha Aptiêkarski devido ao cumprimento dos deveres de seu serviço [...]."

Os juízes não se ocupam com a gramática. As imperfeições literárias dessas sentenças só são notadas depois de uns cinquenta anos, nunca antes.

"Natália Serguêievna Klímova,[126] de origem nobre, 21 anos, e Nadiejda Andrêievna Teriêntieva, 25 anos, filha de um comerciante [...] devem ser submetidas à pena de morte por enforcamento com as consequências referidas no artigo 28."

O que a justiça entende por "enforcamento com consequências" só os juristas, os especialistas da lei, devem saber.

Klímova e Teriêntieva não foram executadas.

Durante o inquérito, o presidente do tribunal distrital recebeu um requerimento do pai de Klímova, um advogado do tribunal de justiça de Riazan. O requerimento, com um tom muito insólito, não parecia um pedido ou uma queixa formal, mas tinha um quê de diário, de conversa íntima.

"[...] o senhor deve tomar por verdadeira a ideia de que, no caso em questão, está lidando com uma moça imprudente que foi seduzida pela época revolucionária atual. [...]

"Ao longo de sua vida, foi uma moça boa, doce, generosa, mas que sempre se deixava deslumbrar por alguma coisa. Há cerca de um ano e meio, não mais que isso, ficou des-

---

[126] Natália Serguêievna Klímova (1885-1918), membro do Partido Socialista Revolucionário (ala maximalista). Chalámov teve contato com a filha mais velha da revolucionária e fez uma pesquisa detalhada para compor a heroína de sua história. (N. da T.)

lumbrada pelos ensinamentos de Tolstói,[127] que pregava o mandamento 'não matarás' como o mais valioso de todos. Por uns dois anos, foi vegetariana e conduziu-se como uma simples operária, e não admitia que a empregada a ajudasse a lavar roupa, a arrumar o quarto ou a ensaboar o assoalho, e, agora, de repente, tomou parte num terrível assassinato cujo motivo, ao que parece, consistia na incompatibilidade da política do senhor Stolípin com as condições atuais. [...]

"Atrevo-me a afirmar que minha filha não entende absolutamente nada de política, é evidente que ela foi uma marionete nas mãos de pessoas mais poderosas, para quem a política do senhor Stolípin poderia ser considerada altamente prejudicial. [...]

"Tentei incutir opiniões corretas em meus filhos, mas, devo admitir que, nestes tempos caóticos, a influência dos pais já não tem muita importância. Nossa juventude causa grandes infortúnios e sofrimentos a todos que a cercam, inclusive aos pais [...]"

A argumentação é original. As observações acessórias são insólitas. O tom da carta é surpreendente.

Essa carta salvou Klímova. Melhor dizendo: não foi a carta que a salvou, mas a morte súbita de seu pai, que escrevera e enviara a carta pouco antes de morrer.

A morte atribuiu tal peso moral ao requerimento, elevou o processo a tal nível de moralidade, que nenhum general da gendarmaria se atreveria a sustentar a pena de morte de Natália Klímova. Ora, muito obrigado!

O veredito original constava da seguinte afirmação: "Sanciono a sentença, mas com a substituição, no caso de

---

[127] Referência ao tolstoísmo, conjunto de preceitos de Lev Tolstói (1828-1910) que defendia o aprimoramento moral e espiritual do homem, incluindo a abstinência sexual, a negação da propriedade privada, o pacifismo, o vegetarianismo etc. (N. da T.)

ambas as acusadas, da pena de morte pelos trabalhos forçados em caráter permanente, com todas as consequências inerentes a esta pena, 29 de janeiro de 1907 — Vice-Comandante-em-Chefe, General da Infantaria Gazenkampf. Conferido fielmente com o original: Secretário do Tribunal, Conselheiro de Estado Mentchukóv. Carimbo do Tribunal Distrital de São Petersburgo".

Durante a sessão no tribunal referente ao processo de Klímova e Teriêntieva, sucedeu uma cena única e muito peculiar, sem precedentes nos processos políticos da Rússia, e não somente nos da Rússia. A cena foi descrita nos protocolos do julgamento nos moldes comedidos de um escrevente. A última palavra foi transmitida às acusadas.

O julgamento, que aconteceu no bastião Trubetskói da Fortaleza de Pedro e Paulo, foi breve — duas horas, não mais que isso.

As rés recusaram-se a argumentar contra o discurso do procurador. Mesmo reconhecendo sua participação no atentado contra Stolípin, não se consideravam culpadas. E se opuseram ao requerimento de cassação.

Eis que, na fala final, diante da morte, diante da execução, Klímova, "a moça deslumbrada", repentinamente se rendeu à sua natureza, ao sangue que tinha nas veias: ela falou, agiu de tal maneira que o presidente do tribunal, interrompendo suas últimas palavras, expulsou-a da sala por "comportamento indecoroso".

A memória respira com facilidade em Petersburgo. É mais difícil em Moscou, onde as avenidas retalharam o bairro de Khamóvniki, sufocaram o bairro da Priêsnia, romperam a ligadura das travessas, a ligação entre as épocas...

A travessa Merzliakóvski. Nos anos 1920, quando eu era um estudante universitário, ia com frequência a Merzliakóvski. Ali havia um alojamento estudantil para moças, onde, vinte anos antes, no início do século, naquele mesmo dormitório, morava uma estudante do Instituto Pedagógico de Moscou, a futura professora Nádia Teriêntieva.[128] Só que ela não chegou a tornar-se professora.

Rua Povarskaia, nº 6: era o que constava no registro de locatários em 1905 como domicílio coletivo de Natália Klímova e de Nadiejda Teriêntieva — uma prova material da investigação.

Onde está a casa aonde Natália Klímova levara as três bombas de dinamite, de um *pud* cada (rua Morskaia, nº 49, ap. 4)?

Será que não foi na rua Povarskaia, nº 6, que Mikhail Sokolóv, o Urso[129] encontrou Klímova, levando-a à morte e à gloria? Pois não há vítimas em vão, nem heroísmo anônimo. Nada se perde na história, só se deformam as escalas. E se o tempo pretende esquecer o nome de Klímova, lutaremos contra o tempo.

Onde está esta casa?

Caminho à procura de travessas. Na mocidade, minha distração era subir as escadas marcadas pela história, mas ainda não transformadas em museus. Para acelerar a marcha dos acontecimentos, para apressar a corrida do tempo, eu tentava reconhecer as travessas, reproduzia a marcha das pessoas que subiram aquelas escadas, que se detiveram naqueles cruzamentos.

E o tempo pôs-se em movimento.

Costumam oferecer crianças no altar da vitória. Uma antiga tradição. Klímova estava com 21 anos quando foi condenada.

---

[128] Nadiejda Andrêievna Teriêntieva (1881-*c*. 1934), membro do Partido Socialista Revolucionário. (N. da T.)

[129] Mikhail Sokolóv (1880-1906), fundador da ala maximalista do Partido Socialista Revolucionário. (N. da T.)

A medalha de ouro

A paixão, o mistério que cercava a vida dos revolucionários, representando seus papéis munidos de punhais e de espadas, disfarçando-se, resguardando-se atrás de portões, saltando de um bonde de tração animal para montar num trotador... A habilidade de esconder-se de um agente era um dos exames de admissão dessa universidade russa. Ao fim do curso completo, a forca.

Muito já se escreveu sobre isso, até demais. E eu não preciso de livros, mas de pessoas, não preciso de traçados de ruas, mas de travessas silenciosas.

Primeiro, houve a causa. Primeiro, houve as explosões, a sentença de morte de Stolípin, três *pudes* de dinamite acomodados em três pastas de couro preto, mas, do que eram feitas e qual era seu aspecto, quanto a isso, nada tenho a dizer. "Fui eu que levei as bombas, mas quando, de onde ou como, quanto a isso, nada tenho a dizer."

O que torna um homem mais elevado? O tempo.

Foi no limiar do século que se deu o florescimento da nossa era, quando a literatura, a filosofia, a ciência, a moral da sociedade russa elevaram-se a uma altura sem precedentes. Tudo o que o grande século XIX acumulara de moralmente importante e forte foi transformado numa causa viva, numa realidade viva, num modelo vivo lançado à última batalha contra a autocracia. Sacrificar-se, abdicar até do próprio nome... Quantos terroristas morreram sem que ninguém jamais soubesse seus nomes? O sacrifício do século que descobriu a liberdade suprema, a força suprema na combinação entre a palavra e a causa. Começaram com o "não matarás", com "Deus é amor", com o vegetarianismo, com o servir ao próximo. As exigências morais e a abdicação eram tão grandes que os melhores entre os melhores, desiludindo-se da resistência pacífica, passaram do "não matarás" à "ação", empunharam revólveres, bombas, dinamite. Para se desiludirem das bombas não houve tempo: todos os terroristas morreram jovens.

Natália Klímova era natural de Riazan. Nadiejda Teriêntieva nascera na fábrica de Beloriêtsk, no Ural. Mikhail Sokolóv era de Sarátov.

Os terroristas nasciam nas províncias. E em Petersburgo morriam. E há uma lógica nisso. A literatura clássica, a poesia do século XIX e suas exigências morais se consolidaram de modo mais profundo nas províncias, e justo lá se viram diante da necessidade de responder à questão: "No que consiste o sentido da vida?".

Procuravam esse sentido com ímpeto e abnegação. Klímova encontrou um sentido de vida, preparando-se para repetir, para superar a façanha de Peróvskaia.[130] Verificou-se que Klímova era dotada de força espiritual suficiente para isso — não foi à toa que passara a infância num meio familiar notável: a mãe de Natália Serguêievna foi a primeira mulher russa a tornar-se médica.

A Natália Klímova só faltava uma relação pessoal, um exemplo pessoal, para que todas as suas forças físicas, morais e espirituais chegassem a um alto nível de tensão, para que sua rica natureza criasse um motivo para ser inserida, de uma vez por todas, no rol das mulheres mais notáveis da Rússia.

Esse impulso, essa relação pessoal foi o encontro de Natacha Klímova com Mikhail Sokolóv, o Urso.

Esse encontro conduziu o destino de Natália Klímova aos picos mais elevados do heroísmo revolucionário russo, à prova de abnegação e sacrifício.

A "causa", inspirada no maximalista Sokolóv, consistia na luta contra a autocracia. Um organizador até a medula

---

[130] Sófia Peróvskaia (1853-1881), uma das líderes da organização terrorista *Naródnaia Vólia* (Vontade do Povo). (N. da T.)

dos ossos, Sokolóv foi também um teórico respeitável do partido. O terror no campo e nas fábricas foi a contribuição do Urso para o programa dos "oposicionistas" SR.[131] Comandante principal das lutas no bairro de Priêsnia na época da Insurreição de Dezembro — Priêsnia lhe deve por ter conseguido resistir tanto tempo —, Sokolóv não se dava com o partido e, depois do levante de Moscou,[132] desvinculou-se e criou sua própria "organização de combate dos socialistas-revolucionários maximalistas".

Natacha Klímova foi sua ajudante e esposa. Esposa? O mundo casto da clandestinidade revolucionária dá uma resposta bem específica a esta simples pergunta.

"Eu residia com meu marido Semión Chápochnikov usando no passaporte o nome de Vera Chápochnikova. Gostaria de acrescentar: eu não sabia que Semión Chápochnikov e Mikhail Sokolóv eram a mesma pessoa."

Mas qual passaporte? Na rua Morskaia, Natália Klímova vivia sob o nome de Elena Morózova com o marido Mikhail Morózov, aquele mesmo que foi detonado por sua própria bomba na antessala de Stolípin.

O mundo clandestino de passaportes falsos e de sentimentos autênticos... Achavam que toda individualidade deveria ser reprimida, submetida ao grande objetivo da luta em que vida e morte não se distinguem.

---

[131] Membros do Partido Socialista Revolucionário, antitsarista, criado em 1902. Os SR tiveram importante participação na Revolução de 1917, mas depois foram perseguidos pelos bolcheviques. Vários de seus membros defendiam o terrorismo como prática política. (N. da T.)

[132] Referência ao "domingo sangrento" (9 de janeiro de 1905), que provocou uma greve geral em várias cidades da Rússia. O bairro operário de Priêsnia, em Moscou, foi violentamente reprimido. (N. da T.)

Eis um trecho da *História do Partido dos Socialistas-Revolucionários*, um manual para a polícia escrito por Spiridóvitch, general da gendarmaria:

"Em 1º de dezembro, Sokolóv em pessoa foi capturado na rua e, no dia 2, executado conforme a sentença do tribunal. No dia 3, foi descoberto o apartamento secreto de Klímova, onde, entre vários objetos, foram encontrados um *pud* e meio de dinamite, 7.600 rublos em papel-moeda e sete carimbos de várias instituições do governo. Klímova foi presa em meio a outros notórios maximalistas."

Por que, depois da explosão na ilha Aptiêkarski, Klímova ainda permaneceu três meses em Petersburgo? Esperavam o retorno do Urso — houve um congresso dos maximalistas na Finlândia, e o Urso e outros maximalistas só retornaram à Rússia no fim de novembro.

Durante seu breve interrogatório, Natacha soube da morte de Sokolóv. Não havia nada de inesperado nessa execução, nessa morte. Ainda assim, Natacha estava viva e o Urso não. Na *Carta perante a execução*, ela fala com tranquilidade da morte de amigos próximos. Natacha, porém, nunca esqueceu Sokolóv.

E foi nas casamatas do DPZ[133] de Petersburgo que Natália Klímova escreveu a célebre *Carta perante a execução*, que correu o mundo.

É uma carta filosófica escrita por uma moça de vinte anos. Não é uma despedida da vida, mas o enaltecimento do prazer de viver.

Matizada de tons que exprimem a comunhão com a natureza, um tema ao qual Klímova foi fiel durante toda a vi-

---

[133] Acrônimo de *Dom Predvarítelnogo Zakliutchiêniia*, Casa de Prisão Preventiva. Conhecido também como Chalerka e fundado em 1875, o DPZ, em São Petersburgo, foi a primeira prisão para inquéritos da Rússia. Lênin esteve preso lá em 1895. (N. da T.)

A medalha de ouro

da, a carta é extraordinária, pelo frescor dos sentimentos, pela sinceridade. Ali não há nem sombra de fanatismo, de didatismo. A carta fala da liberdade suprema, do prazer de unir a palavra à ação. Não traz uma pergunta, mas uma resposta. A carta foi publicada na revista *A Educação* ao lado de um romance de Marcel Prévost.

Li esta carta, marcada por uma série de "cortes" da censura, coberta por reticências significativas. Depois de cinquenta anos, foi republicada em Nova York com os mesmos recortes, imprecisões e erros na escrita. Nesta cópia de Nova York, o tempo foi o censor: o texto desbotou, apagou-se, mas as palavras mantiveram a força, não traíram seu espírito. A carta de Klímova agitou a Rússia.

Ainda hoje, em 1966, mesmo com o elo entre as épocas rompido, o nome de Klímova tem ressonância nos corações e na memória dos intelectuais russos.

— Ah, Klímova! Esta *Carta perante a execução*... Sim. Sim. Sim.

Nesta carta, não havia apenas as grades do cárcere, a forca, os ecos das explosões. Não. Na carta de Klímova havia algo particularmente significativo para os homens, algo particularmente importante.

O filósofo Frank[134] dedicou à carta de Klímova um artigo enorme, "A superação da tragédia", publicado em *A Palavra*, um grande jornal da capital.

Frank enxergou nesta carta o surgimento de uma nova consciência religiosa e escreveu que "estas seis páginas, por seu valor moral, têm mais peso do que todos os tomos da filosofia contemporânea e da poesia sobre o trágico".

---

[134] Semion Frank (1877-1950), filósofo que buscou sintetizar o racionalismo e a religião. Fui expulso da URSS em 1922, indo, primeiramente, para Berlim, onde participou da Academia Filosófica Religiosa, organizada por Nikolai Berdiáiev (1874-1948). (N. da T.)

Impressionado com a profundidade dos pensamentos e sentimentos de Klímova — ela tinha 21 anos de idade —, Frank compara sua carta com o *De profundis*, de Oscar Wilde.[135] É a carta-libertação, a carta-saída, a carta-resposta. Então por que não estamos em Petersburgo? Por que nem o atentado a Stolípin nem a *Carta perante a execução* foram, como se revela, o suficiente para esta vida notável, grandiosa e, principalmente, consonante com o momento histórico?

A *Carta perante a execução* foi publicada no outono de 1908. As ondas sonoras, luminosas e magnéticas que produziu correram o mundo, e, mesmo depois de um ano, não esmoreceram, não cessaram, como se uma notícia nova e surpreendente tivesse percorrido todos os cantos do globo terrestre. Treze condenadas aos trabalhos forçados, acompanhadas pela carcereira Tarássova, fugiram do presídio feminino Novínskaia de Moscou.

Aqui está a "Lista das que fugiram entre a noite de 30 de junho e o dia 1º de julho de 1909 do presídio feminino da província de Moscou".

"Nº 6. Klímova, Natália Serguêievna, foi condenada em 20 de janeiro de 1907 pelo Tribunal Militar Distrital de Petersburgo à pena de morte por enforcamento, mas a execução foi comutada por trabalhos forçados, em caráter permanente, pelo Vice-Comand. Mil. Petersb. — 22 anos, constituição robusta, cabelos escuros, olhos azuis, tez rosada, tipo russo."

Essa fuga, que estava por um fio, de modo que um atraso de meia hora significaria a morte, saiu-se brilhante.

[135] Oscar Wilde (1854-1900) escreveu essa carta a Lord Alfred Douglas, seu amante, em 1897, enquanto estava na prisão de Reading, condenado por comportamento imoral. (N. da T.)

Guérman Lopátin,[136] um perito em fugas, chamava as condenadas fugitivas do presídio Novínskaia de amazonas. Em sua boca, esta palavra não era somente um elogio afetuoso, com um quê de ironia e aprovação. Não, Lopátin sentiu a realidade do mito.

Ele entendia como ninguém o que significava uma fuga bem-sucedida da prisão, onde, de forma casual e espontânea, reuniram-se condenadas com as mais diferentes "causas", interesses e destinos. Entendia que, para este coletivo variegado transformar-se numa unidade de combate baseada na disciplina da clandestinidade, disciplina até maior que a dos combatentes, era preciso de um organizador determinado. Esta pessoa só podia ser Natália Serguêievna Klímova.

Com as mais diferentes "causas"... Tomou parte na fuga a anarquista Maria Nikíforova, a futura *atamancha*[137] Maruska do bando de Makhnó, na época da guerra civil. O general Slaschióv fuzilou a *atamancha* Maruska. Faz tempo que, no cinema, ela surge como a imagem da bela bandida, mas Maria Nikíforova era uma verdadeira hermafrodita e por pouco não frustrou a fuga.

Na cela (a cela nº 8!) havia também criminosas comuns — duas delinquentes acompanhadas pelos filhos.

Foi nessa fuga que a família Maiakóvski costurou as roupas das fugitivas, e o próprio Maiakóvski foi detido em função do caso (foi interrogado sobre a fuga).

As condenadas memorizavam o roteiro do futuro espetáculo, decoravam seus papéis codificados.

A fuga foi planejada durante muito tempo. Para a libertação de Klímova, veio o representante do comitê central do

---

[136] Guérman Lopátin (1845-1918), revolucionário, membro do conselho da I Internacional. O primeiro a traduzir para o russo *O Capital*, de Karl Marx. (N. da T.)

[137] Feminino de *ataman*, líder militar cossaco. (N. da T.)

partido dos SR no exterior, o "general", como o chamavam Koridze e Kaláchnikov, os organizadores da fuga. Os planos do general foram rejeitados. Os SR de Moscou, Koridze e Kaláchnikov, já tinham outro plano em andamento. A libertação deveria ser feita "de dentro", por meio das próprias condenadas. Estas seriam soltas pela carcereira Tarássova, que depois fugiria do país com elas.

Na noite de 1º de julho, as prisioneiras desarmaram as carcereiras e saíram às ruas de Moscou.

Sobre a fuga das treze, sobre a "libertação das treze", muito se escreveu em livros e revistas. Esta fuga também é uma das antologias da revolução russa.

Vale lembrar que a chave introduzida na fechadura da porta de saída não foi virada pelas mãos de Tarássova, que ia na frente. Que ela abaixou as mãos, impotente. E que foram as mãos fortes da prisioneira Guelme que apanharam a chave dela, colocaram a chave na fechadura e a viraram, abrindo a porta para a liberdade.

Vale lembrar que, enquanto as prisioneiras saíam da prisão, tocou o telefone na mesa da carcereira de plantão. Klímova atendeu à ligação e respondeu com a voz da carcereira. Era o chefe de polícia: "Temos informações de que estão planejando uma fuga na prisão Novínskaia. Tomem as medidas necessárias". "Suas ordens serão cumpridas, Excelência. As medidas serão tomadas", e Klímova colocou o fone no gancho.

Vale lembrar a carta espirituosa de Klímova — ei-la aqui: seguro em minhas mãos duas folhinhas amassadas e ainda vivas de papel de carta. A carta, de 22 de maio, foi escrita às crianças, aos seus irmãos e irmãs mais novos, que sua madrasta, a tia Olga Nikíforovna, mais de uma vez levara a Moscou, quando pequenos, para visitar Natacha. As visitas à prisão foram ideia da própria Natália Serguêievna. Ela achava que as impressões suscitadas só poderiam ser proveitosas para um espírito infantil. Então, em 22 de maio, Klímova escreve sua carta espirituosa, que termina com palavras que não apareceram em nenhuma das outras cartas da condenada à prisão perpétua: "Até mais ver! Até logo!". A carta foi escrita no dia 22 de maio e, no dia 30 de junho, Klímova fugiu da prisão. Em maio, a fuga não apenas já tinha sido decidida, como todos os papéis já tinham sido ensaiados, mas Klímova não resistiu à brincadeira. Aliás, o encontro nunca aconteceu. Os irmãos nunca mais se encontrariam com a irmã mais velha. A guerra, a revolução, a morte de Natacha...

Acolhidas por amigos, as prisioneiras libertas desapareceram numa noite moscovita quente e escura de começo de julho. Natália Serguêievna Klímova foi a figura mais notável da fuga, e seu salvamento assim como sua evasão apresentaram dificuldades especiais. As organizações do partido naquele tempo estavam repletas de provocadores, e Kaláchnikov adiantou-se aos pensamentos da polícia, resolvendo esse problema de xadrez. Assumiu pessoalmente a retirada de Klímova e, naquela mesma noite, transferiu-a às mãos de um homem que não tinha absolutamente nenhuma relação com o partido — não passava de um conhecido, um engenheiro ferroviário que simpatizava com a revolução. Klímova passou um mês na casa do engenheiro, em Moscou. Já Kaláchnikov e Koridze foram presos bem antes; toda a cidade de Riazan foi revirada de cima a baixo com as buscas e batidas policiais.

Passado um mês, o engenheiro conduziu Natália Serguêievna, fazendo-a passar por sua esposa, pela ferrovia Transiberiana. Em camelos, através do deserto de Gobi, Klímova foi até Tóquio. Do Japão à Itália, num barco a vapor. E dali a Paris.

Dez prisioneiras conseguiram chegar a Paris. Três foram capturadas no dia da fuga: Kartachova, Ivanova, Chichkariova. Foram julgadas e tiveram as penas acrescidas — o advogado do processo foi Nikolai Konstantínovitch Muravióv, futuro presidente da comissão do Governo Provisório encarregada pelos inquéritos dos ministros tsaristas e futuro advogado de Ramzin.[138] Assim se entrelaçam na vida de Klímova nomes de pessoas dos mais diversos andares da escala social, mas sempre as melhores, as mais capacitadas. Klímova era como a décima onda.[139] Nem bem descansa de dois anos de trabalhos forçados, da fuga ao redor do mundo, sai em busca de um novo combate. Em 1910 o comitê central do partido dos socialistas-revolucionários confia a Sávinkov[140] o recrutamento de um novo grupo de combatentes. A seleção não se mostra nada simples. Por incumbência de Sávinkov, Tchernávski, um membro do grupo, percorre a Rússia e chega até Tchitá.[141] Os ex-combatentes não querem pegar em bombas, e Tchernávski volta com a missão malograda. Aqui está seu relatório, publicado em *Galés e Exílio*:[142]

[138] Leonid Ramzin (1887-1948), cientista russo, acusado de conspiração e condenado a dez anos de prisão em 1930. (N. da T.)

[139] A imagem da décima onda, ou onda decúmana, que acreditavam ser a maior e a mais perigosa num temporal, foi bastante utilizada no século XIX, como, por exemplo, por Púchkin em *Ievguêni Oniêguin*, e pelo pintor Ivan Aivazóvski (1817-1900) no quadro *A onda decúmana* (1850). (N. da T.)

[140] Boris Sávinkov (1879-1925), um dos líderes do Partido Socialista Revolucionário e da organização de combate. (N. da T.)

[141] Ilha na Sibéria Oriental. (N. da T.)

[142] *Galés e Exílio: Boletim Histórico-Revolucionário* (*Kátorga i Silka: Istôriko-Revoliutsiônnii Viéstnik*), revista publicada por ex-presos políticos, de 1921 a 1935, em Moscou. O artigo de Mikhail Tchernávski (1855-1943) se chama "Sobre a organização de combate". (N. da T.)

"Minha viagem (pela Rússia, até Tchitá, ao encontro de A. V. Iakímova[143] e V. Smirnóv) não trouxe reforços ao grupo. Os dois candidatos que tínhamos em vista se recusaram a aderir. No caminho de volta, pressenti que este fracasso afetaria o ânimo dos camaradas, que já não era dos melhores. Meus receios não se confirmaram. Meu fracasso foi compensado por um acontecimento fortuito que sucedeu durante minha ausência. Fui apresentado a um novo membro do grupo, Natália Serguêievna Klímova, a famosa maximalista que, pouco tempo antes, havia fugido da prisão de Moscou com outras prisioneiras políticas. Um dos membros do comitê central estava sempre a par de nosso paradeiro, em qualquer momento, e por meio dele nos comunicamos com ela. Por meio dele, N. S. informou Sávinkov de seu desejo de entrar em nosso grupo e, sem dúvida, foi admitida com alegria. Todos nós entendíamos perfeitamente o quanto a entrada de N. S. nos reforçaria. Como já mencionei, M. A. Prokófieva, em minha opinião, era a pessoa mais forte entre nós. Agora tínhamos duas personalidades fortes, e, sem querer, passei a contrastá-las, a fazer comparações. Veio-me à lembrança um conhecido poema em prosa de Turguêniev, *A soleira*.[144] Uma moça russa atravessou uma soleira fatal, a despeito de uma voz de advertência que previu toda sorte de infortúnios do outro lado: 'O frio, a fome, o ódio, a zombaria, o desprezo, as ofensas, a prisão, a doença, a morte', levando à desilusão de tudo o que a jovem, então, acreditava. Klímova e Prokófieva atravessaram essa soleira havia tempo e vivenciaram, em grau suficiente, as provações preditas pela voz de advertência, mas,

---

[143] Anna Vassílievna Iakímova-Dikóvskaia (1856-1942), cujo pseudônimo era Baska, foi uma revolucionária russa que fez parte da organização *Naródnaia Vólia* e do Partido Socialista Revolucionário. (N. da T.)

[144] *A soleira* (*Poróg*), de maio de 1878, faz parte de uma série de poemas em prosa que Turguêniev escreveu entre 1877 e 1882. (N. da T.)

apesar do que passaram, seu entusiasmo em nada diminuiu e sua determinação até amadureceu, fortaleceu. Do ponto de vista da lealdade à revolução e da prontidão para encarar qualquer sacrifício, poderíamos colocar essas duas mulheres, sem hesitar, em pé de igualdade: iguais em força e valor. Mas bastaram alguns dias de observação atenta para convencer-me de como eram diferentes e, em alguns aspectos, diametralmente opostas. Antes de mais nada, saltava aos olhos o contraste dos estados de saúde. Klímova, que conseguiu recompor-se depois da prisão, gozava de boa saúde, cheia de força e vigor; Prokófieva sofria de tuberculose, e a doença evoluiu tanto e influiu tanto em seu aspecto que parecia que uma vela se extinguia em nossa frente.

"Também eram diferentes no gosto, na relação com a vida que as cercava, no modo de ser.

"Prokófieva cresceu numa família de velhos crentes em que, de geração em geração, eram transmitidos hábitos e comportamentos sectários, ascéticos. A escola e, mais tarde, o entusiasmo pelos movimentos libertários fizeram evaporar de sua visão de mundo as perspectivas religiosas, mas, em sua índole, restou um vestígio quase imperceptível, algo entre o desprezo e a indulgência para com todos os prazeres da vida, um vestígio de alguma aspiração para o elevado, para isolar-se do mundo e dos assuntos mundanos. Talvez esse traço de caráter fosse, em parte, sustentado e reforçado por sua doença. Klímova era seu perfeito oposto. Aceitava de bom grado toda felicidade da existência, porque aceitava a vida em sua completude, com alegrias e mágoas, ligadas organicamente, inseparáveis. Isso não era uma concepção filosófica, mas um sentimento espontâneo de uma natureza rica e forte. Ela via tanto no heroísmo como no sacrifício a maior, a mais desejada felicidade da existência.

"Ela chegou radiante, alegre, e trouxe ao nosso grupo uma animação considerável. Parecia que não havia mais motivo para esperar. Por que não iniciar as ações com as forças disponíveis? Mas Sávinkov mostrou que um ponto de interrogação pairava novamente em nós. Contou que, durante minha ausência, Kiriúkhin tinha vindo da Rússia para ficar com o grupo e, nesse curto período, levantara suspeitas.

"— Só conta lorotas — explicou Sávinkov. — Um dia me vi obrigado a passar um sermão nele sobre a necessidade de sermos mais rígidos com a tagarelice. Talvez tenha apenas a língua solta. Agora ele está na Rússia outra vez, tem uma filha recém-nascida. Deve voltar em alguns dias. É preciso ficar de olho nele.

"Logo depois de minha chegada a Guernsey, surgiu mais um ponto negro em nosso horizonte. Dia após dia, Ma (M. A. Prokófieva) enfraquecia e definhava a olhos vistos. Naturalmente, havia receios de que logo essa vela ardente se apagaria. Todos sentíamos como essa luz pura e silenciosa era cara e até necessária a nossa clandestinidade sombria, e ficamos alarmados. Um médico local sugeriu que colocássemos a doente num sanatório especializado, de preferência em Davos. Sávinkov precisou despender muita energia para convencer M. A. a ir. Após uma longa batalha, eles chegaram, ao que parece, a um consenso nas seguintes bases: Sávinkov se comprometeu a informá-la quando o grupo estivesse pronto para partir à Rússia, e a ela seria garantido o direito de decidir, conforme seu estado geral de saúde, se continuaria o tratamento ou se largaria o sanatório para se unir ao grupo.

"Enquanto isso, Sávinkov recebeu a notícia de que o combatente F. A. Nazárov, seu conhecido, havia saído da prisão e estava exilado num povoado. Nazárov matara o provocador Tarássov, mas fora condenado, por outro motivo, a um curto período de trabalhos forçados. Ao mesmo tempo que mandou M. A. a Davos, Sávinkov enviou um jovem de Paris a Sibéria para ver Nazárov e lhe propor que entrasse no grupo. Nazárov havia se candidatado na ocasião da formação do grupo, mas sua admissão não fora aceita. Agora prometeram admiti-lo caso realizasse uma missão com êxito.

"Da ilha de Guernsey o grupo transferiu-se para o continente e instalou-se num lugarejo francês a 5 ou 6 quilômetros de Dieppe. Kiriúkhin se juntou a nós. Agora somos sete: Sávinkov e sua esposa, Klímova, Fabrikant, Moissêienko, Kiriúkhin e eu, Tchernávski. Kiriúkhin, como de hábito, se porta de modo simples e tranquilo. Não se nota nem sombra de malícia nele. Vivemos tediosamente. O litoral é plano e triste. Um triste outono. De dia apanhamos uns pedaços de madeira trazidos pelo mar, que servem de lenha. O carteado tinha sido abandonado na época da reunião em Newquay, e o xadrez também foi deixado de lado. Conversas corriqueiras não existem. De vez em quando trocamos umas frases soltas, mas, na maior parte do tempo, ficamos calados. Cada um olha para os padrões formados pelo fogo na lareira, tecendo reflexões tristes. Nos convencemos, na prática, de que o trabalho mais extenuante é ficar à espera, de braços cruzados, sem saber ao certo por quanto tempo.

"Um dia alguém sugeriu: 'Vamos começar a assar batatas na lareira. Assim, mataremos dois coelhos com uma cajadada: 1) Teremos algo interessante para fazer à noite, 2) Economizaremos no jantar'.

"A proposta foi aceita, mas todos os intelectuais revelaram-se maus cozinheiros, com exceção do marinheiro (Kiriúkhin), que demonstrou grande talento para a coisa. Queiram desculpar-me por dar tanta atenção a essas ninharias. Mas eu não posso deixar de contar a história das batatas assadas.

"Assim transcorreu cerca de um mês; era, parece, dezembro de 1910. Todos nós estávamos entediados, mas não tanto quanto Kiriúkhin. Às vezes, ele se punha a andar até Dieppe e, certo dia, voltou meio embriagado. À noite tomou seu lugar ao lado da lareira e passou a cuidar das tarefas habituais. A proximidade do fogo o extenuou de vez: as batatas não lhe obedeciam, nem mesmo suas mãos queriam lhe obedecer. Natacha Klímova começou a provocá-lo:

"— Iákov Ipatitch, talvez o senhor tenha perdido sua arte em algum canto de Dieppe... Hoje, pelo visto, nada sairá daí...

"Travam um duelo verbal. Kiriúkhin, com cada vez mais frequência, usa frases de efeito: 'Nós sabemos quem é a senhora'.

"— O senhor não sabe de nada. Pois diga o que sabe!

"Kiriúkhin ficou furioso:

"— Quer que eu diga? Lembra que os senhores, os maximalistas, fingindo farrear, fizeram uma reunião num aposento reservado no restaurante de Pálkin? E que naquele momento, na sala comum do restaurante, encontrava-se o vice-diretor do departamento de polícia? Não lembra? E, depois da reunião, lembra aonde a senhora foi (e não foi sozinha!)? — concluiu ele, triunfante.

"Pasma, Natacha ficou de olhos tão esbugalhados que pareciam saltar das órbitas. Ela chamou Sávinkov para o lado e lhe falou que era tudo verdade — sob a aparência de uma farra, sucedera uma reunião num aposento reservado. Eles haviam sido informados da presença do vice-diretor do departamento. Mesmo assim, a reunião fora conduzida até o fim e eles se separaram sem contratempos. Natacha dirigira-se a um hotel nas ilhas para passar a noite com o marido.

"Na manhã seguinte, Kiriúkhin foi questionado sobre sua fonte de informações. Ele respondeu que Feit havia-lhe contado. Sávinkov resolveu ir a Paris e chamou Kiriúkhin para ir junto e, pouco depois, retornou sozinho. Revelou-se ali que Feit não havia dito nada, nem poderia, pois os fatos em questão não eram de seu conhecimento. Kiriúkhin foi questionado novamente. Dessa vez, ele respondeu que foi a esposa quem lhe contara e que ela mesma soubera de tudo graças a uns gendarmes que conhecia. Kiriúkhin foi expulso.

"Ao voltar ao grupo, Sávinkov colocou em votação a seguinte pauta: teríamos o direito de declarar Kiriúkhin um provocador? Seguiu-se uma resposta unânime de afirmação. Decidimos encaminhar um pedido ao comitê central para que publicassem no órgão do partido uma declaração dizendo que Kiriúkhin era um provocador. Depois da reunião em Newquay, também chegamos à conclusão de que Rótmistr era um provocador, só que, mesmo assim, resolvemos não declará-lo, pois achávamos que nossas informações não eram suficientes para dar esse passo. Por isso nos limitamos a informar o comitê central de sua expulsão do grupo por suspeita de provocação. Sabíamos que Rótmistr havia se instalado em Meudon (imagino que tenha citado corretamente o nome desta cidadezinha nos arredores de Paris), longe da emigração.

"O acontecimento inesperado de Kiriúkhin mostrou como fomos tolos e ridículos ao brincar de esconde-esconde pelos recantos da Europa Ocidental enquanto o departamento de polícia sabia tudo o que era necessário saber: se quisesse, poderia até saber quem entre nós mais apreciava batatas assadas. Por isso abandonamos o lugarejo e mudamos para Paris. Esse foi o primeiro desfecho do acontecimento. O segundo foi a decisão de rever o caso de Rótmistr. Como nossa perspicácia em relação a Kiriúkhin mostrou-se tão vergonhosa, naturalmente surgiu uma dúvida: será que não incorremos num erro grosseiro também em relação a Rótmistr, mas no sentido oposto, isto é, será que suspeitamos de um homem inocente? Se Kiriúkhin, que jamais levantara dúvidas, foi desmascarado, era natural nos questionarmos: 'E quanto a Rótmistr? Quer dizer, era mesmo um provocador?'. Sávinkov decidiu encontrar Rótmistr e arrancar dele uma explicação sincera. Nesse meio-tempo, sugeriu que eu e Moissêienko fôssemos a Davos e informássemos Prokófieva desses importantes acontecimentos do grupo.

"Passamos um tempo em Davos, acho que por volta de duas semanas. Todos os dias visitávamos Ma no sanatório. Sua saúde havia melhorado consideravelmente. Aos poucos ela ganhava peso, e os médicos suavizavam o regime severo de forma gradual, permitindo passeios etc. Queríamos prolongar nossa estadia em Davos, mas, inesperadamente, recebemos um telegrama de Sávinkov: 'Voltem. Rótmistr morreu'.

"No encontro com Sávinkov, fiquei estupefato com seu aspecto extremamente abatido. Ele me entregou uma folha de papel e disse, sombrio: 'Leia. Passamos por cima do homem'. Era uma carta de despedida de Rótmistr. Muito lacônica, não tinha mais de dez linhas, escritas num estilo simples que em nada lembrava a carta empolada que recebemos em Newquay. Nem tentarei reproduzi-la. Transmitirei apenas a essência. 'Então suspeitavam de provocação, e eu que pensei que toda a desgraça foi resultado da minha briga com Sávinkov. Muito obrigado, camaradas!'

"Eis como tudo aconteceu: Sávinkov escreveu a Rótmistr pedindo que viesse a Paris para terem uma conversa. Rótmistr foi. Sávinkov lhe contou o incidente com Kiriúkhin e admitiu que a expulsão dele se deveu a suspeitas de ser um provocador. Tentou convencê-lo a ser sincero, a explicar por que mentira nos casos do trem e da banheira. Rótmistr reconheceu que mentira em ambos os casos, mas não deu explicação alguma e calou-se, sombrio. Infelizmente, não foi possível concluir o assunto, pois umas visitas chegaram ao apartamento onde estavam, impedindo que continuassem. Sávinkov pediu que voltasse no dia seguinte para terminarem a conversa. Rótmistr prometeu que iria, mas não apareceu. Foi encontrado morto por um tiro em seu quarto, ao lado de sua carta de despedida.

"Nem bem digerimos a autoincriminação 'do homem de consciência tranquila', um cadáver nos foi jogado na cara. Tudo girava em nossas cabeças. Aceitamos a fórmula de Sávinkov: 'passamos por cima do homem'.

"Algum tempo depois, fomos obrigados a internar V. O. Fabrikant num sanatório para doentes dos nervos. Estávamos todos abatidos, mas ainda conservávamos algum ânimo ao pensar que Nazárov chegaria logo e partiríamos em seguida para a Rússia. Já nem lembro quanto tempo tivemos de esperar. Finalmente, o jovem que fora enviado à Sibéria retornou. Ele contou que Nazárov concordara em entrar no grupo e que ambos foram até a fronteira, mas, na passagem, Nazárov se perdeu. Quando se aproximavam da fronteira, esconderam-se num barracão. O rapaz ausentou-se por algum motivo e, quando voltou, Nazaróv já não se encontrava lá. Evidentemente tinha sido preso, era o que pensava o jovem e nós também. Esse incidente foi o golpe de misericórdia. O grupo foi dissolvido.

"Já depois da dissolução do grupo, um dia ouvi alguém me chamando numa rua de Paris. Era Micha Kiriúkhin. Eu sabia que, após sua expulsão, arranjaram-lhe um emprego de motorista, a pedido de Sávinkov, numa companhia de automóveis. Kiriúkhin estava parado ao lado do carro esperando uns passageiros. Falamos do passado e do presente. E ele me fez uma proposta: 'Gostaria de levar o senhor para dar uma volta. Sente-se'. Declinei. O papo continuou, mas logo vi surgirem lágrimas nos olhos de Micha e me despedi às pressas.

"'O desequilibrado de sempre', pensei eu.

"Parti para a Itália. Alguns meses mais tarde, recebi a notícia de que Micha se matara com um tiro e, em sua carta de despedida, pediu que fosse enterrado ao lado de Rótmistr..."

Era assim que a morte se avizinhava da vida dessas pessoas, de sua vida cotidiana. Com que facilidade tomavam decisões envolvendo sua própria morte. Usufruíam seu direito de morrer de forma ampla e leve.

O grupo de Sávinkov, Guernsey, Dieppe e Paris foram os últimos itinerários da luta de Natália Klímova. É pouco provável que ela tenha se deixado abater pelos fracassos. Não era de seu feitio. Klímova estava familiarizada com isso, habituada a grandes mortes, e a infâmia dos homens, muito possivelmente, não era uma novidade para a clandestinidade revolucionária. Fazia tempo que Azef[145] fora desmascarado e Tarássov morto. Os reveses do grupo não seriam capazes de convencer Natália Serguêievna da onipotência da autocracia, da inutilidade de seus esforços. Ainda assim, essa seria a última batalha de Klímova. Certamente, ela foi marcada de alguma maneira por esse trauma...

Em 1911, Natália Serguêievna conheceu um combatente socialista-revolucionário que havia fugido das galés de Tchitá. Era um conterrâneo de Mikhail Sokolóv, o Urso.

Não era nada difícil apaixonar-se por Natália Serguêievna. E ela tinha plena consciência disso. O visitante se pôs em direção à colônia das "amazonas" com uma carta endereçada a Natália Serguêievna e uma recomendação bem-humorada: "Não se apaixone por Klímova". Aleksandra Vassílievna Tarássova, aquela mesma que havia libertado as "amazonas" da prisão Novínskaia, abriu a porta da frente, e o visitante, tomando Tarássova pela dona da casa e lembrando as advertências dos amigos, ficou surpreso com os julgamentos infundados das pessoas. Mas Natália Serguêievna apareceu, e o visitante, que já estava a caminho de casa, deu marcha a ré na primeira estação.

Um romance apressado, um casamento apressado.

---

[145] Evno Azef (1869-1918), um dos líderes dos socialistas-revolucionários. É descrito como um provocador e também como informante ou agente duplo. (N. da T.)

Toda a sua expressão apaixonada volta-se de repente para a maternidade. A primeira criança. A segunda criança. A terceira criança. O duro cotidiano dos emigrados.

Klímova era como a décima onda. Ao longo de seus 33 anos de vida, o destino a levou às cristas mais elevadas e perigosas da tormenta revolucionária que abalou a sociedade russa, e Natália deu conta do recado.

A calmaria a arruinou.

A calmaria à qual Natália Serguêievna entregou-se com tanta paixão, com tanta abnegação, era, para ela, como uma tormenta... A maternidade, a primeira criança, a segunda, a terceira... foi tudo tão sacrificante, tão pleno quanto sua vida em meio a dinamites e terroristas.

A calmaria a arruinou. Um casamento infeliz: as armadilhas do dia a dia, as miudezas, a agitação fútil da vida deixaram-na com as mãos e os pés atados. Enquanto mulher, ela também aceitou esse quinhão, esse chamado da natureza, ao qual se acostumara desde a infância.

Um casamento infeliz: Natália Serguêievna nunca se esqueceu do Urso — se ele foi ou não seu marido não fazia a menor diferença. Seu marido, o conterrâneo de Sokolóv, um condenado às galés, um clandestino, era um homem digno, e Klímova se entregou a esse romance com todo o seu ímpeto e entusiasmo. Mas seu marido era um homem comum, enquanto o Urso foi como a décima onda, o primeiro e único amor da frequentadora dos cursos da Lókhvitskaia-Skalon.[146]

Em lugar de bombas de dinamite, ela se viu obrigada

---

[146] Klímova ingressou nos cursos de Lókhvitskaia-Skalon em 1903, ginásio e escola superior de ciências naturais para mulheres que ficava em São Petersburgo. M. A. Lókhvitskaia-Skalon, primeira diretora da escola que levou seu nome, formou-se nos cursos de Bestujev, um dos primeiros estabelecimentos de ensino para mulheres na Rússia, criado em 1878 e frequentado por muitas revolucionárias. (N. da T.)

a carregar fraldas, uma montanha de fraldas, e a lavar, e a passar.

Os amigos de Klímova? Os mais próximos foram mortos na forca em 1906. Nadiejda Teriêntieva, também julgada no processo da ilha Aptiêkarski, não era uma amiga íntima. Uma camarada da causa revolucionária, e nada mais. Havia respeito mútuo e simpatia, e só. Não trocavam correspondências, tampouco se encontravam: não havia desejo de conhecerem o destino uma da outra. Teriêntieva cumpriu sua pena no departamento de Máltsevskoie, na prisão de Akatui, no Ural, e foi libertada após a revolução.

Do presídio Novínskaia, onde havia um grupo de prisioneiras muito variado, Natália Serguêievna conservou apenas uma amiga: a carcereira Tarássova. Essa amizade durou para sempre.

Da época da ilha Guernsey, restaram mais pessoas na vida de Klímova — Fabrikant, que se casou com Tarássova, e Moissêienko viraram seus amigos próximos. Com a família de Sávinkov, Natália Serguêievna não manteve relações íntimas, e nunca buscou fortalecer esses vínculos.

Sávinkov, assim como Teriêntieva, foi para Klímova um camarada da causa, e nada mais.

Klímova não foi nem teórica nem fanática, nem agitadora nem propagandista. Seu ímpeto, sua ação, tudo isso vinha de seu próprio temperamento, "filosofia com sentimento".

Klímova ficaria bem em qualquer situação, menos no dia a dia. Revelou-se que, para ela, certas coisas eram mais difíceis que ficar à espera, que os meses de fome, quando assavam batatas para o jantar.

Preocupações contínuas com dinheiro, com subsídios, duas crianças pequenas exigindo cuidados e decisões.

Depois da revolução, seu marido parte para a Rússia antes da família, e a comunicação entre eles é interrompida por alguns anos. Natália Serguêievna deseja retornar à Rússia.

Grávida do terceiro filho, muda-se da Suíça a Paris, com o intuito de ir à Rússia via Londres. N. S. e os filhos adoecem e não conseguem embarcar num navio a vapor especial para crianças.

Ah, quantas vezes, em suas cartas escritas no DPZ de Petersburgo, Natacha Klímova deu conselhos a suas irmãzinhas, às quais sua madrasta, Olga Nikíforovna Klímova, prometia levar de Riazan a Moscou, para visitar Natacha na prisão. Mil conselhos: não apanhem um resfriado. Não fiquem perto da janelinha da porta. Senão, nada de viagem. As crianças ouviam os conselhos da irmã mais velha e, resguardadas, visitavam-na na prisão.

Em 1917, Natácha Klímova não tem ninguém para lhe dar conselhos. Suas crianças apanham um resfriado, o vapor se vai. Em setembro, nasce a terceira filha, que não dura muito. Em 1918, Natália faz sua última tentativa de retornar à Rússia. As passagens do navio são compradas. No entanto, as duas filhas de Natália Serguêievna, Natacha e Kátia, contraem a gripe. Ao cuidar das filhas, ela própria adoece. A gripe de 1918 é uma epidemia mundial, é a gripe espanhola. Klímova morre, e as crianças ficam sob os cuidados de amigos. Morando na Rússia, o pai só se encontraria com as filhas em 1923.

O tempo passa mais depressa do que as pessoas imaginam.

Não havia felicidade nessa família.

A guerra. Natália Serguêievna, uma ativista, uma defensista[147] apaixonada, sentiu pesadamente a derrota militar da Rússia, e acompanhava, aflita, a revolução e seu fluxo sombrio de acontecimentos.

---

[147] Os defensistas (*oborontsi*) eram os socialistas que apoiavam a permanência da Rússia na Primeira Guerra Mundial. (N. da T.)

Sem sombra de dúvida, Natália Serguêievna teria se situado na Rússia. E quanto a Sávinkov, será que ele também teria? Não. E Nadiejda Teriêntieva? Tampouco. Nesse ponto, o destino de Klímova toca na grande tragédia da *intelligentsia* russa, da *intelligentsia* revolucionária. As melhores figuras da revolução russa fizeram os maiores sacrifícios, morreram jovens, no anonimato, abalaram o trono — sacrificaram-se tanto que, na hora da revolução, já não havia forças no partido, já não havia pessoas para conduzir a Rússia.

A fissura que provocou o rompimento de uma época em que, não somente na Rússia, mas no mundo, havia, de um lado, todo o humanismo do século XIX, com sua prontidão para o sacrifício, seu clima moral, sua arte e literatura, e, de outro, Hiroshima e uma guerra sanguinária, os campos de concentração, as torturas medievais, a degradação das almas (a traição vista como algo digno de valor moral), essa fissura foi o indício apavorante do estado totalitário.

A vida e o destino de Klímova estão inscritos na memória dos homens, porque tal vida e tal destino são a própria fissura que provocou esse rompimento.

O destino de Klímova é a imortalidade e o símbolo.

Uma vida pequeno-burguesa não deixa tantos rastros atrás de si quanto uma vida na clandestinidade, escondida deliberadamente, escondida em nomes e trajes alheios.

Em algum lugar, esta crônica ainda está sendo escrita, por vezes vindo à tona, como a *Carta perante a execução*, como as memórias, como as notas de algo muito valioso.

São essas as histórias de Klímova. E não são poucas. Natália Serguêievna deixou rastros suficientes. Só que as notas ainda não foram todas reunidas para erguer um monumento único.

Um conto é como um palimpsesto, que conserva todos os seus segredos. É uma ocasião para a magia, um objeto de feitiçaria, uma coisa viva, ainda não extinta, que reflete o herói. Talvez essa coisa viva se encontre num museu: uma relíquia; numa rua: uma casa, uma praça; num apartamento: um quadro, uma fotografia, uma carta...

A escritura de um conto é uma busca, e é preciso que a consciência confusa do cérebro seja invadida pelo cheiro de um lenço, de um cachecol, de um xale perdido pelo herói ou pela heroína.

O conto é o *palaios*, e não a paleografia.[148] O conto não existe. O objeto é que narra. Mesmo num livro, numa revista, o lado material do texto deve ser inusitado: o papel, a letra, os artigos ao redor.

Segurei em minhas mãos uma carta que Natália Serguêievna Klímova escreveu na prisão, assim como segurei as cartas de seus últimos anos, vindas da Itália, Suíça e França. As cartas são em si um conto, o *palaios*, com um tema acabado, rigoroso e inquietante.

Segurei em minhas mãos as cartas de Klímova depois da vassourada de ferro sangrenta dos anos 1930, quando nomes de pessoas e suas memórias foram destruídos, aniquilados... Restaram poucas cartas de Klímova escritas de próprio punho. Mas essas cartas existem e, de forma sem igual, trazem pontos esclarecedores. São cartas de Petersburgo, do presídio Novínskaia e do exterior, depois de sua fuga, endereçadas à sua tia e madrasta, aos seus irmãos e irmãs mais novos, ao seu pai. Ainda bem que, no início do século, os papéis de carta eram feitos de sobras de pano: o papel não amarelou e a tinta não desbotou...

A morte do pai de Natália Serguêievna, que se deu no

---

[148] *Palaios*, do grego, significa "antigo". A palavra "paleografia" vem de *palaios* e *graphein*, "escrever". (N. da T.)

momento mais agudo da vida dela, na época da investigação do caso da explosão na ilha Aptiêkarski, salvou sua vida, pois nenhum juiz se arriscaria em condenar à morte uma moça cujo pai morreu logo depois de entregar um requerimento sobre ela.

A tragédia da casa em Riazan aproximou Natália da madrasta, foram unidas pelo sangue, e as cartas de Natacha tornaram-se extremamente afetuosas.

Sua atenção aos assuntos domésticos foi reforçada.

Mandava às crianças contos sobre flores vermelhas que cresciam nos picos das mais altas montanhas. Foi a elas que escreveu a novela *Uma flor vermelha*. Não havia nada que Klímova não pudesse fazer. Nas cartas aos irmãos que escreveu na prisão, havia um verdadeiro programa de educação para o espírito jovem, sem um pingo de moralismo ou didatismo.

Moldar o ser humano era um dos temas preferidos de Natália Serguêievna.

Em suas cartas, há trechos ainda mais notáveis que a *Carta perante a execução*. Sua enorme força vital consistia em criar soluções aos problemas, e não dúvidas quanto ao caminho escolhido.

As reticências são o sinal de pontuação favorito de Natália Serguêievna Klímova. Claramente, são mais frequentes aqui do que no discurso literário russo convencional. As reticências de Natacha não ocultam apenas uma alusão, um sentido latente. É um gesto de sua fala. Klímova confere às reticências uma alta carga de expressividade e as usa continuamente. Reticências de esperança, de crítica. Reticências de argumento, de debate. Reticências como um procedimento para narrativas bem-humoradas, ameaçadoras.

Em suas últimas cartas, não há reticências.

Seu estilo torna-se menos confiante. Os pontos e as vírgulas estão no lugar de sempre, mas as reticências somem completamente. Mesmo sem elas, tudo é claro. Os cálculos de câmbio do franco não exigem reticências.

As cartas destinadas às crianças estão repletas de descrições da natureza, e logo se sente que não se trata de uma especulação filosófica abstrata do sentido das coisas, mas de um contato real, vindo da infância, com o vento, com a montanha, com o rio.

Há também uma carta magnífica sobre a ginástica e a dança.

A linguagem das cartas às crianças, naturalmente, leva em consideração, além da censura da prisão, o entendimento infantil das questões colocadas.

Klímova era capaz de falar também das punições carcerárias. Volta e meia, Natália Serguêievna era metida num cárcere, e o motivo era sempre o mesmo: discursos em defesa dos direitos dos detentos. I. Kakhóvskaia, que se encontrou com Klímova em Petersburgo e em Moscou, evidentemente em celas prisionais, falou muito sobre isso.

I. Kakhóvskaia escreve que, na cela vizinha, na solitária da prisão de trânsito de Petersburgo, "Natacha Klímova dançava os bailados mais extravagantes sob o ritmo dos tinidos dos grilhões".

E ainda tamborilava as paredes com versos de Balmont:

Se queres a escuridão
Caída no precipício,
Se não queres mais bordão
Ou um infindável suplício,
Deves servir a ti próprio,
E com a mão majestosa
Livrar-te dos acessórios[149]

---

[149] Citação imprecisa da primeira estrofe do poema "Haverá ma-

"N. Klímova tamborilava a parede com Balmont em resposta às minhas lamentações, enquanto ela mesma fora condenada à prisão perpétua. Seis meses antes, havia suportado a execução de seus amigos mais próximos, a fortaleza de Pedro e Paulo e a condenação à morte." Balmont era o poeta predileto de Natália Serguêievna. Foi um "modernista". Natália Serguêievna sentia a "arte pelo viés do modernismo", apesar de não usar esses termos. Na prisão, chegou a escrever uma carta inteira sobre Balmont às crianças. A natureza de Natália Serguêievna sentia a necessidade de uma legitimação lógica e imediata de seus sentimentos. "Filosofia com sentimento", assim o irmão de Natália Serguêievna, Micha, descrevia esse traço de caráter da irmã.

A presença de Balmont significava que o gosto literário de Natália Serguêievna, assim como sua vida em geral, beirava a poesia moderna. Se Balmont correspondia às expectativas de Klímova, a vida de Klímova bastava para justificar a existência de Balmont, de sua obra. Em suas cartas, ela manifestava um cuidado excessivo com a poesia, e se empenhava em ter sempre consigo a coletânea *Seremos como o sol*.[150]

Se os versos de Balmont traziam um tipo de musicalidade, uma melodia que fazia as cordas ressoarem tão afinadas quanto a alma de Klímova, eles tinham razão de ser. Seria mais simples, mais coerente, pensarmos em Górki e seu albatroz ou em Nekrássov...[151] Não. O poeta predileto de Klímova era Balmont.

nhã" ("Bit utrom", 1905), de Konstantin Balmont (1867-1942), poeta simbolista russo. (N. da T.)

[150] *Seremos como o sol: o livro dos símbolos* (*Budet kak solntse: kniga simbolov*), sexta antologia poética de Balmont, publicada em 1903, no auge do simbolismo na Rússia. (N. da T.)

[151] Referência ao poema de Maksim Górki, "Canção do albatroz",

O motivo de Blok, de uma Rússia mendicante, exposta aos ventos, também foi importante para Klímova, especialmente nos anos solitários vividos no estrangeiro.

Natália Serguêievna não se imaginava fora da Rússia, sem a Rússia, sem lutar pela Rússia. A saudade da natureza russa, da gente russa, de sua casa em Riazan, a nostalgia em sua forma mais pura, se revela em suas cartas escritas no exterior com demasiada clareza e, como sempre, lógica e paixão.

Há ainda uma carta terrível. Natália Serguêievna suportou essa separação com a paixão que lhe era peculiar, com os pensamentos fixos em seu país, repetidos como um encantamento; e de repente ela se mostra meditativa e diz palavras absolutamente não condizentes com sua figura racional, voltairiana, uma herdeira da descrença do século XIX — Natália Serguêievna escreve aflita, tomada da suspeita de que nunca mais voltaria a ver a Rússia.

O que restou desta vida apaixonante? Apenas a medalha escolar de ouro, na *telogreika* prisional da filha mais velha de Natália Serguêievna Klímova.

Não sigo sozinho os rastros de Klímova. Sua filha mais velha está comigo, e, quando achamos uma casa que procurávamos, ela entra em seu interior, no apartamento, e eu fico na rua ou, entrando depois dela, escondo-me em algum canto da parede, fundindo-me na cortina da janela.

Eu a conheci recém-nascida, e ainda lembro como as mãos fortes e resistentes de sua mãe, que haviam carregado com tanta facilidade as bombas de dinamite de um *pud* destinadas ao assassinato de Stolípin, lembro como aquelas

---

(1901), que se tornou símbolo da revolução. Nikolai Nekrássov (1821-1878) foi um escritor e intelectual progressista. (N. da T.)

mãos abraçavam o corpinho de sua primogênita com uma ternura ávida. O bebê se chamará Natacha — a mãe lhe dará o próprio nome para condená-la a um feito heroico, a continuação da causa materna, para que sua voz de sangue, esse chamado do destino, ressoe na filha por toda a vida, para que aquela que carregar seu prenome responda, para sempre, à voz maternal que a chamará como chama a si mesma.

Ela estava com seis anos quando sua mãe morreu.

Em 1934, visitamos Nadiejda Teriêntieva, a maximalista que fora cúmplice de Natália Serguêievna Klímova no primeiro caso notório, o da ilha Aptiêkarski.

"Não puxou a mãe, não puxou", gritou Teriêntieva para a nova Natacha, que, de cabelos castanho-claros, não se parecia com a mãe morena.

Teriêntieva não conseguiu enxergar nela a força da mãe, não farejou, não pressentiu que à filha de Klímova foi necessária uma imensa força vital para passar pelas provações impostas à mãe, provações maiores que o fogo e a tempestade.

Estivemos com Nikítina, que havia participado da fuga das treze, e lemos seus dois livros dedicados à fuga.

Visitamos o Museu da Revolução, e na seção sobre os anos 1890 havia duas fotografias. Natália Klímova e Mikhail Sokolóv. "Envie a fotografia em que estou usando o suéter branco e com o sobretudo jogado nas costas — muita gente me pediu; se não achar (Micha disse que a perderam), mande a foto do ginásio. Muita gente pediu."

Essas linhas afetuosas são da primeira carta de Natália Serguêievna enviada depois de sua fuga.

Agora estamos em 47, juntos mais uma vez na travessa Sívtsev Vrájek.

A *telogreika* ainda preserva, como os vestígios de um perfume caro, o cheiro quase imperceptível das estrebarias dos campos de prisioneiros do Cazaquistão.

Essa é a essência que deu origem a todos os outros cheiros da terra, o cheiro da humilhação e do dandismo, o cheiro da miséria e da opulência.

Num campo de prisioneiros nas estepes do Cazaquistão, esta mulher caiu de amores pelos cavalos e por sua liberdade, pela naturalidade da manada que a ninguém jamais tentou espezinhar, aniquilar, esmagar, varrer da face da terra. Esta mulher, com a *telogreika* prisional, a filha de Klímova, compreendeu tarde demais que possuía um dom surpreendente de atrair a confiança dos pássaros e dos animais. Uma mulher citadina, só conhecia a lealdade dos cães, gatos, gansos e pombos. O último olhar de um pastor-alemão no Cazaquistão, durante a separação, foi também uma espécie de limiar, uma ponte que se rompeu na vida da mulher que costumava ir de noite à estrebaria para sentir a vida livre dos cavalos, ao contrário das pessoas que a rodeavam, que tinham seus próprios interesses, sua própria linguagem e vida. Depois, em Moscou, ela tentou mais uma vez ir ter com os cavalos, no hipódromo. Um desapontamento a aguardava. Os cavalos de corrida, de arreios, fitas e chapéus, dominados pelo ímpeto da competição, mais se pareciam com homens do que com cavalos. E ela não voltou a procurá-los.

Mas tudo isso se deu depois; por ora, a *telogreika* de presidiário ainda preserva o cheiro quase imperceptível de uma estrebaria de um campo de prisioneiros do Cazaquistão.

O que, afinal, aconteceu? Um peixe da família do salmão retornou ao seu riacho natal, arranhando os flancos até sangrar nas rochas da costa. "Eu gostava muito de dançar, era meu pecado diante da sombria Moscou de 37." Ela voltou para morar na terra onde sua mãe havia morado, foi à Rússia naquele vapor que Natália Klímova perdera. Peixes como o salmão não dão atenção aos avisos, sua voz interior é mais forte, mais imperiosa.

O cotidiano sinistro dos anos 1930: a traição de amigos próximos, a descrença, a desconfiança, o rancor, a inveja. Foi então que essa mulher entendeu definitivamente que não há pecado pior que a descrença, e jurou... Só que antes de jurar, foi presa.

Seu pai havia sido preso, desaparecera nos porões escorregadios de sangue dos campos, "sem direito a correspondências". Ele teve um câncer na garganta e, depois de preso, viveu pouco tempo. Mas, quando tentaram obter informações, receberam a resposta de que ele havia morrido em 1942. Esse anticancerígeno fabuloso, esse anticancerígeno milagroso do campo de prisioneiros onde seu pai vivera e morrera, não atraiu a atenção da medicina mundial. Uma anedota sombria, como tantas outras daquela época. Por anos, duas mulheres procuraram qualquer vestígio do pai e do marido, mas em vão.

Os dez anos no campo de prisioneiros, os trabalhos forçados infindáveis, as mãos e os pés congelados — a água fria provocaria dores em suas mãos até o fim da vida. As nevascas mortais em que a vida estava sempre por um triz. As mãos anônimas que amparavam durante as tempestades, que conduziam até o barracão, que esfregavam, que aqueciam, que reanimavam. Quem eram elas, essas pessoas anônimas, tão anônimas quanto os terroristas da mocidade de Natália Klímova?

As manadas de cavalos. Os cavalos dos campos de prisioneiros do Cazaquistão, mais livres que os homens, com sua vida à parte. A mulher citadina com o estranho dom de atrair a confiança dos pássaros e dos animais. Os bichos sentem os homens com mais delicadeza do que os homens sentem uns aos outros, os bichos compreendem as qualidades humanas melhor do que os humanos. Os pássaros e os animais relacionavam-se com a filha de Natacha Klímova com confiança, com o sentimento que tanto fazia falta às pessoas.

Em 1947, quando o inquérito e os dez anos de campo ficaram para trás, as provações dela apenas começavam. O mecanismo que triturava, que matava, parecia não ter fim. Aqueles que suportaram tudo, que chegaram vivos até o fim da pena, foram condenados a uma nova vida errante, a novos sofrimentos infindáveis. O desespero por ter os direitos privados, um destino inevitável, é a aurora, enegrecida de sangue, do amanhã.

Os cabelos dourados e espessos, pesados. O que mais viria pela frente? A privação de direitos, os anos de vida errante pelo país, as autorizações de moradia, as tentativas de emprego. Depois da libertação, depois do campo de prisioneiros, o primeiro emprego como criada de algum chefe do campo: era lavar e servir um leitãozinho, ou voltar à serra, à derrubada de árvores. E sua salvação: um trabalho como caixa. As preocupações com a autorização de moradia, o "regime"[152] dos bairros e das cidades, o passaporte marcado, difamado...

Quantos limiares ainda seriam transpostos, quantas pontes seriam rompidas?...

Foi justo no ano de 1947 que esta jovem mulher entendeu e sentiu pela primeira vez que não tinha vindo ao mundo para enaltecer o nome da mãe, que o destino não é um epílogo, um posfácio a outra vida, mesmo que de uma vida querida, notável.

Entendeu que tinha um destino próprio. Que o caminho para consolidar seu destino apenas começava. Que era uma representante de seu século e de sua época, assim como fora sua mãe.

Que conservar a fé no ser humano por meio de sua experiência pessoal, de sua vida, não era proeza menor que a causa de sua mãe.

[152] As severas regras impostas aos ex-detentos. (N. da T.)

Com frequência eu pensava no motivo que impediu o mecanismo onipotente e todo-poderoso do campo de prisioneiros de esmagar a alma da filha de Klímova, de triturar sua consciência. E encontrei a resposta: para que o campo chegasse a ponto de desagregar, de destruir, de aniquilar um homem foi necessária uma preparação nada desprezível. A corrupção foi um processo, um longo processo, de anos. O campo de prisioneiros foi o desfecho, a chave de ouro, o epílogo.

A vida de emigrante preservou a filha de Klímova. Os emigrantes não se portaram melhor nos inquéritos de 37 que os "locais". As tradições familiares é que salvaram os emigrantes. E sua imensa força vital, capaz de suportar as provações do leitãozinho de um chefe, desacostumada a chorar infinitamente.

Ela não só não perderá a fé nos homens como tornará a restauração dessa fé, a demonstração contínua dessa fé nas pessoas, uma regra de vida: "Tome de antemão todo homem por um homem bom. É o contrário que necessita de provas".

Em meio à maldade, à desconfiança, à inveja e ao ódio, esta voz pura irá sobressair.

"A cirurgia foi muito difícil: pedras no fígado. Era 1952, um ano pesado, o pior de minha vida. Deitada na mesa de operação, eu refletia... As cirurgias de pedras no fígado não são feitas com anestesia geral. Nessas cirurgias, esse tipo de anestesia é cem por cento letal. Fui operada com anestesia local, e só tinha um pensamento — é preciso parar de sofrer, parar de viver, e isso é tão fácil: basta afrouxar um pouquinho o desejo de viver para transpor a soleira, para a porta ao nada se abrir... Para que continuo viva? Para que ressuscitar o ano de 1937? 1938, 1939, 1940, 41, 42, 43, 44, 45, 46, 47, 48, 49, 1950, 1951? Anos tão terríveis de minha vida...

"A operação prosseguia e, apesar de ouvir cada palavra, eu me empenhava para concentrar os pensamentos em mim mesma, e de alguma parte do meu âmago, do fundo do meu ser, surgiu como que um fio de vontade, um fio de vida. O fio foi ficando mais forte, mais espesso, e, de forma inesperada, comecei a respirar com leveza. A operação tinha terminado.

"Stálin morreu em 1953, e surgiu uma vida nova, com esperanças novas, uma vida viva, com esperanças vivas.

"Minha ressurreição foi a chegada de março de 1953. Ao renascer na mesa de operação, eu sabia que era preciso viver. Eu ressuscitei."

Estamos na travessa Sívtsev Vrájek à espera de uma resposta. A dona da casa aparece batendo os saltos: um penhoar branco afivelado, um gorrinho branco bem esticado sobre os cabelos grisalhos ajeitados com esmero. Sem pressa, a dona examina a visitante com seus grandes e belos olhos escuros presbitas.

Eu estava em pé, fundindo-me na cortina da janela, um cortinado pesado e empoeirado. Eu conhecia o passado e percebia o futuro. Eu tinha estado num campo de concentração, eu mesmo era um lobo e sabia apreciar a astúcia dos lobos. Eu entendia algo de seus hábitos.

Em meu coração brotou uma angústia, não um temor, mas uma angústia: eu vi o amanhã dessa mulher de cabelos castanho-claros e estatura mediana, a filha de Natacha Klímova. Eu vi seu amanhã, e meu coração apertou.

— Sim, ouvi falar dessa fuga. Uma época romântica. E também li a *Carta perante a execução*. Deus! Toda essa *intelligentsia* russa... Eu me lembro, eu me lembro de tudo. Só que o romantismo é uma coisa e a vida, perdoem, é outra. Quantos anos a senhora ficou no campo?

— Dez.

— Veja só! Eu posso ajudar a senhora, em respeito a sua mãe. Mas eu não vivo na lua. Tenho os pés no chão. Talvez seus parentes tenham conservado algum objeto de ouro, uma aliança, um anel...

— Só uma medalha, uma medalha escolar de mamãe. Nenhum anel.

— Que pena que não tem um anel. Mas a medalha serve para as coroas dos dentes. Sou dentista e protética. O ouro tem sempre alguma utilidade para mim.

— A senhora precisa ir embora daqui — disse eu, sussurrando.

— Eu preciso é viver — disse com firmeza a filha de Natacha Klímova. — Aqui está... — e tirou um pequeno embrulho de pano do bolso da *telogreika* do campo de prisioneiros.

(1966)

AO PÉ DO ESTRIBO

O homem era velho e forte e tinha longos braços. Na juventude, sofreu um trauma psicológico: foi condenado a dez anos como sabotador e levado ao Ural do Norte para trabalhar na construção do complexo industrial de papel de Víchera.[153] Lá seus conhecimentos em engenharia revelaram-se necessários ao país — ele não foi enviado para pegar na enxada, mas para dirigir a construção. Conduziu um dos três setores da obra em pé de igualdade com os outros engenheiros detentos — Mordukhai-Boltovskói[154] e Budzko. Piótr Petróvitch Budzko não era um sabotador; era apenas um beberrão condenado pelo artigo 109.[155] Para a chefia, um preso comum seria ainda mais útil, enquanto, para os camaradas,

---

[153] Varlam Chalámov, que em 1929 cumpriu sua primeira sentença num campo de prisioneiros de Víchera, foi um dos únicos autores a abordar a história desse complexo industrial que sacrificou a vida de muitos detentos, instalado às margens do rio Víchera, perto da cidade de Krasnovíchersk, nos montes Urais. Em 2007, foi erguido um monumento em homenagem ao escritor na cidade. (N. da T.)

[154] Dmitri Mordukhai-Boltovskói (1876-1952) foi um matemático russo, autor de importantes estudos sobre Teoria dos Números, Teoria Diferencial de Galois, Geometria Hiperbólica etc. (N. da T.)

[155] O artigo 109, de acordo com a redação de 1926 do Código Penal soviético, previa uma pena de pelo menos seis meses de prisão severa aos empregados que haviam cometido abuso de poder. (N. da T.)

Budzko parecia um autêntico 58, parágrafo 7.[156] O engenheiro Pokróvski queria ser introduzido em Kolimá. Bérzin,[157] o diretor da usina química de Víchera, largaria seu posto e, juntando uns homens, partiria atrás de ouro. Em Kolimá, esses homens esperavam encontrar um mar de rosas e o livramento antecipado quase imediato. Pokróvski havia entregue seu requerimento e não entendia por que Budzko fora aceito, ao passo que ele não, e, atormentado, resolveu pedir uma audiência com o próprio Bérzin.

Depois de trinta e cinco anos, tomei nota da história de Pokróvski.

Esta é a história, este é o tom que Pokróvski conservou durante toda a sua vida de grande engenheiro russo.

— Nosso chefe era um grande democrata.

— Um democrata?

— Pois é, o senhor consegue imaginar quão difícil é conseguir uma audiência com um grande chefe, o diretor de um truste, o secretário do comitê regional do Partido? É preciso preencher toda a papelada ao lado de seu secretário. "Para quê? Com que finalidade? Aonde? Quem é você?" E de repente você, um homem privado de direitos, um prisioneiro, fica simplesmente cara a cara com uma autoridade tão alta e, ainda por cima, militar. E com uma biografia daquelas —

---

[156] Conforme o Código Penal soviético de 1926, o parágrafo 7 do artigo 58 condenava a resistência às atividades cotidianas das instituições e empresas governamentais ou a destruição, com fins contrarrevolucionários, de empresas públicas, estabelecimentos comerciais e meios de transporte. (N. da T.)

[157] Eduard Bérzin (1894-1938). Natural da Letônia, foi um militar e político soviético. Dirigiu a construção da usina de Víchera (VICHKHIMZ) de 1930 a 1932. Depois foi transferido para Kolimá, onde foi chefe do Dalstroi de 1932 a 1937. (N. da T.)

o processo de Lockhart,[158] o trabalho com Dzerjínski.[159] Um milagre.

— Cara a cara com o general-governador?

— É exatamente isso. Posso dizer, sem rodeios ou o menor pudor, que já fiz alguma coisa em prol da Rússia. Suspeito até de ser, devido à minha profissão, conhecido no mundo todo. Minha especialidade é o abastecimento de água. Me chamo Pokróvski, já ouviu falar?

— Nunca ouvi falar.

— Só se pode rir. É como um enredo de Tchekhov ou, como se diz hoje em dia, um modelo. Um modelo tchekhoviano tirado do conto "Um passageiro de primeira classe".[160] Bem, esqueçamos quem é o senhor e quem sou eu. Minha carreira de engenheiro começou com a prisão, o xadrez, com as acusações de sabotagem e a condenação a dez anos em campos de prisioneiros.

[158] R. H. Bruce Lockhart (1887-1970). Agente secreto e diplomata britânico, autor de *Memórias de um agente britânico* (1932). Vice-cônsul em Moscou, Lockhart saiu da Rússia após a revolução, mas retornou em 1918 em missão secreta, com apoio de tsaristas, para derrubar o governo bolchevique. Lá coordenou uma série de ações de agentes notórios, como Sidney Reilly (*c.* 1870-1925), o protótipo de James Bond, Paul Dukes (1889-1967) e Stephen Alley (1876-1969). Descoberto pela Tcheká — com atuação crucial de Bérzin —, Lockhart foi mandado à prisão na Praça Lubianka (Moscou) e condenado à morte, mas acabou extraditado em troca de oficiais russos. O processo de Lockhart, noticiado na Rússia como uma grande conspiração franco-inglesa contra o governo, assim como o atentado contra Lênin realizado pela socialista-revolucionária Fanni Kaplan (1880-1918), foi um dos pretextos para o terror vermelho. (N. da T.)

[159] Felix Dzerjínski (1877-1926). Seguidor de Rosa Luxemburgo, o bolchevique Dzerjínski, ex-membro do Partido Operário Social-Democrata, foi criador e chefe da Tcheká. (N. da T.)

[160] Pequeno conto cômico de Anton Tchekhov, publicado em 1886, no qual um engenheiro expressa ao seu companheiro de vagão a sua revolta por nunca ter sido reconhecido. (N. da T.)

"Eu fazia parte da segunda fase dos processos de sabotadores: na primeira nós chegamos a acusar, a censurar o pessoal de Chákhtinsk.[161] Ficamos para a segunda etapa: 1930. Fui levado ao campo na primavera de 31. O que foi o caso Chákhtinsk? Um completo absurdo. A formação de padrões, a preparação da população e dos quadros oficiais para certas novidades que se tornariam evidentes em 37. Mas, àquela altura, em 1930, dez anos era uma pena de atordoar. E a troco de quê? Uma arbitrariedade gritante. Mas lá estou eu em Víchera construindo algo, edificando alguma coisa. Posso até ser recebido pelo chefe supremo.

"Bérzin não tinha dias de atendimento. A cada dia levavam um cavalo ao seu escritório, geralmente de montaria, mas às vezes uma caleche. Enquanto o chefe se acomodava na sela, recebia os detentos que aparecessem. Dez por dia, sem burocracia, e não importava se fosse um *blatar*, um sectário ou um intelectual russo. No entanto, nem *blatares* nem sectários se dirigiam a Bérzin com pedidos. Era uma fila sem lugar marcado. No primeiro dia cheguei atrasado, fui o décimo primeiro: ao passarem dez homens, Bérzin deu um toque no cavalo e pôs-se a galopar em direção à construção.

"Pensei em falar com ele na obra, mas os camaradas me desencorajaram: poderia prejudicar meu caso. Ordens são ordens. Dez por dia enquanto o chefe se acomodava na sela. No dia seguinte cheguei mais cedo e esperei até ser atendido. Pedi que me levasse com ele a Kolimá.

"Ainda me lembro dessa conversa, de cada palavra.

---

[161] Em 1928, na região mineradora de Chákhtinsk (em Donbas, Ucrânia), um grande grupo de engenheiros e técnicos do truste Donugol foi acusado de sabotagem e conspiração. Seguiu-se um longo julgamento, com condenações variadas: alguns foram liberados e outros presos ou fuzilados. (N. da T.)

"— Mas quem é você? — Bérzin virou a cabeça do cavalo para o outro lado a fim de me ouvir melhor.

"— Sou o engenheiro Pokróvski, cidadão chefe. Sou chefe de um setor da usina de Víchera. Estou construindo o prédio principal, cidadão chefe.

"— E o que você quer?

"— Cidadão chefe, me leve a Kolimá com o senhor.

"— Qual é a sua pena?

"— Dez anos, cidadão chefe.

"— Dez? Não levarei. Se fossem três, ou mesmo cinco, seria outra coisa. Mas dez? Quer dizer que existe algo. Existe algo aí.

"— Eu juro, cidadão chefe...

"— Hum, está bem. Tomarei nota na caderneta. Qual é seu sobrenome? Pokróvski. Tomarei nota. Receberá uma resposta.

"Bérzin deu um toque no cavalo. Acabaram não me levando a Kolimá. Recebi o livramento antecipado ainda trabalhando naquela obra e me fiz ao mar. Trabalhei em todo canto. Mas, para mim, não houve trabalho melhor que em Víchera, nos tempos de Bérzin. A única obra em que tudo era executado conforme o prazo e, quando não, Bérzin dava algumas ordens e tudo surgia como se saísse de baixo da terra. Para cumprirem a cota, os engenheiros (prisioneiros, pense bem!) tinham o direito de manter os operários no trabalho. Recebíamos prêmios e recomendações ao livramento antecipado. Naquele tempo, não davam benefícios em função dos dias trabalhados.

"A chefia dizia: 'Trabalhem com ânimo, e aquele que não trabalhar direito será levado embora. Para o Norte'. E apontavam a mão para cima, seguindo o curso do rio Víchera. Mas eu não sabia o que era o Norte."

Eu conheci Bérzin. Em Víchera. Não cheguei a vê-lo em Kolimá, onde morreu — fui enviado para lá tarde demais.

O general Groves referia-se com total desprezo aos cientistas do Projeto Manhattan.[162] E expressava esse desprezo sem o menor constrangimento. Basta vermos um dossiê de Robert Oppenheimer. Em suas memórias, Groves explica seu desejo de conquistar a patente de general antes de ser nomeado chefe do Projeto Manhattan: "Com frequência pude observar como os símbolos de poder e as patentes exercem mais influência em cientistas do que em militares".

Bérzin referia-se com total desprezo aos engenheiros. Mordukhai-Boltovskói, Pokróvski, Budzko... todos estes sabotadores. Os engenheiros cativos que erguiam o complexo de Víchera. "Vamos terminar no prazo! Num relâmpago! O plano!" Esses homens não despertavam nada no chefe além de desprezo. Só que Bérzin simplesmente não tinha tempo para surpreender-se, do ponto de vista filosófico, com a natureza insondável e infindável da humilhação, da degradação humana. A força que fizera dele um chefe conhecia os homens melhor do que a si mesmo.

Os protagonistas dos primeiros processos de sabotagem, os engenheiros Boiárchinov, Inoziémtsev, Dolgóv, Miller, Findikáki, trabalhavam com prontidão por uma ração, pela esperança vaga de serem recomendados ao livramento antecipado.

---

[162] O Projeto Manhattan, dirigido entre 1940 e 1946 pelo major-general norte-americano Leslie Groves (1896-1970) com apoio do Reino Unido e do Canadá, foi responsável pela construção das duas bombas atômicas lançadas em Hiroshima e Nagasaki, no Japão, durante a Segunda Guerra Mundial. Vários cientistas de renome fizeram parte do projeto, como Robert Oppenheimer (1904-1967), presidente da instituição de 1942 a 1953, quando perdeu o cargo devido à "caça às bruxas" promovida pelo senador Joseph McCarthy (1908-1957). (N. da T.)

Ainda não havia benefícios pelos dias trabalhados, mas já estava claro que, para uma manipulação fácil da consciência humana, era necessária uma escala relacionada, por assim dizer, com o estômago. Bérzin assumiu a construção do complexo industrial de Víchera em 1928. Partiu rumo a Kolimá no fim de 1931. Como fiquei em Víchera de abril de 1929 a outubro de 1931, presenciei apenas a era Bérzin.

O piloto particular de Bérzin (de um hidroplano) era o prisioneiro Volódia Guintse — um piloto de Moscou condenado a três anos por sabotagem na Força Aérea. A aproximação do chefe alimentava a esperança de Guintse em conseguir o livramento antecipado, e Bérzin, mesmo com todo o seu desprezo pela humanidade, compreendia isso muito bem.

Em suas viagens, Bérzin, sem exceção, dormia em qualquer canto, no lugar dos chefes, naturalmente; mas não se empenhava em providenciar uma guarda pessoal. Sua experiência lhe dizia que, entre o povo russo, qualquer conspiração seria revelada, vendida, que delatores voluntários informariam até uma sombra de conspiração, o que dava no mesmo. Em geral, os delatores eram velhos comunistas, sabotadores e intelectuais bem-nascidos ou ainda *blatares* hereditários. Irão dar com a língua nos dentes, não se preocupe. Durma tranquilo, cidadão chefe. Bérzin compreendia bem este lado da vida do campo de prisioneiros: dormia e viajava tranquilamente, por terra ou ar, e, quando chegou a hora, foi morto por seus superiores.

O Norte usado para assustar o jovem Pokróvski existiu, e como existiu. O Norte apenas juntava forças, ritmo. A administração encontrava-se em Ust-Uls, na confluência dos rios Uls e Víchera, onde agora encontraram diamantes. Bérzin também procurou diamantes, mas não encontrou. No Norte, conduziam corte e armazenamento de madeira, o trabalho mais pesado dos detentos de Víchera. As minas de Kolimá, as picaretas das pedreiras, o trabalho sob um frio intenso de menos sessenta graus, tudo isso estava por vir. Víchera não fez pouco para tornar-se Kolimá. Víchera são os anos 1920, o finzinho dos anos 1920.

No Norte, durante o trajeto pelas áreas florestais de Pelia e Mika, Vaia e Vetrianka, os prisioneiros (na verdade, eles não eram conduzidos, eram "postos pra correr", conforme a terminologia oficial) exigiam que suas mãos fossem amarradas nas costas, para que a escolta não pudesse matá-los no caminho "em tentativa de fuga". "Amarrem minhas mãos, então irei. Redijam uma ata." Os que não pensavam em implorar aos chefes que atassem suas mãos corriam risco de vida. Foram inúmeros os "mortos em tentativas de fuga".

Em um dos departamentos do campo, os *blatares* tomaram todas as encomendas dos *fráieres*. O chefe não aguentou e atirou em três *blatares*. Depois colocou os corpos em caixões e estes no posto de vigia. Ficaram expostos por três dias inteiros. Os roubos pararam, e o chefe foi transferido.

Os inquéritos, as prisões, os processos ultrajantes, os interrogatórios internos agitavam o campo. O enorme efetivo da terceira seção era constituído de tchekistas condenados, que, por terem cometido um deslize, chegaram até Bérzin sob escolta especial, para imediatamente tomarem um lugar atrás das mesas de inquérito. Nenhum ex-tchekista trabalhava fora de sua especialidade. O coronel Uchakóv, chefe do departamento de buscas do Dalstroi, que sobreviveu a Bérzin sem esforço, pegou três anos por abuso de poder sob o artigo 110.[163] Uchakóv concluiu sua pena em um ano e continuou a serviço de Bérzin, partindo com ele para construir Kolimá.

---

[163] Tal qual o artigo 109 do Código Penal soviético de 1926, o 110 previa uma pena mínima de seis meses para casos de abuso de poder que claramente excediam as funções do cargo, podendo chegar à pena de morte se envolvesse violência e porte de armas. (N. da T.)

Muitos foram presos "sob Uchakóv", como uma medida de repreensão, uma medida cautelar... Uchakóv, na verdade, não era um "político". Seu negócio era a busca, a busca de fugitivos. Também foi chefe dos órgãos de repressão de Kolimá, e chegou a assinar "Os direitos dos *zek*", ou melhor, as regras de manutenção dos cativos, compostas por dois itens: 1) Deveres: o prisioneiro deve, o prisioneiro não deve. 2) Direitos: o direito de reclamar, de escrever cartas, de dormir um pouco, de comer um pouco.

Na juventude, Uchakóv era um agente da polícia criminal de Moscou; cometeu um erro, recebeu uma condenação de três anos e partiu para Víchera.

Jigálov, Uspiênski e Pesniakiévitch conduziram um grande processo no campo contra o chefe do 3º departamento (em Berezniki). Esse processo, que envolvia subornos e dados falsos, não deu em nada devido à firmeza de alguns detentos que, durante o inquérito, ficaram presos por três ou quatro meses, sob ameaças, nos isolamentos dos presídios do campo.

Uma pena adicional não era coisa rara em Víchera. Lazarienko e Glukharióv haviam recebido uma.

Naquela época, não davam pena extra por tentativa de fuga, mas três meses num isolamento com piso de ferro, o que, para homens despidos, apenas com a roupa de baixo, era mortal no inverno.

Eu fui preso lá duas vezes por órgãos locais, fui transferido duas vezes sob uma escolta especial de Berezniki para Vijaikha, passei duas vezes pela investigação, pelo interrogatório.

Esse isolamento era temido pelos mais experientes. Os fugitivos, os *blatares* imploravam ao comandante do 1º departamento, Niésterov, que não fossem colocados lá: nunca mais faremos, nunca mais fugiremos. Exibindo seu punho peludo, o comandante Niésterov dizia:

— Muito bem, escolha: pancada ou isolamento!
— Pancada! — respondia o fugitivo queixosamente.
Niésterov descia a mão, e o fugitivo despencava, embebido em sangue.

Em abril de 1929, o escolta de nosso comboio embebedou a dentista Zoia Vassílievna, condenada pelo artigo 58 no caso do *Don silencioso*,[164] e toda noite ela era violentada pelo grupo. No mesmo comboio, encontrava-se o sectário Záiats. Ele se negava a levantar-se para a contagem dos detentos. A cada contagem, um guarda da escolta lhe dava uns pontapés. Saí da fila e protestei; na mesma noite, levaram-me para fora, sob um frio cortante, e deixaram-me nu em pelo, e eu fiquei na neve pelo tempo que a escolta desejou. Foi em abril de 1929.

No verão de 1930, cerca de trezentos detentos no campo de Berezniki haviam sido dispensados pelo artigo 458: libertados por motivo de doença. Eram pessoas vindas exclusivamente do Norte, com manchas preto-azuladas, sequelas de escorbuto, e amputações provocadas pelo gelo. Os que se automutilaram não podiam ser liberados por esse artigo, e continuavam vivendo em campos de prisioneiros até o fim da pena ou até uma morte acidental.

O chefe de um departamento do campo, Stukov, ordenou passeios com fins terapêuticos, mas os prisioneiros em trânsito se recusaram a ir — se porventura melhoro, acabo no Norte outra vez.

Pois é, não assustavam Pokróvski com o Norte à toa. No verão de 1929, avistei pela primeira vez um comboio vin-

---

[164] Romance mais conhecido de Mikhail Chólokhov (1905-1984), escritor russo vencedor do Prêmio Nobel em 1965. O caso envolve a polêmica com a autoria do livro, que foi e continua sendo contestada. Numa estética realista, *Don silencioso* (*Tikhi don*), em quatro volumes (1928-1940), conta a luta dos cossacos do Don contra os bolcheviques durante a guerra civil russa (1918-1921). (N. da T.)

do do Norte: via-se de longe uma grande serpente de poeira deslizando sobre a montanha. Depois, por entre a poeira, cintilaram as baionetas e, em seguida, os olhos. Os dentes não, os dentes tinha caído devido ao escorbuto. Bocas rachadas e ressecadas; *solovtchánki*[165] cinza; *uchankas*, casacos e calças de feltro. Esse comboio ficou gravado em minha memória para sempre.

Será que tudo isso não se deu na época de Bérzin, quando o engenheiro Pokróvski parava, todo trêmulo, ao pé de seu estribo?

Esse é um traço terrível do caráter russo, a submissão degradante, a veneração por qualquer chefe de um campo de prisioneiros. O engenheiro Pokróvski era apenas um entre os milhares de homens prontos a se curvarem a um grande chefe, a lamberem sua mão.

O engenheiro fazia parte da *intelligentsia*, mas nem por isso suas costas se curvaram menos.

— Por que gostava *tanto* de Vijaikha?

— Ora, nos deixavam lavar a roupa íntima no rio. Depois da prisão, do comboio, isso não era pouco. Um prova de confiança. Uma prova de confiança surpreendente. Lavávamos roupa à beira do rio, e os soldados de guarda viam tudo e não atiravam! Viam e não atiravam!

— O rio onde se banhavam ficava dentro da zona de proteção, no cinturão das torres de vigilância da taiga. Que risco Bérzin corria em deixá-los lavar roupa ali? Além do mais, atrás desse anel de torres, há outro anel secreto na taiga — patrulhas, investigadores. E ainda as patrulhas volantes de controle que fiscalizam umas às outras.

— Sim-m-m...

---

[165] Chapéu tipo *uchanka*, ou seja, com abas para orelhas, mas feitos da lã usada em capotes militares da reserva tsarista. (N. da T.)

Ao pé do estribo 225

— Sabe com que frase de despedida Víchera, a sua e a minha, me brindou quando fui solto, em outubro de 31? O senhor, na época, lavava sua roupa de baixo no rio.
— Qual?
— "Adeus. O senhor passou por uma pequena missão, agora passará por uma grande."

A lenda de Bérzin, graças ao início exótico de sua carreira, considerando-se que era um pequeno-burguês (a "conspiração de Lockhart", Lênin, Dzerjínski!), e ao seu fim trágico (Bérzin foi fuzilado por Iejóv e Stálin em 38), cresce em exageros como uma flor exuberante.

No processo de Lockhart, todas as pessoas da Rússia tiveram de fazer uma escolha, jogar a moeda — cara ou coroa. Bérzin decidira entregar, vender Lockhart. Ações como essa são, via de regra, impostas pelo acaso — talvez tivesse dormido mal e a orquestra de sopros do parque tocasse alto demais. Ou talvez algo no rosto do emissário de Lockhart lhe provocasse aversão. Ou será que, com este gesto, o ex-oficial tsarista viu a possibilidade de dar uma prova sólida de sua lealdade a um poder ainda em gestação?

Bérzin foi um dos comandantes mais ordinários dos campos de prisioneiros, um executor esforçado das vontades dos superiores. Em Kolimá, manteve consigo todas as figuras do OGPU[166] de Leningrado, condenadas na época do caso de Kírov.[167] Ali, em Kolimá, elas foram simplesmente re-

---

[166] OGPU, acrônimo de *Obiediniónnoie Gossudárstvennoie Polotítcheskoie Upravlênie*, Direção Política Unificada do Estado. Órgão de controle e repressão ligado à polícia secreta, funcionou entre 1923 e 1934, sendo substituído pelo NKVD. (N. da T.)

[167] O assassinato, até hoje não esclarecido, de Serguei Kírov (1886-1934), figura do alto escalão próximo a Stálin, foi usado como pretexto para as ações de repressão que ficariam conhecidas como o Grande Expurgo (1936-1938). (N. da T.)

conduzidas ao trabalho — o tempo de serviço era o mesmo, as bonificações eram as mesmas, e assim por diante. F. Medvied,[168] chefe da sucursal do OGPU de Leningrado, era chefe da Administração da Mineração do Sul em Kolimá, e seria fuzilado em meio ao processo de Bérzin, logo depois deste, que, ao viajar para Moscou em resposta a um chamado, foi retirado do trem perto de Aleksándrov.

Medvied, Bérzin, Iejóv, Biêrman, Prokófiev... nenhum deles tinha qualquer talento, algo de notável.

Suas glórias nasceram da farda, da patente, do uniforme militar, da posição.

Em 1936, Bérzin também matava seguindo ordens de superiores. O jornal *Kolimá Soviética*[169] está repleto de notícias, artigos sobre processos, apelos à vigilância, discursos de arrependimento, chamados à crueldade e à brutalidade.

No decorrer dos anos 36 e 37, Bérzin proferia discursos como esses, de forma insistente e zelosa, com medo de omitir algo ou de deixar algo escapar. Em Kolimá, os fuzilamentos dos "inimigos do povo" estavam em andamento em 36.

Um dos princípios cabais dos assassinatos da época de Stálin era a aniquilação de um grupo de membros do Partido por outro. E este, por sua vez, era aniquilado por um novo, por um terceiro círculo de assassinos.

Não sei dizer a quem isso mais beneficiou, que conduta era mais convincente, mais legítima. E que importância isso teria agora?

Bérzin foi preso em dezembro de 1937. Matou e morreu em nome de Stálin.

Seria fácil destruir a lenda de Bérzin, basta passar os olhos nos jornais de Kolimá daquela época, de 36! 36! E de

---

[168] Filipp Medvied (1889-1937), colaborador do NKVD. (N. da T.)

[169] *Soviêtskaia Kolimá*, jornal publicado em Magadan entre 1936 e 1954 pelo NKVD. (N. da T.)

37, sem dúvida. Serpantínnaia, a prisão de inquéritos da Administração da Mineração do Norte, onde fuzilamentos em massa seriam conduzidos pelo coronel Garánin em 1938, foi criada no tempo de Bérzin.

O mais difícil de entender é outra coisa. Por que alguém dotado de talento não acha em si força suficiente, firmeza moral, para tratar a si com dignidade, e não venerar uma farda, uma patente?

Por que um escultor talentoso moldaria com ímpeto, entrega e veneração a figura de um chefe do *gulag*? Que força tão imperiosa faria um artista sentir-se atraído por esse chefe? A bem da verdade, Ovídio Naso foi um chefe de *gulag*, mas não foi esse trabalho que o eternizou.

Digamos que um pintor, um escultor, um poeta, um compositor possa se entusiasmar por uma ilusão, ser tomado por um ímpeto emocional que o leve a criar uma sinfonia, interessando-se unicamente pelo fluxo das cores e dos sons. Mas por que esse fluxo é despertado pela figura de um chefe do *gulag*?

Por que um cientista traça fórmulas numa lousa diante desse chefe e inspira suas pesquisas práticas de engenharia justamente nessa figura? Por que um cientista sente a mesma veneração por qualquer chefezinho de OLP? Unicamente por se tratar de um chefe.

Cientista, engenheiro, escritor, não importa que membro da *intelligentsia*; ao ser preso, ele se achará pronto para se humilhar perante qualquer imbecil semianalfabeto.

"Não me mate, cidadão chefe", disse ao delegado local do OGPU, na minha frente, em 1930, o almoxarife do campo. Seu sobrenome era Ossipienko. Até 1917, era secretário do metropolita Pitirim e participava das patuscadas de Rasputin.

Antes fosse só Ossipienko! Todos os Ramzin, Ótchkin, Boiarchóv comportavam-se do mesmo jeito...

Houve um tal Maissuradze, um projecionista quando "em liberdade", que fez carreira no campo de prisioneiros ao lado de Bérzin, chegando ao posto de chefe do URO.[170] Maissuradze entendia que estava "ao pé do estribo".

— Sim, estamos no inferno — dizia Maissuradze. — Aqui é outro mundo. Na liberdade, éramos os últimos. Aqui seremos os primeiros. E qualquer Ivan Ivánovitch terá de levar isso em conta.[171]

"Ivan Ivánovitch" era como os blatares chamavam os membros da *intelligentsia*.

Por anos pensei que tudo isso só dizia respeito à *Rasseia*,[172] às profundezas insondáveis da alma russa.

No entanto, ao ler as memórias de Groves sobre a bomba atômica, percebi que uma postura servil diante de um general também é muito familiar ao mundo dos cientistas, ao mundo da ciência.

O que é a arte? E a ciência? Elas tornam o homem mais nobre? Não, não e não. Não é por meio da arte nem da ciência que uma pessoa adquire suas míseras qualidades positivas. Nem a profissão nem o talento dão firmeza moral a alguém: a questão é outra.

Ao longo de minha vida pude observar a submissão, o servilismo, a humilhação voluntária da *intelligentsia* — das outras camadas da sociedade nem há o que dizer.

Na juventude, eu dizia na cara de qualquer patife que ele não passava de um patife. Na maturidade, continuei ven-

---

[170] Acrônimo de *Utchiótno-Raspredielítelni Otdiel* (*Upravliênie Lágera*), Seção de Distribuição e Controle (Administração do Campo de Prisioneiros). (N. da T.)

[171] "Ivan Ivánovitch" é o equivalente russo de "zé-ninguém". (N. da T.)

[172] Pronúncia antiga e popular de "Rússia". O símbolo de um país poderoso no passado. (N. da T.)

do as coisas do mesmo jeito. Nada mudou depois de meus infortúnios. Apenas eu mudei, tornei-me mais precavido, mais covarde. Conheço o segredo dessas pessoas misteriosas, que estão "ao pé do estribo". É um dos segredos que levarei para o túmulo. Não contarei o que é. Eu sei, mas não contarei.

Em Kolimá eu tive um bom amigo, Moissei Moissêievitch Kuznetsov. Não era exatamente um amigo — não havia amizades lá —, mas um homem simples que eu respeitava. Era ferreiro no campo. Eu trabalhava para ele como martelador. Ele me contou uma parábola bielorrussa sobre três fidalgos que, ainda sob o tsar Nicolau, é claro, açoitaram por três dias inteiros, sem cessar, um infeliz mujique da Bielorrússia. O camponês chorava e gritava: "Mas assim, de estômago vazio?".

A troco de quê esta parábola? De nada. É uma parábola, e só.

(1967)

KHAN-GUIREI

Aleksandr Aleksándrovitch Tamarin-Meriêtski não era nem Tamarin, nem Meriêtski. Era o príncipe tártaro Khan--Guirei, general do séquito de Nicolau II. No verão de 1917, quando Kornílov[173] avançava para Petrogrado, Khan-Guirei era o chefe do estado-maior da Divisão Selvagem — unidades militares do Cáucaso especialmente leais ao tsar. Kornílov não conseguiu chegar até Petrogrado, e Khan-Guirei ficou sem ocupação. Mais tarde, atendendo a um chamado de Brussílov,[174] conhecido por colocar à prova a consciência dos oficiais, Khan-Guirei entrou no Exército Vermelho e voltou suas armas para seus antigos amigos. Foi quando Khan-Guirei desapareceu e surgiu o comandante Tamarin do corpo de cavalaria: três losangos conforme a escala dos títulos militares daquele tempo. Com essa patente Tamarin participou da guerra civil e, no fim dela, comandou sozinho as operações

---

[173] Lavr Kornílov (1870-1918), general do Império Russo. Em setembro de 1917, Aleksandr Keriênski, chefe do governo provisório, deu poderes a Kornílov para restabelecer a ordem em meio às insurreições dos bolcheviques. Kornílov, então, intentou um golpe de Estado, que fracassou e o levou à prisão. (N. da T.)

[174] Aleksei Brussílov (1853-1926), general do Império Russo que comandou um dos maiores feitos militares da Primeira Guerra Mundial, a chamada "ofensiva Brussílov". Durante a guerra civil, Brussílov aliou-se aos bolcheviques. (N. da T.)

contra os *basmatchi*,[175] contra Enver Paxá.[176] Os *basmatchi* foram destruídos, debandados, mas Enver Paxá escapou das mãos dos cavaleiros vermelhos por entre os montes de areia da Ásia Central. Sumiu em algum canto de Bucara e depois reapareceu em fronteiras soviéticas, acabando morto acidentalmente num tiroteio entre patrulhas. Assim terminou a vida de Enver Paxá, o talentoso chefe militar e político que havia declarado *ghazawat*,[177] guerra santa, contra a Rússia Soviética.

Quando se soube que Enver Paxá havia fugido, escapado, iniciou-se um inquérito sobre o caso do príncipe, que estava no comando das operações de extermínio dos *basmatchi*. Tamarin apontou suas razões, explicou o insucesso da captura de Enver Paxá. Mas Enver Paxá era uma figura muito visada. Tamarin foi dispensado, ficando sem futuro nem presente. A esposa havia morrido, mas a velha mãe, de boa saúde, estava viva, assim como a irmã. Tamarin, que havia acreditado em Brussílov, sentia-se responsável por sua família.

O habitual interesse pela literatura, até mesmo pela poesia contemporânea, deram ao ex-general a possibilidade de conseguir um ganha-pão no meio literário. Aleksandr Alek-

---

[175] Nome pejorativo dado pelos russos aos representantes de um movimento nacional-islâmico que eclodiu na Ásia Central, em 1916, contra o domínio do Império Russo e depois contra os bolcheviques. (N. da T.)

[176] Enver Paxá ou Ismail Enver (1881-1922), importante militar e político turco, um dos líderes dos Jovens Turcos e apontado como um dos responsáveis pelo genocídio armênio. Foi Ministro da Guerra, em 1914, negociando tanto com os alemães quanto com os russos. (N. da T.)

[177] Do árabe, russificado no original. Em princípio, o termo se refere a ações militares lideradas pelo profeta Maomé ou por algum líder religioso. Em geral, pode ser entendido como qualquer tipo de expedição. (N. da T.)

sándrovitch publicou algumas resenhas no jornal *A Verdade do Komsomol*.[178] Assinatura: A. A. Meriêtski.

A maré se acalma. Mas, em algum lugar, questionários farfalham, pastas são deslacradas e, em vez de serem arquivadas com os processos, abastecem relatórios.

Tamarin é preso. Um novo inquérito é conduzido, agora em moldes totalmente oficiais. Três anos em campos de concentração por não ter demonstrado arrependimento. Uma confissão poderia ter atenuado a pena.

Em 1928, só existia um campo de concentração na Rússia, o USLON.[179] A quarta seção dos campos de destinação especial das ilhas de Solovkí foi criada mais tarde, na nascente do rio Víchera, a cem quilômetros de Solikamsk, perto da aldeia de Vijaikha. Tamarin viaja de comboio para o Ural num "vagão Stolípin" para detentos,[180] arquitetando um plano muito importante, calculado nos mínimos detalhes. O vagão que leva Aleksandr Aleksándrovitch para o Norte é um dos últimos vagões Stolípin. A carga gigantesca sobre o parque de vagões assim como os reparos mal feitos fizeram com que se deteriorassem, desaparecessem. Em algum lugar, um dos trens descarrilou e virou moradia dos encarregados pelos consertos da estrada de ferro; outro ficou decrépito, teve o registro cancelado e desapareceu. O novo governo não nutria nenhum interesse em renovar o parque de vagões Stolípin.

---

[178] *Komsomólskaia Pravda*. O jornal diário *A Verdade do Komsomol* (organização da Juventude Comunista) foi fundado em 1925. Hoje, além de jornal impresso e eletrônico, o grupo engloba canais de rádio e televisão. (N. da T.)

[179] Acrônimo de *Upravlênie Siévernykh Lágerei Ossóbogo Nasnatchêniia* (Administração dos Campos de Destinação Especial do Norte).

[180] Vagões de carga usados para o transporte em massa de prisioneiros. Era assim chamado por ter sido uma ideia implantada por Piotr Stolípin, ministro do Interior do tsar Nicolau II. (N. da T.)

Havia a "gravata" Stolípin: a forca. Os sítios Stolípin: sua reforma agrária entrou para a história.[181] Quanto aos vagões Stolípin, todos acreditam, por ingenuidade, que são vagões prisionais com grades, vagões especiais para o transporte de prisioneiros.

Na realidade, os últimos vagões Stolípin, construídos em 1905, foram usados pelo governo na época da guerra civil. Faz tempo que desapareceram. Agora, basta o vagão ter grade para ser chamado de Stolípin.

O verdadeiro modelo Stolípin de 1905 era um vagão de carga com uma pequena abertura central, transposta por uma cruz de ferro, no meio da parede; uma porta inteiriça; e um corredor estreito reservado para a escolta perpassando os três lados do vagão. Mas o detento Tamarin não queria saber do vagão Stolípin.

Aleksandr Aleksándrovitch Tamarin não era apenas um general da cavalaria. Era também um jardineiro, um floricultor. Sim, Tamarin acalentava o sonho de cultivar rosas, qual Horácio ou Suvorov.[182] Com uma tesoura de jardineiro nas mãos, o general de cabelos brancos irá cortar e oferecer às suas visitas um perfumado buquê de Estrelas Tamarin, uma variedade especial de rosas, contemplada com o primeiro lugar na Exposição Internacional de Haia; ou outra variedade, o Híbrido Tamarin, uma beldade do Norte, a Vênus de Petersburgo.

---

[181] A expressão "gravata Stolípin" foi cunhada pelo cadete F. Róditchev (1854-1933) em 1908, e nasceu de um discurso em que o ministro do Interior prometera acabar, a todo custo, com os movimentos revolucionários que eclodiam na Rússia; já a "reforma agrária" de Stolípin estimulava a propriedade privada e uma economia liberal. (N. da T.)

[182] Aleksandr Suvorov (1730-1800). O conde Suvorov foi um dos principais generais russos nas Guerras Revolucionárias Francesas, conhecido por nunca ter perdido uma batalha, mesmo em condições de extrema desvantagem. (N. da T.)

O sonho de cultivar rosas dominava Tamarin desde a infância: o sonho clássico de todos os militares aposentados, de todos os presidentes e ministros da história. No corpo de cadetes, Khan-Guirei, antes de dormir, imaginava-se Suvorov cruzando a ponte do Diabo, ou Suvorov com uma tesoura de jardineiro num jardim da aldeia Kontchanskoie. Só que Kontchanskoie foi a desgraça de Suvorov.[183] Extenuado de seus feitos pela glória de Marte, Khan-Guirei começou a cultivar rosas simplesmente porque havia chegado a hora, porque era tempo. Depois das rosas, nem sombra de Marte. Esse sonho tímido foi ganhando força, até se tornar uma paixão. Foi então que Tamarin compreendeu que, para cultivar rosas, era preciso conhecer a terra, e não apenas os versos de Virgílio. Sem alarde, o floricultor transformou-se num especialista em hortas e jardins. Khan-Guirei absorvia esses conhecimentos depressa, estudava com prazer. Jamais poupava tempo ao fazer qualquer tipo de experiência relacionada com o cultivo de flores. Tampouco poupava tempo ao estudar manuais de floricultura e horticultura.

Sim, flores e versos! O brilho do latim o atraía para poetas daquela época. Mas, acima de tudo, estavam Virgílio e as rosas. Ou quem sabe nem tanto Virgílio, mas Horácio. Dante, por algum motivo, escolhera Virgílio para guiá-lo no inferno. Seria esse um bom símbolo? Seria o poeta das alegrias pastorais um guia confiável no inferno?

Tamarin teve tempo para receber sua resposta. Antes do cultivo das rosas houve a revolução, a de fevereiro, a Divisão Selvagem, a guerra civil, o campo de concentração no

---

[183] No período entre 1796 e 1799, por ordens do recém-coroado tsar Paulo I, Suvorov foi exilado em Kontchanskoie, em sua propriedade rural. (N. da T.)

Ural do Norte. Tamarin resolveu fazer uma nova aposta na roleta da vida.

As flores cultivadas por Tamarin no campo de concentração, na zona agrícola de Víchera, foram exibidas, com sucesso, em exposições em Sverdlóvsk. Tamarin entendeu que as flores do Norte eram o caminho para a sua liberdade. Desse momento em diante, o velho de barba apurada num cafetã curto remendado passou a colocar, a cada dia, uma rosa fresca na mesa de Eduard Petróvitch Bérzin, diretor da usina de Víchera e chefe dos campos de prisioneiros de Víchera.

Bérzin também já tinha ouvido falar de Horácio, do cultivo das rosas. Ganhara esses conhecimentos no ginásio clássico. E o principal: Bérzin confiava plenamente no gosto de Aleksandr Aleksándrovitch Tamarin. Um velho general tsarista que todo dia colocava uma rosa fresca na escrivaninha de um jovem tchekista. Isso não era pouco. Era necessária uma prova de gratidão.

Bérzin, ele mesmo um ex-oficial tsarista, aos 24 anos, apostou tudo no governo soviético durante o processo de Lockhart. Bérzin compreendia Tamarin. Não era uma questão de compaixão, mas de um destino em comum que os uniu por um bom tempo. Bérzin sabia que, por mero acaso, estava no gabinete do diretor do Dalstroi, enquanto Tamarin empunhava uma pá na horta do campo de prisioneiros. Eram homens que haviam passado pela mesma educação, pela mesma catástrofe. Antes de Lockhart e da necessidade de fazer uma escolha, Bérzin jamais tivera contato com espionagem e contraespionagem.

Aos 24 anos a vida parece eterna. O homem não acredita na morte. Há pouco tempo calcularam, por meio de máquinas cibernéticas, a idade média dos traidores da história mundial, de Hamilton a Wallenrode.[184] A idade é 24.

[184] James Hamilton (1515-1575), segundo conde de Arran, regente

Portanto, nesse ponto, Bérzin foi um homem de seu tempo... Um ajudante do regimento, o subtenente Bérzin... Um pintor amador, um conhecedor da escola de Barbizon. Um esteta, como todo tchekista daquela época. Contudo, ele ainda não era um tchekista. O processo de Lockhart foi o preço desse título, a contribuição necessária para sua entrada no Partido.

Eu cheguei a Víchera em abril e no verão fui visitar Tamarin, cruzando o rio com um salvo-conduto especial. Tamarin vivia numa estufa: um quartinho com telhado de vidro para a estufa, o cheiro lânguido e pesado das flores, o cheiro de terra úmida, os pepinos de estufa, as mudas e mais mudas... Aleksandr Aleksándrovitch sentia falta de um interlocutor. Nenhum dos vizinhos de tarimba de Tamarin, nenhum chefe ou ajudante, seria capaz de distinguir os acmeístas dos imaginistas.

Logo começou a epidemia da "reforja".[185] As casas de correção foram entregues ao OGPU, e novos chefes, munidos de novas leis, espalharam-se pelos quatro cantos do país, abrindo cada vez mais departamentos nos campos. O país foi coberto por uma rede espessa de campos de concen-

---

de Maria Stuart durante sua menoridade. Foi do protestantismo ao catolicismo para apoiar o casamento da rainha com o herdeiro do trono francês, o futuro Francisco II (1544-1560), ganhando em troca o Ducado de Châttelleraut. Konrad von Wallenrode (1330-1393), grande mestre da Ordem dos Cavaleiros Teutônicos, formada na época das Cruzadas. Num conflito interno com a Ordem, foi considerado herege. O poeta polonês Adam Mickiewicz (1798-1855) escreveu, em 1828, uma obra baseada em sua figura. (N. da T.)

[185] A "reforja de prisioneiros" (*perekovska zakliutchiónikh*) foi parte da campanha de construção do Canal Mar Branco-Báltico (1931-1933), a primeira a utilizar força de trabalho prisional. Por terem "rompido com seu passado criminal", os detentos receberam condecorações, livramentos antecipados e redução de penas, com fins publicitários; um famoso *slogan* da época: "É o calor do teu trabalho que derrete a tua pena". (N. da T.)

tração que passaram a ser chamados de campos "de trabalhos correcionais".

Lembro-me de um grande comício dos prisioneiros que aconteceu no verão de 29 na administração do UVLON,[186] em Víchera. Depois do discurso do substituto de Bérzin, um tchekista condenado chamado Teplóv, sobre os novos planos do governo soviético, sobre as novas linhas de atuação dos campos, Piotr Piêchin, um conferencista do Partido nascido em Sverdlóvsk, fez uma pergunta:

— Diga, cidadão chefe, qual é a diferença entre os campos de trabalhos correcionais e os campos de concentração?

Teplóv repetiu a pergunta com prazer, numa voz sonora.

— É essa a sua pergunta?

— Sim, exatamente essa — disse Piêchin.

— Não se diferenciam em nada — respondeu sonoramente Teplóv.

— O senhor não entendeu, cidadão chefe.

— Eu entendi muito bem — Teplóv respondeu e desviou o olhar de Piêchin, ignorando os sinais que indicavam que este queria fazer outra pergunta.

A onda de "reforja" me levou a Berezniki, à estação Ussólskaia, como era chamada naquele tempo.

Um pouco antes, na noite anterior à minha partida, Tamarin foi até o campo e dirigiu-se à quarta companhia, onde eu morava, para despedir-se de mim. Como se verificou, não porque eu ia embora, mas porque ele mesmo seria levado a Moscou numa escolta especial.

— Meus parabéns, Aleksandr Aleksándrovitch. Vão rever sua sentença, vão libertá-lo.

---

[186] Acrônimo de *Upravlênie Vícherskikh Lágerei Ossóbogo Nasnatchêniia* (Administração dos Campos de Destinação Especial de Víchera, e, depois de 1930, Administração dos Campos de Trabalhos Correcionais de Víchera). (N. da T.)

Tamarin estava com a barba por fazer. Seus pelos cresciam tão rápido que, na corte do tsar, era obrigado a apará-los duas vezes por dia. No campo, só se barbeava uma vez por dia.

— Nada disso, nem libertação nem revisão de sentença. Dos meus três anos de pena, só resta um. Será que o senhor acredita que os processos são revisados? Que existe uma promotoria ou outro órgão qualquer? Não enviei nenhum requerimento. Estou velho. Quero continuar a morar aqui, no Norte. É bom aqui. Antigamente, quando eu era jovem, eu não conhecia o Norte. Minha mãe gosta daqui. Minha irmã também. Quero terminar meus dias neste lugar. Bem, a escolta chegou.

— Serei levado amanhã num comboio para inaugurar a primeira missão de Berezniki, para lançar a primeira pá ao solo da principal obra do segundo plano quinquenal... Não poderemos viajar juntos.

— Não, tenho uma escolta especial.

Nós nos despedimos, e no dia seguinte fui embarcado numa chata. A chata desceu o rio, passou por Dediúkhin e chegou a Lenvá, onde, num velho depósito, colocaram a primeira leva de prisioneiros que carregou nas costas, no sangue, as edificações do complexo químico de Berezniki.

Na época de Bérzin, o escorbuto se proliferava no campo de prisioneiros, e não vinha apenas do terrível Norte, de onde, de tempos em tempos, surgiam comboios, serpentes de poeira, arrastando-se montanha abaixo após um dia de trabalho. O Norte era a ameaça que pairava em todos na administração, em Berezniki. O Norte significava Ust-Uls e Kutim, onde agora se acham diamantes. Antes também procuravam diamantes ali, mas os emissários de Bérzin não tiveram sorte. Além do mais, o campo com escorbuto, espancamentos, agressões aleatórias e assassinatos impunes não inspirava confiança na população local. Só depois o destino das famílias *deskulakizadas*[187] de Kuban, exiladas sob a coletivização forçada, lançadas às florestas dos Urais, entregues à neve e à morte, só depois esse destino mostrou que o país se preparava para um grande derramamento de sangue.

Em Lenvá, os prisioneiros em trânsito ficavam no mesmo barracão onde fomos alojados, ou melhor, numa parte dele, o andar de cima.

Um sujeito com duas malas vestindo um cafetã curto e surrado foi conduzido pelo guarda da escolta... De costas ele parecia muito familiar.

— Aleksandr Aleksándrovitch?

Trocamos um abraço. Tamarin estava sujo mas alegre, bem mais alegre do que em Vijaikha, em nosso último encontro. E eu logo entendi por quê.

— Uma revisão de sentença?

— Uma revisão. A pena era de três anos, agora deram dez, deram a pena capital que foi comutada em dez anos: e eu estou de volta! Em Víchera!

— E qual é o motivo de tanta alegria?

— Como qual? Pela minha filosofia, permanecer vivo é o mais importante. Estou com 65 anos. Não chegarei vivo ao fim da nova pena. Em compensação, acabou o tempo de incertezas. Pedirei a Bérzin que me deixe morrer na zona agrícola, em meu quarto iluminado com teto de vidro. Depois do veredito eu poderia ter pedido para ficar em qualquer lugar, mas não poupei esforços em conseguir retornar para cá. E quanto à pena... Essa história de pena é uma bobagem. Existem grandes missões e pequenas missões, eis a única diferen-

---

[187] A *deskulakização* (*raskulátchivanie*) foi uma política oficial de repressão aos *kulaks*, camponeses enriquecidos, ou a qualquer um que fosse assim classificado. A "liquidação" se deu por meio da coletivização forçada. (N. da T.)

ça. Agora vou descansar, vou pernoitar aqui e amanhã partirei para Víchera.

Os motivos, os motivos... Sem dúvida, existem motivos. Existem explicações.

As memórias de Enver Paxá foram publicadas no exterior. Nelas não havia sequer uma palavra sobre Tamarin, mas quem fez o prefácio foi o ajudante de Enver. O ajudante escreveu que Enver só conseguiu escapar graças à ajuda de Tamarin, com quem Enver, nas palavras do prefaciador, mantinha uma relação de amizade; se correspondiam desde o tempo em que Khan-Guirei servia na corte do tsar, e continuaram depois. O inquérito, evidentemente, concluiu que, se Enver Paxá não tivesse sido morto na fronteira, Tamarin, um muçulmano em segredo, teria encabeçado o *ghazawat* e colocado Moscou e Petrogrado aos pés de Enver. Todo esse estilo de inquérito, com matizes de sangue, desabrochou nos anos 1930. Era uma "escola", com um só tipo de escrita.

Mas Bérzin já estava familiarizado com o estilo dos provocadores e não acreditou numa só palavra do novo inquérito do processo de Tamarin. Aquele havia lido as memórias de Lockhart, seus artigos sobre o caso de 1918, ligado a si mesmo, Bérzin. Nessas memórias, o letão foi retratado como um aliado de Lockhart, como um espião inglês, e não soviético. Um lugar na zona agrícola foi assegurado para sempre a Tamarin. As promessas dos chefes são uma coisa frágil, mas, mesmo assim, mais fortes que a eternidade, como o tempo demonstrou.

Tamarin começou a se preparar para um trabalho bem diferente do que pretendia fazer logo depois da "revisão" de seu processo. O velho agrônomo de cafetã, mesmo colocando todo dia, como antes, uma rosa ou uma orquídea fresca de Víchera na mesa de Bérzin, não pensava apenas em flores. Os três anos de sua primeira pena haviam passado, mas isso não incomodava seus pensamentos. O destino exigia um sacrifício de sangue, e alguém se sacrificou. A mãe de Tamarin morreu, uma velhota caucasiana, imensa e jovial, que amava o Norte e queria encorajar seu filho, acreditar na paixão dele, em seus planos, em seu caminho, um caminho movediço. Quando soube da nova pena, de dez anos, ela morreu. Foi rápido, em uma semana. Ela amava o Norte, mas seu coração não resistiu a ele. Restou a irmã, a irmã caçula de Tamarin. Mas ela também era uma velhota grisalha. Trabalhava como datilógrafa no escritório da usina química de Víchera, e toda a sua fé também estava no irmão, na felicidade dele, em seu destino.

Em 1931, Bérzin recebeu uma nova e importante nomeação: Kolimá, diretor do Dalstroi. Um cargo que reunia em si poderes das mais altas esferas da área periférica do país — um oitavo do território da União Soviética —, poder no Partido, nos sovietes, poder militar, sindical etc.

Uma prospecção geológica, a expedição de Bilíbin e de Tsaregrádski, obteve resultados excelentes. As reservas de ouro eram consideráveis, e só havia um detalhe: extrair ouro num inverno rigoroso de menos sessenta graus.

Já faz uns trezentos anos que se sabe que existe ouro em Kolimá. Mas não passou pela cabeça de nenhum tsar extrair ouro dali por meio do trabalho forçado, do trabalho prisional, do trabalho escravo — foi Stálin quem determinou isso... Depois do primeiro ano em Belomorkanal,[188] depois de Víchera, decidiram que se podia fazer qualquer coisa com o homem, que os limites de sua humilhação eram infinitos, que sua resistência física era inesgotável. Provou-se possível criar um método de distribuição do segundo prato do almoço con-

---

[188] Belomorkanal, abreviação de *Belomórsko-Baltíiski Kanal* (Canal Mar Branco-Báltico), que liga o Mar Branco ao lago Oniega. Foi construído por prisioneiros entre 1931 e 1933. A obra fez parte do primeiro plano quinquenal. (N. da T.)

forme a escala de produção: ração de produção básica, ração de *udárnik* e ração stakhanovista,[189] como em 37 passaram a chamar a ração máxima dada aos prisioneiros ou aos "soldados de Kolimá", epíteto dos jornais da época. Estavam à procura de um homem para a empresa do ouro, para a colonização dessa região periférica e, mais tarde, para o extermínio dos inimigos do povo. E não acharam ninguém melhor que Bérzin. Bérzin referia-se com total desprezo aos homens; não com ódio, mas com desprezo.

O primeiro chefe de Kolimá tinha mais poderes que Ivan Piêstel, o general-governador da Sibéria Oriental, pai do dezembrista.[190] Bérzin levou Tamarin consigo e colocou-o na zona agrícola, onde este poderia fazer experiências e enaltecê-lo. Foram criadas zonas agrícolas no formato de Víchera — inicialmente ao redor de Vladivostok e, depois, perto de Elguen.

Uma atividade agrícola de apoio em Elguen, no centro de Kolimá, foi um capricho obstinado de Bérzin e Tamarin.

Bérzin não achava que o futuro centro de Kolimá seria Magadan, uma cidade litorânea, mas o vale de Táskan. Magadan era apenas um porto.

No vale de Táskan havia um pouco mais de terra do que nas rochas nuas do restante da região de Kolimá.

Ali criaram um *sovkhoz*,[191] desperdiçaram milhões para provar o impossível. A batata não amadurecia. Era culti-

---

[189] Referência a Aleksei Stakhanov (1906-1977), operário e herói socialista que defendia o aumento de produtividade baseado na força de vontade dos trabalhadores. (N. da T.)

[190] Os dezembristas foram os integrantes do grupo de orientação monárquico-constitucional ou republicana que se insurgiu contra o tsar Nicolau I em dezembro de 1825. (N. da T.)

[191] Grande empresa agrícola soviética. Ao contrário do *kolkhoz*, que era um empreendimento coletivo, o *sovkhoz* era propriedade do Estado. (N. da T.)

vada em estufas, transplantada como repolho nos infindáveis *udárniki*, os sábados comunistas do campo de prisioneiros, quando obrigavam os detentos a trabalhar ali, a transplantar as mudas: "É para vocês mesmos". "Para vocês mesmos"! Trabalhei muito nesses sábados comunistas...

Depois de um ano, os campos de Kolimá deram seu primeiro ouro, e em 1935 Bérzin foi condecorado com a Ordem de Lênin. Tamarin foi reabilitado e sua condenação anulada. Nesse meio-tempo, sua irmã morreu, mas Aleksandr Aleksándrovitch continuava firme. Escreveu artigos em revistas, só que, dessa vez, não sobre a poesia juvenil do Komsomol, mas sobre suas experiências na área da agricultura. Tamarin criou uma variedade de repolho, o Híbrido Tamarin, um tipo especial do Norte, espécie digna de Mitchúrin,[192] 32 toneladas por hectare. Repolhos em vez de rosas! Na fotografia, o repolho parece uma rosa gigante, um botão graúdo e grosseiro. O Melão-abóbora Tamarin: de 40 quilos! A batata da seleção Tamarin!

Aleksandr Aleksándrovitch passou a chefiar em Kolimá o departamento de cultivo de plantas da Academia de Ciências do Extremo Oriente.

Tamarin dava conferências na Academia de Ciências Agrícolas, viajava a Moscou, não perdia tempo.

A agitação de 1935, o sangue de 1935, as torrentes de detentos, em meio aos quais havia muitos amigos e conhecidos do próprio Bérzin, tudo isso assustava, alarmava Tamarin. Bérzin fazia discursos inflamados, estigmatizava, denunciava e julgava os mais variados tipos de sabotadores e de espiões, incluindo seus subordinados, que "se embrenharam,

---

[192] Ivan Mitchúrin (1855-1935), biólogo e pesquisador russo que ganhou renome por seus experimentos com hibridização e seleção artificial, tendo introduzido mais de trezentas variedades de plantas na agricultura soviética. Seu discípulo mais famoso foi Trofim Lissenko. (N. da T.)

se infiltraram nas fileiras", até o dia em que ele mesmo se tornou um "sabotador e espião".

Comissões atrás de comissões estudavam o império de Bérzin, faziam inquéritos, convocações... Tamarin percebia toda a instabilidade, toda a precariedade de sua posição. Afinal, apenas em 35 sua condenação foi anulada, com o "restabelecimento de todos os seus direitos".

Tamarin recebeu o direito de ir a Kolimá como um trabalhador contratado da zona agrícola do Norte, como um Mitchúrin do Extremo Oriente, como um mago do Extremo Oriente. O contrato foi assinado em Moscou em 1935.

As safras de legumes nos campos de prisioneiros de Vladivostok foram notáveis. A força gratuita dos detentos, oferta ilimitada nas prisões de trânsito do Dalstroi, fazia milagres. Os agrônomos escolhidos entre os comboios, animados com a promessa de uma livramento antecipado e com as compensações pelos dias trabalhados, não poupavam esforços, faziam todo tipo de experiência. Até então, não havia punições em caso de fracasso. Todos procuravam triunfar de um modo febril. Mas tudo isso ainda se passava no continente, na Terra Grande, no Extremo Oriente, e não no Extremo Norte. Em todo o caso, tentaram alguns experimentos no Extremo Norte: no vale de Táskan, em Elguen, em Seimtchan, na faixa litorânea de Magadan.

Mas a liberdade que Tamarin escrupulosamente planejara não podia existir entre aquelas humilhações infindáveis que exigiam destreza e precaução. Comboios de prisioneiros iam do continente a Kolimá. O mundo que Bérzin havia criado para Tamarin desmoronava. Muitas figuras do tempo de Kírov, ou mesmo de antes de Kírov, acharam um serviço com Bérzin, uma espécie de trabalho extra. Assim, na época do assassinato de Kírov, F. Medvied, chefe do OGPU de Leningrado, tornou-se, sob o comando de Bérzin, chefe do OGPU do Sul. O primeiro significado de GP era "política de governo" e o segundo apenas "produção geológica" — jogos linguísticos dos funcionários dos "órgãos".

Chegou o ano 1936, com os fuzilamentos, as denúncias, as confissões. E, com ele, o ano 1937. Havia muitos "processos" em Kolimá, mas, para Stálin, as vítimas locais não eram suficientes. Às fauces de Moloch era preciso lançar uma vítima de peso.

Em novembro de 37, Bérzin foi chamado a Moscou para receber um ano de férias. Pávlov foi nomeado diretor do Dalstroi. Bérzin apresentou o novo chefe aos militantes locais do Partido. Não havia tempo para acompanhar Pávlov até a lavra e transferir-lhe a empresa: Moscou tinha pressa.

Antes de partir, Bérzin ajudou Tamarin a receber uma licença para ir ao "continente". Por ser um empregado do Dalstroi com dois anos de serviço, Aleksandr Aleksándrovitch ainda não tinha direito a folga. Essas férias foram o último favor que o diretor do Dalstroi fez ao general Khan-Guirei.

Viajaram no mesmo vagão. Bérzin, como de hábito, estava sombrio. Já perto de Moscou, em Aleksándrov, numa noite gelada de dezembro, no meio de uma nevasca, Bérzin saiu para a plataforma. E não retornou ao vagão. O trem chegou a Moscou sem ele. Depois de desfrutar alguns dias de verdadeira liberdade, pela primeira vez em vinte anos, Tamarin tentou descobrir o paradeiro de seu chefe e protetor de tantos anos. Numa das visitas a uma delegação do Dalstroi, Tamarin soube que ele mesmo havia sido dispensado do "sistema", à sua revelia e em caráter definitivo.

Ele resolveu tentar a sorte mais uma vez. Naqueles anos, qualquer requerimento, reclamação ou pedido despertava a atenção sobre o requerente, representava um risco mortal. Mas Tamarin estava velho. Não queria esperar. Era um velhote, e não queria, não podia esperar. Tamarin escreveu um requerimento à administração do Dalstroi pedindo para retornar ao trabalho em Kolimá. Recebeu uma recusa: depois da era Bérzin, Kolimá já não precisava desse tipo de especialista.

Era março de 38, todos os campos de trânsito do país estavam repletos de comboios de detentos. O sentido da resposta era o seguinte: se o levarem, será num comboio.

Esse foi o último vestígio de Khan-Guirei, jardineiro e general.

Bérzin e Tamarin tiveram destinos muito similares. Ambos serviram ao poder e lhe obedeceram. Acreditaram no poder. E o poder os traiu.

O processo de Lockhart nunca foi esquecido, nunca foi perdoado. No Ocidente, os memorialistas consideraram Bérzin um colaborador fiel do complô inglês. Nem Lênin nem Dzerjínski, que conheciam os detalhes do processo de Lockhart, estavam mais vivos. E quando chegou a hora, Stálin matou Bérzin. A proximidade dos segredos de Estado é quente demais para os homens, mesmo para os de sangue-frio como Bérzin.

(1967)

A PRECE DA NOITE

Esta moda remonta aos anos 1930: a venda de engenheiros. O campo de prisioneiros obtinha lucros nada desprezíveis com a venda de pessoas dotadas de conhecimentos técnicos. O campo ficava com seu salário integral, do qual era descontado o referente à alimentação do detento, sua roupa, à escolta, ao aparato de investigação e até ao *gulag*. Mesmo com os descontos de todas as despesas gerais, restava uma quantia considerável. Essa soma não parava nas mãos do detento ou na sua conta bancária. Não. Era convertida em receita para o governo, enquanto o prisioneiro recebia um prêmio totalmente aleatório, que era o suficiente para comprar um maço de cigarros Puchka e, vez ou outra, vários deles. Os chefes um pouco mais inteligentes tentavam conseguir uma autorização de Moscou para que os detentos recebessem alguma quantia fixa, mesmo que irrisória, uma porcentagem do salário. Só que Moscou não concedia autorização a esse tipo de acerto de contas, e os engenheiros continuavam sendo remunerados de modo arbitrário. Como, a propósito, acontecia aos escavadores e carpinteiros. Sabe-se lá por que, o governo temia até uma ilusão de salário: transformava-o numa gratificação e a chamava de "prêmio".

Na nossa divisão, um dos primeiros engenheiros prisioneiros a ser vendido pelo campo a uma construção foi Viktor Petróvitch Findikáki, meu vizinho de barracão.

Viktor Petróvitch Findikáki — pena de cinco anos, artigo 58, parágrafos 7 e 11 — foi o primeiro engenheiro russo a montar um laminador de metais não ferrosos (isso se deu na Ucrânia). Seus trabalhos eram bastante conhecidos na área técnica russa e, quando seu novo patrão, o complexo químico de Berezniki, lhe propôs revisar um manual de sua especialidade, Viktor Petróvitch lançou-se ao trabalho com entusiasmo, mas logo desanimou; e foi com dificuldade que eu consegui arrancar do engenheiro os motivos de sua angústia.

Sem sombra de sorriso, Viktor Petróvitch explicou que, no manual que revisara, aparecia o termo "danificar":[193] "risquei a palavra em todo canto, substituí por 'impedir'". Então os resultados chegaram às autoridades.

As correções de Viktor Petróvitch não encontraram objeções por parte da chefia, e ele permaneceu no cargo de engenheiro.

Uma bobagem, claro. No entanto, para Viktor Petróvitch, a coisa era séria, uma questão de princípios, e agora explicarei a razão.

Viktor Petróvitch "abrira o bico", como diziam os *blatares* e os chefes do campo. Durante seu processo, ele colaborara para o inquérito, participara de acareações: atemorizado, esgotado, destruído. E, ao que parece, não apenas em sentido figurado. Havia passado por várias "cadeias de produção",[194] que é como, depois de quatro ou cinco anos, os interrogatórios começaram a ser chamados em todo lugar.

O chefe de produção do campo de prisioneiros, Pável Petróvitch Miller, conhecera Findikáki na prisão. Mesmo tendo suportado as "cadeias" e os bofetões, mesmo tendo rece-

---

[193] No original, *vredit*, que pode significar "lesar", "danificar", e "sabotar". O crime de "sabotagem" era penalizado pelo artigo 58 do Código Penal Soviético. (N. da T.)

[194] No original, *konvêier* ("cadeias de produção", "esteira rolante"). Nos campos de prisioneiros, o termo se refere a longos interrogatórios, sem intervalos, que podiam durar horas ou até dias. (N. da T.)

bido uma pena de dez anos, Miller era de certa forma indiferente à atitude desonrosa de Viktor Petróvitch. Já este se atormentava com sua própria traição. Em todos esses casos de sabotagem havia fuzilamentos. É verdade que aos poucos, mas já começavam a fuzilar. Boiárchinov, um condenado pelo processo de Chákhtinsk, chegou ao campo e, parece, teve uma conversa pouco amistosa com Findikáki.

A consciência de certo fracasso, de uma imensurável degradação moral, acompanhou Findikáki por um bom tempo.

Viktor Petróvitch (seu leito no barracão ficava ao lado do meu) recusou até cargos privilegiados, ocupados por *blatares*, como chefe de brigada, capataz ou ajudante do próprio Pável Petróvitch Miller.

Findikáki era um homem fisicamente forte, espadaúdo e não muito alto. Lembro que ele deixou Miller um tanto surpreso quando pediu para trabalhar com uma brigada de carregadores na fábrica de soda. A brigada, que não tinha permissão de circular livremente, era chamada pela fábrica de soda, a qualquer hora do dia, para a carga ou descarga de vagões. Devido à ameaça de multa da ferrovia, a rapidez no trabalho era uma qualidade muito apreciada pela administração da fábrica. Miller aconselhou o engenheiro a falar com o chefe da brigada dos carregadores. Iúdin, o chefe, morava conosco no barracão e desatou a rir ao ouvir o pedido de Findikáki. Um chefe de quadrilha nato, Iúdin não gostava de quem não queria pegar no pesado, de engenheiros e cientistas em geral. Mas, cedendo à vontade de Miller, aceitou Findikáki em sua brigada.

Desde então, passei a encontrar Findikáki raramente, apesar de dormirmos lado a lado.

Passado algum tempo, a construção da usina química precisou de um escravo inteligente, de um escravo instruído. Precisou do cérebro de um engenheiro. Um trabalho para Findikáki. Mas Viktor Petróvitch o recusou: "Não, não quero voltar a um mundo onde toda palavra é abominável, onde cada termo técnico parece ter saído de um linguajar de delatores, de um léxico de traidores". Miller deu de ombros, e Findikáki continuou a trabalhar como carregador. Mas Findikáki logo esfriou a cabeça, e o trauma do julgamento começou a amenizar. Outros engenheiros chegaram ao campo, e também abriram o bico. Viktor Petróvitch os observava. Vivem e não morrem de vergonha de si mesmos nem de desprezo pelos outros. E também não há nenhum boicote contra eles — são iguais a toda gente. Findikáki chegou a lamentar um pouco seu capricho, sua criancice.

Surgiu novamente um cargo de engenheiro na construção, e Miller — era por meio dele que os requerimentos chegavam ao chefe — recusou alguns engenheiros recém-chegados. Viktor Petróvitch foi solicitado outra vez e aceitou. Mas sua nomeação fez o chefe da brigada dos carregadores protestar com grosseria e rispidez: "Vão tirar meu melhor carregador para enfiar o homem num escritório qualquer. Não, Pável Petróvitch. Chega desse negócio de pistolão. Vou procurar Bérzin e entregar todo mundo".

Com efeito, chegaram a inquirir Miller por sabotagem, mas, por sorte, alguém da antiga chefia fez uma repreensão ao chefe da brigada de carregadores. E Viktor Petróvitch Findikáki retomou o ofício de engenheiro.

Voltamos, como antes, a dormir no mesmo horário — nossas tarimbas ficavam lado a lado. E eu voltei a ouvir os sussurros de Findikáki antes de dormir, como uma prece: "A vida é uma merda. Uma grande merda". Cinco anos. Nem o tom, nem o conteúdo do esconjuro de Findikáki haviam mudado.

(1967)

BORIS IUJÁNIN

Num dia de outono de 1930, chegou um comboio de detentos — o vagão de carga nº 40 de um trem que ia em direção ao Norte, ao Norte, ao Norte. Todos os caminhos estavam obstruídos. A ferrovia mal dava conta do transporte dos *deskulakizados* de Kuban, que eram levados para o Norte com suas esposas e crianças pequenas, e pessoas que nunca tinham visto uma floresta na vida eram abandonadas na taiga profunda do Ural. Era necessário enviar comissões às madeireiras da região de Tchiêrdin, mesmo tendo passado apenas um ano — os colonos morriam sem parar e os planos de exploração de madeira estavam ameaçados. Mas tudo isso viria depois; agora, os "expropriados" secavam-se com toalhas multicolores ucranianas, banhavam-se, ficavam alegres e tristes com a hora do descanso, com a demora da viagem. O trem fora retido: era preciso dar passagem — a quem? — aos comboios de detentos. Todos os prisioneiros sabiam que seriam levados para longe, colocados sob a mira de um rifle, e depois cada qual teria que se virar sozinho, lutar por seu destino, "domar o destino". Os que vinham de Kuban não sabiam de nada disso, nem que tipo de morte os esperava, nem onde ou quando ela se daria. Foram transportados em vagões de carga adaptados para pessoas. E os detentos, numericamente superiores, eram transportados no mesmo tipo de vagão. Havia poucos vagões Stolípin autênticos, vagões de carga, e, para o transporte de prisioneiros, passaram a encomendar e a equipar vagões comuns, originalmente de segunda classe. Estes vagões, munidos de grades, continuaram a ser chamados de Stolípin, embora a versão autêntica de 1907 fosse completamente diferente. A razão disso era a mesma pela qual, em Kolimá, as partes centrais da Rússia eram chamadas de "continente", apesar de Kolimá não ser uma ilha, mas uma região da península de Tchukotchka: o linguajar de Sacalina, o despacho de pessoas em barcos, uma viagem marítima que durava dias, tudo isso criava a ilusão de uma ilha. Só que, psicologicamente, estava longe de parecer uma ilusão. Kolimá era uma ilha. Saindo de lá, retornávamos ao "continente", a "Terra Grande". Tanto "continente" quanto "Terra Grande" eram termos que faziam parte do vocabulário corriqueiro de revistas, jornais, livros.

A lista do vagão de detentos n° 40 era constituída de 36 prisioneiros. A norma! O comboio viajava sem sobrecarga. Uma nota da coluna "profissão" da lista da escolta, feita à mão, despertou a atenção do responsável pelo controle: "Blusa Azul". Que raio de profissão seria essa? Não é um serralheiro, nem um contador, nem um agente cultural, mas um "Blusa Azul"! Evidente que, com essa resposta a uma questão prisional, a um questionário oficial, o detento pretendia afirmar algo significativo para ele. Ou chamar a atenção de alguém. A lista constava do seguinte:

"Guriêvitch, Boris Semiónovitch [Iujánin], art. s-e [literalmente: 'suspeito de espionagem'], pena: 3 anos [pena inconcebível para esse artigo, mesmo naquela época!], ano de nascimento: 1900 [da mesma idade do século!], profissão: 'Blusa Azul'".

Guriêvitch foi conduzido até o escritório do campo de prisioneiros. Um homem moreno, com o cabelo aparado, a cabeça imensa e a pela suja. Um pincenê quebrado sem lente cravava-se em seu nariz e se prendia ao seu pescoço por um barbante. Nada de camisa, nem de cima nem de baixo, ou de roupa íntima. Vestia apenas umas calças azuis de algodão, apertadas e sem botões, e logo se via que não eram dele, que houve uma troca. Os *blatares*, na certa, o depenaram. Eles sempre apostavam as coisas dos outros, os trapos dos *fráieres*, em suas jogatinas. Os pés descalços e imundos, as unhas crescidas, o sorriso sofredor e confiante no rosto, e os imensos olhos castanhos que me eram tão familiares. Este era Boris Iujánin, o célebre diretor do célebre Blusa Azul[195] cujo quinto aniversário fora celebrado no Teatro Bolshói, onde ele sentara perto de mim, cercado pelos pilares do movimento Blusa Azul: Tretiakóv, Maiakóvski, Foregger, Iutkiêvitch, Tiênin, Kirsánov,[196] autores e colaboradores da revista *Blusa Azul*, que não tiravam os olhos da boca do ideólogo e líder do movimento, Boris Iujánin, para absorver cada palavra dele.

E havia o que absorver: Iujánin falava sem parar, tentando convencê-los de algo, conduzi-los a algum lugar.

Agora ninguém mais se lembra do Blusa Azul. Mas, no começo dos anos 1920, muitas esperanças foram depositadas neles. E não apenas pela nova proposta de teatro que a

---

[195] Fundado em 1923 no Instituto de Jornalismo de Moscou por Boris Iujánin (pseudônimo de Boris Guriêvitch) (1896-1962), o Blusa Azul (*Síniaia Bluza*) foi um coletivo teatral alinhado à luta revolucionária que durou até 1933. Com uma nova proposta de teatro, o Blusa Azul (referência ao traje usado pelos atores) abordava desde questões políticas até temas cotidianos. (N. da T.)

[196] Serguei Tretiakóv (1892-1937), poeta e dramaturgo, um dos primeiros tradutores de Brecht na Rússia; em 1937, foi mandado ao *gulag*, onde morreu. Nikolai Foregger (1892-1939), fundador do Teatro Oficina Foregger (1920-1924), em que trabalharam Óssip Brik, Eisenstein etc.; morreu em Moscou de tuberculose. Serguei Iutkiêvitch (1904-1985), diretor de teatro e cinema, ganhou o Prêmio Stálin em 1941 e 1947. Boris Tiênin (1905-1990), ator e pedagogo, trabalhou com Meyerhold; em 1948, ganhou o Prêmio Stálin e, em 1981, recebeu o título de Artista do Povo da URSS. Semión Kirsánov (1906-1972), poeta, foi, no começo da carreira, discípulo de Maiakóvski. (N. da T.)

Revolução de Outubro, transformada numa revolução mundial, levou ao mundo.

Os Blusa Azul, que nem Meyerhold consideravam suficientemente de esquerda, não propunham apenas uma nova forma de ação teatral (o *jornal vivo*, como Iujánin chamava seu Blusa Azul), mas uma nova filosofia de vida. Conforme o líder do movimento, o Blusa Azul era uma espécie de ordem. Uma estética a serviço da revolução que também foi responsável por vitórias do ponto de vista ético.

Nos primeiros números do novo suplemento literário da revista *Blusa Azul* (por uns cinco ou seis anos, houve uma profusão de edições), os autores, por mais famosos que fossem (Maiakóvski, Tretiakóv, Iutkiêvitch), não assinavam seus artigos.

A única assinatura era a do redator-chefe da revista, Boris Iujánin. Os honorários eram direcionados para o fundo Blusa Azul, em prol do desenvolvimento futuro do movimento. O Blusa Azul, de acordo com Iujánin, não deveria ser algo para profissionais. Cada instituição, fábrica ou usina deveria possuir seus próprios coletivos. Coletivos amadores.

Os textos do Blusa Azul exigiam melodias simples e conhecidas. Não era preciso uma grande voz. Mas, caso achassem uma, um talento, tanto melhor. O membro talentoso do grupo era transferido para um coletivo-modelo, um coletivo composto por profissionais, mas, conforme Iujánin, de forma temporária.

Iujánin manifestava uma opinião negativa sobre a velha arte cênica. Também se declarava contrário ao Teatro de Arte de Moscou[197] e ao Teatro Máli, aos princípios de seu trabalho.

---

[197] Fundado por Konstantin Stanislávski (1863-1938) e Vladímir Nemiróvitch-Dántchenko (1858-1943) em 1898, o Teatro de Arte de Moscou foi o laboratório para o desenvolvimento do chamado "sistema de Sta-

Por muito tempo, os teatros não conseguiram se adaptar ao novo poder. Iujánin passou a falar em nome deste poder, prometendo uma nova arte.

Nesta nova arte, o lugar principal era ocupado pelo teatro da razão, pelo teatro do *slogan*, pelo teatro político. O Blusa Azul se declarava violentamente contra o teatro das emoções. Tudo o que ficou conhecido como "teatro de Brecht" fora descoberto e mostrado por Iujánin. O fato é que, mesmo revelando, empiricamente, uma série de novos princípios artísticos, Iujánin não fora capaz de sintetizá-los, de desenvolvê-los ou de demonstrá-los em escala internacional. Brecht o fez — glória e louvores a ele!

O primeiro espetáculo do Blusa Azul foi à cena num clube do Komsomol em 1921. Passados cinco anos, havia quatrocentos coletivos desse tipo na Rússia. A sede principal do Blusa Azul, que apresentava espetáculos o dia inteiro, era o cineteatro Chat Noir,[198] localizado na praça Strastnaia, aquele que foi demolido no verão de 1967.

A bandeira preta dos anarquistas ainda se hasteava numa casa da vizinhança, no clube dos anarquistas na rua Tverskaia, onde havia pouco Mámont Dálski, Iuda Grossman-Róschin, Dmitri Fúrmanov e outros apóstolos do anarquismo faziam seus discursos. Ali o talentoso jornalista Iaroslav Gamzá tomou parte numa polêmica envolvendo os rumos e o destino do novo teatro soviético, as novas formas de teatro.

Havia oito coletivos centrais: "Modelar", "Exemplar", "*Udárnii*", "Principal", e outros nomes do gênero. Iujánin mantinha-os em paridade.

---

nislávski". Em 1919, passou a ser chamado de Teatro Acadêmico de Arte. Hoje é o Teatro de Arte de Moscou Tchekhov. (N. da T.)

[198] "Gato Preto", em francês. (N. da T.)

No ano de 1923, o teatro de Foregger foi incorporado ao Blusa Azul, mantendo sua autonomia. Mesmo com o crescimento, com o movimento de ampliação e aprofundamento, faltava algo ao Blusa Azul. A adesão do teatro de Foregger foi sua última vitória.

Repentinamente, perceberam que o Blusa Azul não tinha nada a dizer, que a "esquerda" teatral passou a gravitar em torno do teatro de Meyerhold, do teatro da revolução, do teatro de câmara. Estes teatros conservaram sua energia, sua imaginação, seus profissionais, que eram bem mais qualificados do que os dos coletivos-modelo de Iujánin. Boris Tiênin e Klávdia Kornêieva, que mais tarde passaram para o teatro infantil, foram os únicos nomes gerados no Blusa Azul. Iutkiêvitch começou a enveredar para o cinema. Tretiakóv e Kirsánov entraram na *Nóvi LEF*.[199] Até o compositor do Blusa Azul, Konstantin Listóv,[200] traiu o *jornal vivo*.

Verificou-se também que os teatros acadêmicos se recuperaram do abalo e estavam dispostos, muito dispostos, a servir ao novo poder.

Os espectadores voltaram às salas com uma gaivota pintada na cortina, a juventude irrompeu nos estúdios das antigas escolas de teatro.

Não havia lugar para o Blusa Azul. De alguma maneira, ficou claro que tudo aquilo não passava de um blefe, de uma miragem. Que a arte possui seus caminhos confiáveis.

---

[199] *LEF*: acrônimo de *Lêvi Front Iskússtv* (Frente de Esquerda das Artes). Famosa associação moscovita de artistas e teóricos que reuniu nomes como Boris Pasternak, Dziga Vertóv, Óssip Brik, Serguei Eisenstein, Viktor Chklóvski e Vladímir Maiakóvski. O primeiro número da revista *LEF* saiu em março de 1923 e, de 1927 a 1929, circulou como *Nóvi* (Nova) *LEF*. (N. da T.)

[200] Konstantin Listóv (1900-1983) foi autor de mais de seiscentas canções, além de músicas para peças de rádio, operetas e espetáculos de teatro. Em 1973 recebeu o título de Artista do Povo da URSS. (N. da T.)

Mas tudo isso se deu no fim — no início, foi um triunfo completo. Atores vestidos em blusas azuis apareciam no palco e davam início ao espetáculo com uma parada de abertura. Essas paradas eram sempre iguais, como as marchinhas esportivas antes de um jogo de futebol transmitido pelo rádio:

> Os Blusa Azul somos nós,
> Os sindicalistas somos nós,
> Mas não os trovadores-rouxinóis.
> Somos as porcas minguadas
> Da solda avantajada
> De uma só família que trabalha.

S. M. Tretiakóv, membro da *LEF*, era um mestre em "porcas e soldas". O redator do Blusa Azul também chegou a criar alguns oratórios, *sketches* e cenas.

Depois da parada, exibiam algumas cenas. Atores sem maquiagem, em trajes de trabalho ou, como deram de dizer, "sem fantasia", apenas com uma colagem simbólica. A parada terminava com "chave de ouro":

> De tudo o que soubemos,
> Cantando lhes dissemos,
> Dissemos tudo o que pudemos.
> E o alvo obtivemos,
> Se de útil algo lhes demos.

Esse mundo limitado dos editoriais de jornais narrados em jargões teatrais conseguiu um sucesso estrondoso. Uma nova arte proletária.

O Blusa Azul fez uma turnê pela Alemanha. Dois coletivos sob a direção do próprio Iujánin. Parece que foi em 1924. Apresentaram-se em clubes operários da República de

Weimar. Ali, Iujánin conheceu Brecht, deixando-o pasmo com a originalidade de suas ideias. "Pasmo" era uma expressão típica de Iujánin. Ele encontrava-se com Brecht com a frequência que era possível em tempos tão cheios de suspeitas e de vigilância recíproca. A primeira turnê mundial dos operários-*udárnik* se deu em 33. Ali para cada *udárnik* havia um comissário político. Iujánin também foi acompanhado por vários comissários. Quem organizava as viagens era Maria Fiódorovna Andrêieva.[201] Depois da Alemanha, o Blusa Azul partiu para a Suíça e retornou à pátria, exausto de triunfos.

Dali a um ano, Iujánin levou mais dois coletivos à Alemanha, os que não haviam participado da primeira viagem. O mesmo triunfo. Novos encontros com Brecht. Retorno a Moscou. Coletivos preparados para viagens à América e ao Japão.

Iujánin tinha uma particularidade que atrapalhava seu papel de líder do movimento: era um péssimo orador. Não era capaz de preparar um discurso, de vencer um oponente num debate, numa conferência. E, na época, tais debates eram a grande moda — reuniões atrás de reuniões, discussões atrás de discussões. Iujánin era um homem muito modesto, até tímido. Ao mesmo tempo, não admitia desempenhar um papel secundário, ficar à sombra, à parte.

---

[201] Maria Fiódorovna Andrêieva (1868-1953) começou sua carreira como atriz no Teatro de Arte de Moscou com Stanislávski, conquistando a crítica, mas abandonou a companhia ao conhecer Maksim Górki, entusiasmada com a luta proletária. Foi casada com Górki de 1904 a 1921. Ajudou a fundar o Teatro Dramático Bolshói de Petrogrado e ocupou vários cargos públicos, como a direção da Casa dos Cientistas de Moscou. (N. da T.)

A luta nos bastidores exigia muita energia e imaginação. E Iujánin não era dotado dessas qualidades. Era um poeta, não um político. Um poeta dogmático, um poeta fanático pela causa do Blusa Azul.

Um sujeito maltrapilho estava parado na minha frente. Os pés descalços e imundos não conseguiam parar num lugar — Boris Iujánin ora se apoiava num pé, ora no outro.
— Foram os *blatares*? — disse eu, apontando para seus ombros nus com um aceno de cabeça.
— Sim, os *blatares*. Para mim, é até melhor, mais leve. Peguei uma cor no caminho.

Ordens e disposições sobre os Blusa Azul já eram preparadas nas altas esferas: reduziriam os recursos, retirariam os incentivos. Já havia até pretendentes ao teatro Chat Noir. A parte teórica dos manifestos do Blusa Azul ficava cada vez menos expressiva.

Iujánin não conduziu, não fora capaz de conduzir seu teatro à revolução mundial. E essa perspectiva tornou-se improvável em meados dos anos 1920.

O amor aos ideais do Blusa Azul? Isso, como se nota, não foi o suficiente. O amor implicava responsabilidade, discussões nas seções do Conselho de Moscou, memorandos, uma tempestade em copo d'água, conversas com os atores que perdiam seus salários. A questão principal: quem eram de fato os Blusa Azul: profissionais ou amadores?

O ideólogo e diretor do Blusa Azul talhou essas questões com um só golpe de espada.

Boris Iujánin ia fugir do país.

Uma criança ingênua, sua fuga não deu em nada. Confiou todo o dinheiro que possuía a um marinheiro em Batúmi, e o marinheiro o levou direto ao OGPU. Iujánin ficou um bom tempo na prisão.

O inquérito, conduzido em Moscou, deu ao herói da nova forma teatral a sigla "s. e." — suspeito de espionagem — e três anos de detenção em campos de concentração.

"O que eu vi no exterior era completamente diferente do que aparecia em nossos jornais. Eu não queria mais ser um jornal falante. Queria uma vida de verdade."
Eu e Iujánin nos tornamos amigos. Consegui fazer-lhe uma série de pequenos favores, como arranjar-lhe uma roupa de baixo ou um banho, mas logo ele foi chamado à administração, em Vijaikha, onde ficava o centro do USLON, para trabalhar em sua especialidade.

O ideólogo e criador do movimento Blusa Azul tornou-se o chefe do Blusa Azul dos campos de concentração de Víchera, do *jornal vivo* dos detentos. Um fim impressionante!

Em parceria com Iujánin, eu mesmo escrevi alguns *sketches*, oratórios e estrofes para o Blusa Azul do campo de prisioneiros.

Iujánin tornou-se o redator da revista *A Nova Víchera*. É possível encontrar exemplares na Biblioteca Lênin.[202]

O nome de Iujánin foi lançado à posteridade. Pela grande invenção de Gutenberg, mesmo que a prensa tipográfica tenha sido substituída pelo copiógrafo.

Um dos princípios do Blusa Azul era a utilização de qualquer texto, de qualquer enredo.

Desde que proveitosa, podia-se usar a letra e a música de qualquer autor. Não era uma questão de roubo literário. Aqui, o plágio era um princípio.

Em 1931, Iujánin foi mandado para Moscou. Uma revisão do processo? Quem podia saber?

Por alguns anos, Iujánin viveu em Aleksándrov — pelo visto, seu processo não foi tão bem revisado.

---

[202] Atual Bibliotecal Estatal da Rússia, em Moscou. (N. da T.)

Em 1957, soube por acaso que Iujánin estava vivo — a Moscou dos anos 1920 não podia deixar de conhecê-lo e de lembrá-lo.

Eu lhe escrevi uma carta, me propus a contar a história do Blusa Azul aos moscovitas do fim dos anos 1950. Minha proposta provocou uma reação ríspida no redator-chefe da revista — o movimento Blusa Azul nunca tinha chegado a seus ouvidos. Não consegui cumprir o que eu mesmo tinha proposto, e recriminei-me por minha afobação. Depois, fiquei doente, e a carta a Iujánin, escrita em 1957, continua na minha escrivaninha.

(1967)

A VISITA DE MISTER POPP

Mister Popp era vice-diretor da firma americana Nitrogen, que instalou os gasômetros na primeira fase da construção da usina química de Berezniki. A encomenda era monumental, o trabalho ia bem, e o vice-diretor achou necessário estar presente na ocasião da entrega do equipamento.

Em Berezniki, havia obras de várias firmas. Uma "internacional capitalista", como dizia M. Granóvski, o chefe da construção. As caldeiras Hanomag eram alemãs; as máquinas a vapor Brown-Boveri e as caldeiras Babcock-Wilcox, inglesas; os reservatórios de gás, americanos.

Os alemães tiveram problemas, depois foram acusados de sabotagem. Os ingleses tiveram problemas na central elétrica. Também foram acusados de sabotagem.

Na época eu trabalhava na central termoelétrica, e me lembro nitidamente da visita de mister Holmes, o engenheiro principal da Babcock-Wilcox. Era um rapaz bem novo, de uns trinta anos. Holmes foi recebido na estação de trem por Granóvski, o chefe da construção da usina química, mas o engenheiro não se dirigiu ao hotel: foi logo ver a caldeira, a montagem. Um dos montadores ingleses tirou-lhe o sobretudo e o ajudou a vestir uma roupa de trabalho, e Holmes passou três horas dentro da caldeira ouvindo as explicações do montador. De noite, houve uma reunião. Mister Holmes era o mais jovem entre todos os engenheiros. A todas as conferências, a todas as observações, limitava-se a uma breve resposta, assim traduzida por seu intérprete: "Isso não preocupa mister Holmes". No entanto, Holmes passou duas semanas na obra e a caldeira começou a funcionar a quase 80% da potência projetada — Granóvski assinou uma ata, e mister Holmes retornou a Londres.

Em alguns meses, a potência da caldeira caiu e resolveram chamar um de nossos especialistas, Leonid Konstantínovitch Ramzin, para uma consulta. Protagonista de um processo escandaloso, Ramzin, conforme o combinado, ainda não tinha sido libertado, ainda não tinha recebido a Ordem de Lênin e o Prêmio Stálin. Tudo estava por vir, e Ramzin, sabendo disso, mantinha-se na central elétrica com uma postura muito independente. Ele não chegou sozinho, veio acompanhado por um sujeito um tanto expressivo e com este partiu. Ramzin não entrou na caldeira como mister Holmes, mas ficou no gabinete do diretor técnico da central, Kapeller, também um exilado, condenado por sabotagem às minas de Kízel.

O diretor oficial da Central Termoelétrica era um tal Ratchióv, um ex-diretor "vermelho", um homem decente que não se intrometia em assuntos que não eram de sua alçada. Eu trabalhava no escritório de economia do trabalho da Central Termoelétrica, e por anos guardei um requerimento dos foguistas endereçado a Ratchióv. No requerimento, em que os foguistas queixavam-se de suas inúmeras necessidades, constava uma resolução simplória que caracterizava muito bem Ratchióv: "Ao Resp. pelo Escr. Central. Peço que esclareça e, se possível, recuse".

Ramzin deu alguns conselhos práticos e fez uma avaliação nada positiva do trabalho de mister Holmes.

Mister Holmes não ia à central elétrica na companhia de Granóvski, o chefe da construção, mas de seu substituto, o engenheiro-chefe Tchistiakóv. Não há no mundo nada mais dogmático do que a etiqueta diplomática, na qual forma também é conteúdo. É um dogma que envenena a vida, que obriga homens atuantes a gastar tempo em regras de cortesia mútua, conforme os interesses locais e a importância da posição, uma atitude, historicamente, imortal. Assim, mesmo que pudesse usufruir do tempo como lhe desse na veneta, Granóvski não considerava digno de sua pessoa conduzir um engenheiro-chefe por uma construção. Mas se fosse o dono da firma...

O engenheiro-chefe Tchistiakóv, que acompanhava mister Holmes pelo canteiro de obras, era um homem massudo, corpulento, tinha aquele "ar senhorial" descrito nos romances. Ele possuía um grande gabinete, que dava para o de Granóvski, no escritório do complexo industrial, e lá passava horas e horas trancado com uma jovem contínua.

Naquela época, eu era jovem demais e não compreendia a lei fisiológica que explica o motivo de os grandes chefes, além das próprias esposas, ficarem atrás de contínuas, estenógrafas e secretárias. Eu tinha assuntos frequentes a tratar com Tchistiakóv, e não raro me via dizendo impropérios diante de sua porta trancada.

Eu morava num hotel perto da fábrica de soda, onde, em um dos quartos, Konstantin Paustóvski escrevia seu *Kará-Bugáz*.[203] A julgar pelo que escreveu sobre aquela época, 1930 e 1931, Paustóvski deixou passar aquilo que matizou o país inteiro naqueles anos, a história inteira da nossa sociedade.

Ali, diante dos olhos de Paustóvski, ocorria o grande experimento da degradação de almas humanas que depois se propagou pelo país, transformando-se no sangue de 1937.

---

[203] Kontantin Paustóvski (1892-1968), escritor soviético que sempre manteve sua independência como artista, apesar das pressões contínuas da época em que viveu. A novela *Kará-Bugáz* (1932), que descreve o processo de construção e industrialização do mundo soviético, virou filme em 1935. (N. da T.)

Exatamente ali e àquela altura, foi feita a primeira tentativa de instaurar um novo sistema de campos de prisioneiros — autovigilância,[204] "reforja", alimentação conforme a produção, benefícios pelos dias trabalhados conforme os resultados das tarefas. Esse sistema floresceu no Belomorkanal e entrou em derrocada no Moskanal,[205] onde, ainda hoje, se encontram ossos humanos em valas comuns.

O experimento de Berezniki foi conduzido por Bérzin. Não sozinho, naturalmente. Bérzin foi sempre um executor fiel de ideias alheias, sanguinárias ou não — para ele era indiferente. Mas ele foi o diretor da usina química de Víchera, uma das obras do primeiro plano quinquenal. Seu subordinado no campo de prisioneiros era Filíppov, e o campo de Víchera, que abrangia Berezniki e Solikamsk com suas minas de potássio, era enorme. Só em Berezniki havia entre 3 e 4 mil homens trabalhando na construção da usina. Os trabalhadores braçais do primeiro plano quinquenal.

Ali, exatamente ali, foi resolvido se os campos de prisioneiros deveriam existir ou não, depois de serem submetidos à prova do rublo, da rentabilidade. Com a experiência bem-sucedida de Víchera (na opinião da chefia), os campos estenderam-se por toda a União Soviética, e não havia sequer uma região sem um campo, sem uma construção erguida pelas mãos de prisioneiros. Após Víchera, a quantidade de prisioneiros no país atingiu a cifra de 12 milhões. Víchera marcou o início de um novo direcionamento nas áreas de deten-

---

[204] Sistema em que a punição era aplicada pelos próprios prisioneiros. A prática entrou em vigor nos anos 1920 em Solovkí. (N. da T.)

[205] Construído entre 1932 e 1937, o Canal Moscou-Volga, hoje chamado apenas de Canal de Moscou, conecta o rio Moskvá ao rio Volga. Durante a construção do canal, que usou apenas prisioneiros do Campo de Trabalho Correcional Dmitrovskii (Dmitrovlag) como mão-de-obra, mais de 22 mil trabalhadores morreram. (N. da T.)

ção. As casas de correção foram transferidas ao NKVD, e iniciou-se o trabalho tão celebrado por poetas, dramaturgos e cineastas.

Foi isso que Paustóvski, entusiasmado por seu *Kará-Bugáz*, deixou de notar.

No fim de 1931, eu dividia o quarto do hotel com Lêvin, um jovem engenheiro. Ele trabalhava na construção da usina de Berezniki como intérprete de alemão e estava à disposição de um engenheiro de fora. Quando lhe perguntei por que um engenheiro-químico como ele trabalhava como um simples intérprete em troca de trezentos rublos mensais, Lêvin disse: "Sim, claro, mas assim é melhor. Não há nenhuma responsabilidade. Veja, é a décima vez que adiam a abertura da usina e vão prender uns cem homens, e eu com isso? Sou um mero tradutor. Além do mais, trabalho pouco, tenho tempo livre à vontade. E faço bom proveito dele". E Lêvin abriu um sorriso.

Eu também sorri.

— Não entendeu?

— Não.

— Não notou que eu só volto ao hotel de manhãzinha?

— Não, não notei.

— O senhor é pouco observador. Tenho me ocupado com uma atividade bastante lucrativa.

— Do que se trata?

— Eu jogo.

— Cartas?

— Sim, pôquer.

— Com os estrangeiros?

— Mas que estrangeiros?! Com eles, só posso ganhar um processo.

— Com o pessoal daqui?

— Claro. Aqui há uma porção de solteiros. As apostas são altas. E dinheiro não me falta: sinto-me diariamente grato ao meu paizinho por ele ter me ensinado a jogar pôquer tão bem. Não gostaria de tentar? Posso ensinar num piscar de olhos.

— Não, muito obrigado.

Não sei por que fui meter Lêvin na história de mister Popp, história que não consigo começar a contar.

A montagem da firma Nitrogen ia muito bem, a encomenda era monumental, e o vice-diretor foi à Rússia pessoalmente. M. Granóvski, o chefe da obra da usina de Berezniki, foi informado com antecedência, e umas mil vezes, da visita de mister Popp. Conforme o protocolo diplomático, M. Granóvski julgou que um membro antigo do Partido e chefe de construção de uma grande empreitada do plano quinquenal estava acima do dono de uma firma americana, e resolveu não receber mister Popp pessoalmente na estação Ussole (depois chamada Berezniki). Não era apropriado. Melhor seria recebê-lo no escritório, em seu próprio gabinete.

M. Granóvski sabia que o visitante americano viria num trem especial — o vagão e a locomotiva eram do visitante —; a hora de chegada do trem na estação Ussole foi-lhe comunicada três dias antes por um telegrama de Moscou.

O ritual da recepção foi elaborado previamente: um motorista levaria o visitante, no carro pessoal do chefe da construção, ao hotel para estrangeiros, onde o melhor quarto fora reservado três dias antes ao convidado do ultramar por Tsiplakóv, o "comandante" do hotel, um membro da linha de frente do Partido. Depois da toalete e do café da manhã, mister Popp seria conduzido ao escritório, onde daria início à parte prática da visita, cuja agenda fora planejada minuto a minuto.

O trem especial com o convidado do ultramar deveria chegar às nove horas da manhã, e o motorista pessoal de Granóvski fora chamado ainda na véspera, sendo instruído e várias vezes repreendido.

— Camarada chefe, é melhor, quem sabe, eu levar o carro à estação de noite e dormir lá — disse o motorista, preocupado.

— De jeito nenhum. Devemos mostrar que aqui tudo é feito na hora planejada. O trem irá soltar o apito e diminuir a velocidade e, só então, você chegará à estação. Apenas isso.

— Está bem, camarada chefe.

Extenuado de tantos ensaios — para calcular a velocidade e o tempo, o carro foi levado dez vezes até a estação —, o motorista, na noite anterior à chegada de mister Popp, dormiu e sonhou com um tribunal, ou será que em 31 ainda não sonhavam com tribunais?

Ao receber um telefonema da estação, o plantonista encarregado pela garagem (com este o chefe da obra não teve nenhuma conversa particular) acordou o motorista, que, no ato, ligou o carro e correu ao encontro de mister Popp.

Granóvski era um homem eficiente. No fatídico dia, ele chegou ao escritório às seis horas, fez duas reuniões e passou três reprimendas. Atento a qualquer ruído, volta e meia abria a cortina do gabinete e dava uma espiada na rua. O convidado do ultramar não aparecia.

Às nove e meia, um plantonista ligou da estação atrás do chefe da obra. Granóvski pegou o telefone e ouviu uma voz abafada com um forte acento estrangeiro. A voz manifestou surpresa com o fato de mister Popp ter sido tão mal recepcionado. Não havia nenhum carro. Mister Popp pedia que enviassem um.

Granóvski ficou possesso. Descendo a escada de dois em dois lances, chegou ofegante à garagem.

— Seu motorista saiu às sete e meia, camarada chefe.

— Como às sete e meia?

Então soou a buzina de um carro. Com um sorriso de bêbado, o motorista atravessou a soleira da garagem.

— O que você foi fazer, seu...

Mas o motorista explicou. Às sete e meia, chegou um trem de passageiros de Moscou. Nele, Grozóvski, o chefe do setor financeiro da obra, voltava de férias com a família e, como de hábito, mandou chamar o carro de Granóvski. O motorista tentou explicar o caso de mister Popp. No entanto, Grozóvski disse que tudo não passava de um engano, pois ele não sabia de nada, e ordenou ao motorista que fosse sem demora à estação. O motorista foi buscá-lo, pensando que a vinda do estrangeiro havia sido cancelada, e, em geral, não sabia mais se escutava Grozóvski ou Granóvski, sua cabeça girava. Depois rodaram quatro quilômetros até o novo povoado de Tchurtan, onde ficava a casa nova de Grozóvski. O motorista ajudou a descarregar a bagagem, e os senhorios lhe serviram algo em retribuição...

— Depois teremos uma conversa sobre quem é mais importante, Grozóvski ou Granóvski. Mas, agora, vá correndo à estação.

O motorista chegou voando à estação, antes das dez. O humor de mister Popp não era dos melhores.

Sem atinar o caminho, o motorista conduzia mister Popp a toda até o hotel para estrangeiros. Mister Popp acomodou-se em seu quarto, lavou-se, mudou de roupa e se acalmou.

Agora quem se agitava era Tsiplakóv, o comandante do hotel para estrangeiros, como o cargo era chamado na época — nem diretor nem gerente, mas comandante. Talvez este cargo custasse menos do que, por exemplo, o cargo de "diretor da caixa d'água", não sei ao certo, só sei que era chamado assim.

O secretário de mister Popp apareceu na soleira do quarto.

— Mister Popp pede o café da manhã.

O comandante do hotel apanhou do bufê dois grandes

bombons sem papel, dois sanduíches de geleia, dois de embutido, arrumou tudo numa bandeja e, acrescentando dois copos de chá aguado, levou-a ao quarto de mister Popp.

O secretário devolveu a bandeja de imediato, colocando-a no criado-mudo ao lado da porta:

— Mister Popp não comerá isso.

Tsiplakóv correu à chefia para delatar o acontecido, mas Granóvski já estava a par de tudo — tinha sido comunicado por telefone.

— O que está fazendo, seu cão sarnento! — berrava Granóvski. — Não é a mim que cobre de vergonha, é ao governo. Entregue o cargo! Vá trabalhar! Vá carregar areia! Com uma pá! Sabotadores! Patifes! Vou deixá-lo apodrecer nos campos de prisioneiros!

Enquanto esperava passar a enxurrada de impropérios, o grisalho Tsiplakóv pensava: "Na certa, vai acabar comigo".

Chegou o momento de passar para a parte prática da visita, e aqui Granóvski tranquilizou-se um pouco. A firma trabalhava bem. Os gasômetros foram instalados em Solikamsk e em Berezniki. Mister Popp queria visitar Solikamsk de qualquer jeito. Era por isso que tinha vindo, e ninguém diria que estava decepcionado. Não estava nada decepcionado. Estava mais para surpreso. Foi tudo uma ninharia.

Granóvski acompanhou pessoalmente mister Popp em sua visita à obra, deixando seus cálculos diplomáticos de lado, adiando todos os encontros e reuniões.

Granóvski também conduziu mister Popp até Solikamsk e voltou com ele de lá.

As atas foram assinadas, e mister Popp, satisfeito, preparava-se para voltar para casa, para a América.

— Ainda tenho tempo de sobra — disse mister Popp a Granóvski —, economizei umas duas semanas graças ao bom trabalho dos nossos... — o visitante fez uma pausa — e dos seus técnicos. O rio Kama é extraordinário. Gostaria de des-

A visita de mister Popp 271

cer o rio de barco até Perm, ou talvez até Nijni-Nóvgorod. Seria possível?
— Certamente — disse Granóvski.
— Eu poderia fretar um barco?
— Não. Seguimos outro regime aqui, mister Popp.
— E comprar?
— Comprar não é permitido.
— Bem, eu entendo que não seja permitido comprar um barco de passageiros, isso perturbaria a circulação da artéria fluvial, mas quem sabe um rebocador? Algo como o *Gaivota* — e mister Popp apontou para um rebocador que passava em frente à janela do gabinete do chefe da construção.
— Não, o rebocador também não é permitido comprar. Peço que o senhor entenda...
— Claro, já ouvi muito a respeito... Só que comprar seria mais simples. E eu o deixaria em Perm. Iria presenteá-los com ele.
— Não, mister Popp, não aceitamos esse tipo de presente.
— Então, o que podemos fazer? Isso é um absurdo. É verão, o clima está excelente. Um dos melhores rios do mundo, pois, pelo que li, é o verdadeiro rio Volga. Finalmente, a questão do tempo. Eu tenho tempo disponível. No entanto, não se pode viajar. Peça a Moscou.
— O que tem Moscou com isso? Moscou está bem longe — Granóvski disse sua frase habitual.
— Então, resolva. Sou seu convidado. Será como o senhor decidir.

Granóvski pediu meia hora para pensar. Ordenou que Mirónov, o chefe da companhia de navegação, e Ozols, o chefe do setor operacional do OGPU, viessem ao seu gabinete e relatou-lhes o desejo de mister Popp.

Naquela época, apenas dois barcos passavam por Berezniki, o *Ural Vermelho* e o *Tatária Vermelha*. Trajeto: Tchiêrdin-Perm. Mirónov informou que o *Ural Vermelho* encontrava-se no baixo rio, perto de Perm, e não teria como chegar tão rápido. Mas o *Tatária Vermelha*, no alto, estava próximo de Tchiêrdin. Se o vapor desse meia-volta depressa — e nisso os rapazes de Ozols poderiam dar uma ajuda — e não fizesse nenhuma parada, chegaria na tarde seguinte ao atracadouro de Berezniki. E mister Popp poderia viajar.

— Grude no comunicador — disse Granóvski a Ozols — e comece a apertar seus rapazes. Faça com que um deles leve o vapor sem perda de tempo, sem paradas. Diga que é uma questão de Estado.

Ozols comunicou-se com Annov, do atracadouro de Tchiêrdin. O *Tatária Vermelha* tinha acabado de sair de lá.

— Então os apresse!

— Vou apressar.

O chefe da obra visitou mister Popp no hotel — o comandante já era outro — e lhe informou que o barco de passageiros, que chegaria no dia seguinte por volta das duas da tarde, teria a honra de receber a bordo um convidado tão ilustre.

— Não — disse mister Popp. — Diga a hora exata de saída, para eu não ficar plantado inutilmente na beira do rio.

— Nesse caso, às cinco em ponto. Às quatro horas, enviarei o carro para buscar sua bagagem.

Às cinco horas, Granóvski, mister Popp e seu secretário chegaram ao atracadouro. Nada de barco.

Granóvski desculpou-se e se afastou, lançando-se ao comunicador do OGPU.

— Ainda nem passou por Itcher — Granóvski pôs-se a gemer. — Levará umas boas duas horas para chegar.

— Talvez seja melhor irmos ao hotel e, quando o barco chegar, voltaremos. Podemos beliscar alguma coisa — sugeriu Granóvski.

— Quer dizer, o ca-fé-da-man-hã? — escandiu mister Popp. — Não, muito obrigado. Hoje o dia está bonito. O sol, o céu. Vamos esperar aqui mesmo na margem do rio.

Granóvski ficou no atracadouro com os convidados, sorrindo, jogando conversa fora, olhando para o promontório do alto rio, de onde o vapor deveria surgir a qualquer momento.

Enquanto isso, os colaboradores de Ozols e o próprio chefe da seção regional do OGPU não largavam o comunicador, e pressionavam, e apressavam.

Às oito da noite, o *Tatária Vermelha* apareceu por trás do promontório e começou a aproximar-se lentamente do atracadouro. Granóvski se desfez em sorrisos, agradecimentos e acenos. Mister Popp agradecia sem sorrir.

O vapor atracou. Aí surgiu uma dificuldade inesperada, um obstáculo que por pouco não levou o cardíaco M. Granóvski ao túmulo, uma dificuldade que só foi superada graças à experiência e a habilidade administrativa do chefe da seção regional do OGPU, Ozols.

O barco estava cheio, atulhado de gente. As viagens eram raras, e aglomerou-se uma multidão dos diabos — os conveses, as cabines e até o compartimento das máquinas estavam lotados. Não havia lugar para mister Popp no *Tatária Vermelha*. As passagens para as cabines não foram simplesmente vendidas: em cada cabine, viajavam a Perm, de férias, secretários dos comitês regionais do Partido, chefes de oficinas, e diretores de grandes empresas.

Granóvski sentiu que estava prestes a perder os sentidos. Mas Ozols tinha mais experiência em assuntos como esse.

Ele subiu para o convés superior do *Tatária Vermelha* acompanhado por quatro de seus rapazes, armados e uniformizados.

— Saiam todos daqui! E levem as bagagens junto!
— Mas temos passagens. Passagens até Perm.

— Para o diabo com suas passagens! Desçam até o porão. Darei três minutos para pensarem.
— A escolta irá com os senhores até Perm. Explicarei tudo no caminho.

Em cinco minutos o convés superior estava liberado, e mister Popp, o vice-diretor da firma Nitrogen, subiu ao convés do *Tatária Vermelha*.

(1967)

O ESQUILO

A floresta cercava a cidade, era parte dela. Bastava passar à árvore vizinha para estar dentro da cidade, num bulevar, e não mais na floresta.

Os pinheiros e os abetos, os bordos e os álamos, os olmos e as bétulas, era tudo sempre igual, seja numa clareira da floresta, seja na praça "A luta contra a especulação", como há pouco foi renomeada a praça da feira.

Quando o esquilo avistava a cidade, parecia que ela tinha sido cortada ao meio por uma faca verde, por um raio de luz verde, que o bulevar era um riozinho verde pelo qual se poderia ir até uma floresta incessantemente verde, como aquela onde vivia. Parecia que as pedras logo sairiam de seu caminho.

E o esquilo se decidiu.

Passava de álamo em álamo, de bétula em bétula, ágil e calmo. Mas os álamos e as bétulas não tinham fim e o conduziam a desfiladeiros sombrios cada vez mais fundos, a clareiras de pedras cercadas por arbustos baixos e árvores esparsas. Os galhos das bétulas eram mais flexíveis do que os galhos dos álamos, mas disso o esquilo já sabia.

O esquilo não demorou a perceber que havia escolhido o caminho errado, que a floresta, em vez de adensar, começou a rarear. Mas era tarde para voltar.

Era preciso atravessar essa praça cinza e morta e logo a floresta surgiria outra vez. Mas os cães já ganiam, os transeuntes já empinavam as cabeças.

O bosque de coníferas era seguro: a armadura dos pinheiros, a seda dos abetos... O farfalhar das folhas dos álamos era traiçoeiro. Nos galhos das bétulas, era possível se segurar melhor e por mais tempo, e o próprio corpo flexível do bichinho, embalando-se em suspenso, determinava o limite da tensão do galho — e o esquilo soltava o galho e voava, meio pássaro, meio animal. As árvores o ensinavam a voar, a olhar para o céu. Soltando o galho e abrindo as garras das quatro patas, o esquilo voava em busca de um apoio mais firme, mais confiável que o ar.

O esquilo realmente lembrava um pássaro, era quase um açor amarelo sobrevoando a floresta. Como o esquilo invejava os açores e seu voo sobrenatural... Mas o esquilo não era um pássaro. O chamado da terra, seu peso gigantesco eram sentidos pelo esquilo a cada instante, logo que os músculos da árvore começavam a fraquejar e o galho curvava sob o peso de seu corpinho. Era necessário ganhar forças, despertá-las em algum lugar de suas entranhas, para de novo saltar a um galho ou então cair e nunca mais subir a uma copa verde.

Apertando os olhinhos, o esquilo dava um salto, agarrando-se a outro galho, balançando-se, ajeitando-se, sem notar que havia homens em seu encalço.

E nas ruas da cidade, uma multidão já se reunia.

Era uma cidade pacata, provinciana, que se levantava com o sol e os galos. O rio corria tão devagar que às vezes a correnteza simplesmente parava, e a água até andava para trás. A cidade tinha duas diversões. A primeira eram os incêndios: os alarmes da torre de vigia dos bombeiros, o estrondo das telegas de bombeiros que passavam voando pelas calçadas de pedra, o retinir dos bombeiros montados em cavalos: baios, cinza malhados ou pretos, conforme a cor das três equipes do corpo de bombeiros. Só os mais valentes participavam dos incêndios, os demais ficavam olhando de fora. Uma aula de coragem para cada um deles — todos que eram capazes de andar apanhavam suas crianças, deixando em casa apenas os cegos e os paralíticos, e iam "ao incêndio".

O segundo espetáculo popular era a caça aos esquilos, a clássica diversão dos moradores. Os esquilos cruzavam a cidade com frequência, mas sempre à noite, quando a cidade dormia.

A terceira diversão foi a revolução — na cidade matavam burgueses, fuzilavam reféns, cavavam valas, distribuíam rifles, treinavam jovens soldados e os enviavam para a morte. Mas nenhuma revolução do mundo seria capaz de reprimir a paixão pela tradicional diversão da cidade.

Na multidão, cada qual ardia de desejo de ser o primeiro a acertar o esquilo com uma pedra, a matá-lo. De ser o mais certeiro entre os atiradores de estilingue, a funda bíblica, a mão de Golias lançada contra o pequeno corpo amarelo de Davi. Os Golias corriam com ímpeto atrás do esquilo, assobiando, urrando, empurrando uns aos outros na ânsia de matar. Ali se reuniram um camponês que trouxera à feira meio saco de centeio, esperando trocá-lo por um piano de cauda ou por um espelho — os espelhos estavam em conta no ano das mortes —; o presidente do comitê revolucionário militar das oficinas de estradas de ferro, que viera à feira para aproveitar os vendedores de quinquilharias; o contador da União das Cooperativas de Consumo; um hortelão conhecido no tempo do tsar, Zúiev; e um comandante "vermelho" metido numas calças de montaria cor de framboesa — o *front* ficava a umas cem verstas dali.

As mulheres da cidade ficavam junto às paliçadas, aos portõezinhos, espiavam pela janela, incitavam os homens, erguiam as crianças para que elas pudessem ver a caça, aprender a caçar...

Os garotos, que não podiam perseguir sozinhos os esquilos — já havia adultos o suficiente —, carregavam pedras e paus para impedir que o animalzinho escapasse.

— Pegue lá, titio, dê uma nele.

E o titio dava uma, e a multidão berrava, e a perseguição continuava.

Todos corriam pelos bulevares em busca do bichinho ruivo: suados e vermelhos, os donos da cidade eram dominados por uma sede ardente de morte.

O esquilo ia mais rápido, pois já havia decifrado esses urros, essa ânsia.

Era preciso descer, escalar outra vez, escolher um ramo, um galho, medir a distância do voo, balançar-se suspenso, e voar...

O esquilo olhava para a multidão e a multidão olhava para o esquilo. Toda a gente seguia sua corrida, seu voo, uma turba de assassinos habituais e calejados...

Os mais velhos, os veteranos das guerras provinciais, das diversões, das caçadas e dos combates, nem sonhavam em alcançar os jovens. Afastados, andando atrás da multidão, os assassinos experientes davam conselhos razoáveis, sensatos e valiosos às pessoas que ainda podiam correr, caçar e matar. Eles mesmos já não estavam em condições de sair a toda atrás de um esquilo. A respiração ofegante, a banha, a obesidade atrapalhavam seu desempenho. Em compensação, tinham muita experiência e conselhos a dar: de que lado correr para apanhar o esquilo.

A multidão crescia e crescia, então os velhos se dividiram em grupos, em exércitos. Metade saiu para a emboscada, para interceptar o esquilo.

O esquilo viu a turba saindo de uma travessa antes que ela o notasse, e entendeu tudo. Era necessário descer, dar uns dez passos, então as árvores do bulevar surgiriam outra vez, então o esquilo mostraria quem era a esses cães, a esses heróis.

O esquilo saltou ao chão, precipitando-se no meio da multidão, mesmo com as pedras e os paus voando em sua direção. Esquivou-se dos paus e das pessoas — batam nele! batam nele! não o deixem respirar! — e lançou um olhar atrás de si. A cidade inteira o perseguia. Uma pedra atingiu seu flanco e ele caiu, mas logo se levantou e continuou em frente. O esquilo conseguiu chegar a uma árvore, à sua salvação, escalou o tronco e passou depressa para um galho, um galho de pinheiro.

— O canalha parece imortal!

— Precisamos cercar o bicho perto do rio, perto do banco de areia!

Mas não foi preciso cercá-lo. O esquilo passava de galho em galho a muito custo, e a turba imediatamente percebeu e começou a gritar.

O esquilo balançou-se no galho, reuniu suas forças pela última vez, e caiu no meio da multidão que uivava e estrondeava.

Houve um movimento entre a turba, como uma panela fervendo, e, como uma panela tirada do fogo, o movimento cessou, e começaram a se afastar do pedacinho de grama onde jazia o esquilo.

A turba rareou depressa: todos precisavam ir ao trabalho, resolver algo na cidade, na vida. Mas ninguém partiu sem lançar um olhar ao esquilo morto, sem estar convencido, pelos próprios olhos, de que a caça fora um completo sucesso, de que o dever fora cumprido.

Eu abri caminho por entre a multidão que rareava e me aproximei; afinal, eu também havia urrado, eu também havia matado. Eu tinha o direito de estar ali como qualquer outro, como o resto da cidade, como todos os partidos e classes sociais...

Olhei para o corpinho amarelo do esquilo, para o sangue coagulado nos lábios, para o focinho, para os olhinhos que encaravam serenamente o céu azul de nossa pacata cidade.

(1966)

A QUEDA-D'ÁGUA

Em julho, quando de dia a temperatura chega a 40°C — o equilíbrio térmico da Kolimá continental —, despontam nas clareiras das florestas, acatando a força imperiosa das chuvas repentinas e assustando toda a gente, cogumelos insolitamente grandes, de pele de serpente escorregadia, de pele de serpente variegada: vermelha, azul, amarela... Estas chuvas repentinas trazem um alívio apenas momentâneo à taiga, à floresta, às pedras, aos musgos, aos líquens. Nem a natureza espera por estas águas fecundas, férteis e vivificantes. A chuva revela todas as forças ocultas da natureza, e os chapéus dos cogumelos ganham corpo, atingindo meio metro de diâmetro. São cogumelos assustadores, monstruosos. Mas as chuvas trazem um alívio apenas momentâneo, e no fundo dos desfiladeiros jaz o gelo perene do inverno. Os cogumelos e sua força jovem não são feitos para o gelo. E não há chuva ou torrente capaz de assustar estes blocos lisos de gelo da cor do alumínio. O gelo encobre as pedras do leito do rio, que parece o cimento de uma pista de aeroporto... E eis que sobre o leito, sobre a pista de decolagem, acelerando seu movimento, sua marcha, surge voando a água que se acumulara nas camadas das montanhas depois de tantos dias chuvosos, misturada à neve derretida, à neve transformada em água ao ser convidada para o céu, para o voo...

Impetuosa, a água desce correndo dos cumes das montanhas e, passando por desfiladeiros, tenta alcançar o leito do rio, onde o duelo entre o gelo e o sol já terminou: o gelo derretera. Ainda há gelo no meio do córrego, mas uma crosta de três metros não é obstáculo. A água avança direto para o rio através da pista de gelo. Sob o céu azul, o córrego parece feito de alumínio; é opaco, mas claro e leve. O córrego ganha impulso no gelo liso e brilhante. Ganha impulso e faz acrobacias no ar. Faz tempo que se vê como um avião, desde que iniciou sua corrida nos cumes das montanhas, e levantar voo sobre o rio é seu único desejo.

A toda velocidade, ganhando a forma de um cigarro, o córrego de alumínio alça voo, salta de um precipício rumo ao céu. É o servo Nikitka,[206] inventor das asas, das asas dos pássaros. É Tátlin-Letátlin,[207] que confiou à madeira o segredo das asas dos pássaros. É Lilienthal...[208]

A toda velocidade, o córrego salta e não pode deixar de saltar — as ondas que se chocam pressionam as que margeiam o precipício.

O córrego dá saltos no ar e no ar se despedaça. O ar, como se revela, tem uma força de pedra, uma resistência de pedra — só à primeira vista, de longe, o ar parece o "meio" descrito nos livros didáticos, um meio livre em que podemos respirar, nos movimentar, viver, voar.

É possível ver nitidamente como um jato de água cristalina choca-se contra a parede azul de ar, uma parede sólida, uma parede suspensa. Choca-se e se parte em mil pedaços,

---

[206] Personagem do folclore russo que, a partir dos anos 1920, vai se tornando um ícone soviético, como um Ícaro russo. (N. da T.)

[207] Vladímir Tátlin (1885-1953), escultor e pintor construtivista. Criou o *Letátlin* (junção de *letát*, "voar", e seu nome), uma máquina voadora com asas de pássaro, em 1932. (N. da T.)

[208] Otto Lilienthal (1848-1896), inventor alemão, um dos pioneiros da aviação. (N. da T.)

A queda-d'água

respingos, gotas; e então, impotente, cai de uma altura de dez metros num desfiladeiro. Revela-se que a quantidade gigantesca de água acumulada nos desfiladeiros, com sua força de arranque, é suficiente para destruir as margens rochosas, para extirpar as árvores e jogá-las na corrente, para mover e destruir as rochas, para varrer tudo do caminho, conforme a lei das enchentes, das torrentes; mas não é suficiente para superar a imobilidade do ar, do mesmo ar em que é tão fácil respirar, do ar transparente e dúctil a ponto de tornar-se imperceptível, do ar que parece um símbolo da liberdade. Este ar, como se nota, possui forças de estagnação com as quais nem a rocha nem a água são capazes de competir.

Os respingos e as gotas se fundem por um instante e se partem outra vez e, com ganidos e frêmitos, chegam até o leito do rio, até uma enorme muralha de pedras polidas ao longo de séculos, de milênios.

O córrego se arrasta até o leito do rio por entre milhares de veredas, esquivando-se dos rochedos, pedras e pedrinhas que as gotas, os ribeirinhos e os filetes da água mansa temem mover. Partido, desbravado e pacífico, o córrego arrasta-se em silêncio pelo rio, esboçando uma meia-lua clara na água escura que corre sem parar. O rio não quer saber do córrego Letátlin, do córrego Lilienthal. O rio não pode esperar. Mas recua um pouco, dando espaço à água clara do córrego partido, e pode-se ver como os salmões da montanha surgem do fundo, indo em direção à meia-lua, espiando o córrego. Os salmões repousam na água escura do rio, perto da meia-lua clara, na foz do córrego. Aqui a pesca é sempre formidável.

(1966)

O FOGO DOMADO

Eu já estive em meio ao fogo, e mais de uma vez. Quando garoto, percorri as ruas em chamas de uma cidade de madeira, e conservei na memória essas ruas claras, fartamente iluminadas, como se o sol não fosse o bastante para a cidade, e pedisse ajuda ao fogo. Num dia sem vento, a inquietação surgia no céu azul-claro, cálido e incandescente. A força se acumulava no próprio fogo, nas próprias chamas crescentes. Não havia vento algum, mas as casas bramiam e, estremecendo por inteiro, arremessavam tábuas em chamas nos telhados das casas do outro lado da rua.

Dentro, estava simplesmente seco, quente e claro; ainda um garoto, sem esforço nem medo, atravessei as ruas que me permitiram viver e viraram cinzas em seguida. Tudo o que havia de um lado do rio queimou — o rio só salvou a parte central da cidade.

Esse sentimento de tranquilidade no auge de um incêndio eu tive também quando adulto. Presenciei muitos incêndios em florestas. Já andei sobre um musgo de um metro de espessura que ainda ardia, azul, fofo, carbonizado como um pedaço de pano. Atravessei um bosque de lariços derrubados por um incêndio. Os lariços eram arrancados com a raiz e tombados pelo fogo, não pelo vento.

O fogo era como um temporal, um temporal que ele mesmo criava, que derrubava as árvores e deixava uma mácula negra e sempiterna na taiga, e, exausto, dissipava à beira de um ribeirinho qualquer.

Uma chama amarela e iluminada corria sobre a grama seca. A grama agitava-se, remexia-se, como se uma serpente estivesse passando. Só que, em Kolimá, não há serpentes. A chama amarela subia correndo por uma árvore, pelo tronco dos lariços, e, no auge de suas forças, o fogo rugia, fazendo o tronco tremer. Essas convulsões das árvores, convulsões agonizantes, eram as mesmas em toda a parte. Vi a face hipocrática de uma árvore, e mais de uma vez.

Fazia três dias que chovia no hospital, por isso comecei a pensar em incêndios, em fogo. A chuva poderia salvar a cidade, o depósito dos geólogos e a taiga em chamas. A água é mais forte que o fogo.

Os doentes que convalesciam caminhavam do outro lado do rio em busca de frutinhas silvestres e cogumelos, lá havia uma profusão de vacínios e de mirtilos, de moitas com cogumelos gigantescos, multicolores e oleosos, de chapéus lisos e frios. Os cogumelos pareciam animais frios, de sangue frio, do gênero das serpentes — pareciam qualquer coisa, menos cogumelos. Eles não se encaixavam na classificação habitual das ciências naturais, eram como criaturas de uma espécie próxima dos anfíbios, das cobras...

Os cogumelos nascem tarde, após as chuvas, e não dão todo ano, mas, quando aparecem, cercam todas as tendas, preenchem todas as floresta e matas.

Todo dia, íamos atrás desses surtos da natureza.

Fazia frio, soprava um vento gelado, mas a chuva tinha parado; por entre as nuvens laceradas, via-se o céu pálido de outono, e estava claro que não choveria mais naquele dia.

Era possível, era preciso colher cogumelos. Depois da tempestade, a colheita. Atravessamos o ribeirinho em três, num pequeno barco, assim como fazíamos toda manhã. A água estava um pouco mais alta e ligeira do que o habitual. As ondas estavam mais escuras do que costumavam estar. Safónov apontou o dedo para a água, depois apontou rio acima, e nós entendemos o que ele quis dizer.

— Vai dar tempo. Está cheio de cogumelos — disse Veríguin.

— Agora não vamos voltar atrás — disse eu.

— Vamos fazer o seguinte — disse Safónov —, pelas quatro horas, o sol aparece em frente àquele morro, então voltaremos para a margem. Vamos amarrar o barquinho bem mais para cima...

Nós nos dispersamos — cada um tinha seus lugares prediletos para colher cogumelos.

Desde os primeiros passos pela floresta, percebi que não era necessário ter pressa, que havia um reino de cogumelos aos meus pés. Os chapéus voltaram a ter o tamanho de um gorro, da palma de uma mão, e encher minhas duas cestas não tomaria muito tempo.

Deixei os cestos numa clareira perto da estrada de tratores, para localizá-los depressa na volta, e, com as mãos livres, continuei andando, para dar pelo menos uma olhada nos cogumelos dos melhores cantos, que eu tinha descoberto tempos atrás.

Entrei na floresta, e minha alma de apanhador de cogumelos ficou transtornada: em toda parte havia enormes cogumelos *boletus* despontando separadamente na grama, mais altos do que os arbustos de mirtilos, e eram cogumelos extraordinários: frescos, firmes, elásticos.

Fustigados pela água da chuva, os cogumelos estavam monstruosos, com chapéus de meio metro, e em quantidades a perder de vista, e eram tão sadios, frescos e robustos que eu só tinha uma decisão a tomar: voltar atrás, jogar os cogumelos que eu tinha colhido na grama, e aparecer no hospital com esses cogumelos milagrosos.

O fogo domado

E foi o que fiz.

Eu precisava de tempo para tudo isso, mas calculei que, se pegasse um atalho, chegaria em meia hora.

Ao descer uma colina e livrar-me de uns arbustos, cheguei ao atalho encoberto por uns bons metros de água fria. Enquanto eu colhia os cogumelos, o atalho desapareceu sob a água.

A floresta farfalhava. A água fria estava cada vez mais alta; os zunidos em redor, cada vez mais fortes. Comecei a subir, caminhando ao longo de uma montanha pela direita, na direção do ponto de encontro. Acabei não jogando os cogumelos fora: dois cestos pesados, amarrados com uma toalha, pendiam em meus ombros.

No alto da montanha, aproximei-me do bosque onde deveria estar o barquinho. O bosque estava inteiramente submerso e a água não parava de subir.

Consegui sair para a margem do rio, numa colina.

O rio urrava, arrancando as árvores e as lançando à correnteza. Da floresta onde aportamos pela manhã não restou sequer um arbusto — árvores foram assoladas, extirpadas e arrastadas pela força terrível dessa água musculosa, que parecia um lutador. A outra margem era rochosa, e o rio foi à desforra na margem direita, a minha, a margem dos lariços.

O riozinho que atravessamos de manhã se transformara num monstro.

Começou a escurecer, e eu entendi que era necessário subir o morro no escuro e esperar pelo amanhecer ali, longe dessa água gélida e ensandecida.

Molhado até o último fio de cabelo, tropeçando a cada instante na água e saltando às escuras de um monte para outro, arrastei os cestos até o sopé da montanha.

A noite de outono estava escura, sem estrelas, fria, e o bramido selvagem do rio não me permitia distinguir qualquer voz humana, mas a voz de quem eu poderia ouvir ali?

Num vale estreito, uma chama inesperada começou a reluzir, e não foi de imediato que percebi que não era uma estrela da noite, mas uma fogueira. Uma fogueira de geólogos? Pescadores? Ceifadores de feno? Deixei os dois cestos maiores ao lado de uma grande árvore e, levando o pequeno comigo, pus-me a caminho do fogo.

As distâncias na taiga enganam: uma isbá, um rochedo, uma floresta, o rio, o mar podem estar inesperadamente perto ou longe.

Entre o "sim" e o "não", a escolha era simples. Havia fogo e era preciso ir sem pestanejar. O fogo revelou-se uma força nova e valiosa nessa noite. Uma força salvadora.

Eu estava pronto para andar incessantemente, mesmo tateando, pois o fogo da noite estava ali, o que queria dizer que havia pessoas, vida, salvação. Caminhei pelo vale, sem perder o fogo de vista e, em meia hora, contornando uma rocha gigantesca, dei de cara com a fogueira numa pequena saliência de pedra. A fogueira ardia diante de uma tenda, baixinha como uma pedra. Em volta, havia umas pessoas sentadas. Não me deram a menor atenção. Eu nem perguntei o que faziam ali, apenas me avizinhei da fogueira e comecei a me aquecer.

Desenrolando um trapo sujo, o ceifador mais velho, sem nada dizer, estendeu-me um pouquinho de sal, e logo a água da caldeira começou a sibilar, a saltar, a embranquecer com a espuma e o calor.

Comi meu cogumelo milagroso, que estava insosso, bebi água fervente e assim me esquentei um pouco. Adormeci ao lado da fogueira. Lenta e silenciosa, a aurora começou a se aproximar, o dia raiou e eu parti para a margem do rio, sem nem agradecer aos ceifadores pela acolhida. Os dois cestos que coloquei perto da árvore podiam ser vistos a uma versta de distância.

A água já ia baixando.

Atravessei o bosque agarrando-me às árvores que restaram, árvores com os galhos quebrados e a casca arrancada. Eu caminhava sobre as pedras, pisando vez ou outra na areia acumulada, caída da montanha. A relva, que deveria crescer após a tempestade, escondia-se no fundo da areia, das pedras, prendia-se nas cascas das árvores.

Aproximei-me da margem do rio. Era mesmo uma margem, uma nova margem, e não apenas uma linha instável da enchente.

O rio ainda corria sobrecarregado com as chuvas, mas era visível que a água assentava.

Lá longe, na outra margem, como a outra margem da vida, avistei o contorno de pessoas me acenando com as mãos. Avistei o barquinho. Agitei as mãos, e me entenderam, me reconheceram. O barquinho tinha sido atracado com varas a uns dois quilômetros acima de onde eu estava. Safónov e Veríguin encostaram mais para baixo para me pegar. Safónov estendeu a ração do dia, seiscentos gramas de pão, mas eu estava sem fome.

Eu carregava meus cestos de cogumelos milagrosos.

Eu havia arrastado os cogumelos pela floresta, de noite, na chuva, esbarrando nas árvores, e agora no cesto só havia pedaços, pedaços de cogumelos.

— Será que devo jogar tudo fora?

— Não, pra quê...

— Ontem jogamos os nossos fora. A muito custo conseguimos conduzir o barco. Quanto a você — disse com firmeza Safónov —, pensamos que questionariam mais sobre o barco do que sobre você.

— Não questionariam muito sobre mim — disse eu.

— Pois é. Sobre você não questionariam, nem a nós nem ao chefe, mas sobre o barco... Fiz bem?

— Fez bem — disse eu.

— Sente-se — disse Safónov — e traga esses malditos cestos.

Demos um impulso e nos lançamos ao rio — uma frágil embarcação sobre águas ainda tempestuosas.

No hospital, fui recebido sem injúrias nem alegrias. Safónov tinha razão em se preocupar primeiro com o barquinho.

Almocei, jantei e tomei café da manhã, então almocei e jantei novamente: comi a ração inteira de dois dias, daí deu sono. Fui me aquecer.

Coloquei a caldeirinha com água no fogo. Água domada em fogo domado. Logo a caldeirinha começou a borbulhar, a ferver. Mas eu já dormia...

(1966)

A RESSURREIÇÃO DO LARIÇO

Somos supersticiosos. Exigimos milagres. Inventamos símbolos e vivemos por meio deles.

No Extremo Norte, um homem busca uma saída para a parte não destruída de sua sensibilidade, para a parte não envenenada pelas décadas vividas em Kolimá. Um homem enviou uma encomenda pelo correio aéreo: não eram livros, nem fotografias, nem poemas, mas um ramo de lariço, um ramo morto da natureza viva.

Este estranho presente, um ramo do Norte de uma árvore do Norte, um ramo marrom-claro, ossudo, áspero, amassado, maltratado pelo vagão do correio, seco, resfriado pelo vento do avião, é colocado na água.

É colocado numa lata de conservas cheia da água insalubre, clorada e desinfetada dos canos de Moscou, uma água que, sozinha, pode ressecar qualquer coisa viva, e o faz com satisfação... A água morta dos canos de Moscou.

Os lariços são mais sérios do que as flores. Neste quarto, há uma profusão de flores de cores vistosas. Os buquês de cerejas-galegas e de lilases estão na água quente, os caules foram cortados e imersos em água fervente.

O ramo de lariço é posto na água fria, só um pouquinho aquecida. O lariço vivia mais perto do rio Tchiórnaia do que todas estas flores, do que todos estes ramos de cerejas-galegas e lilases.

A dona da casa compreende isso. E o lariço também. Acatando a vontade impetuosa dos homens, o ramo reúne todas as suas forças, físicas e espirituais, pois ele não pode renascer apenas de suas forças físicas: o calor de Moscou, a água clorada, a lata de conservas indiferente. No ramo, outras forças despertaram, forças ocultas.

Passam-se três dias e três noites, e um cheiro estranho faz a dona da casa despertar, um cheiro vago de terebintina, suave, refinado, novo. Na pele áspera da madeira, irromperam nitidamente, abriram-se para o mundo as agulhas frescas, novas, jovens, de um verde vibrante.

O lariço está vivo, o lariço é eterno. Este renascer milagroso não tinha como não acontecer, pois o lariço foi colocado na água no dia do aniversário da morte, sucedida em Kolimá, do marido da dona da casa, o poeta.[209]

Mesmo esta lembrança do morto faz parte do renascer, da ressurreição do lariço.

Este odor delicado, este verde ofuscante são importantes princípios de vida. São princípios frágeis mas vivos, foram ressuscitados por uma espécie de força espiritual, encerrados no lariço e revelados ao mundo.

O cheiro do lariço era fraco mas evidente, e não há no mundo força capaz de abafar esse odor, de ofuscar esse verde, essa luz.

Por quantos anos, a cada primavera, este lariço, deformado pelo vento, pelo frio, contorcendo-se em busca do sol, estendeu ao céu sua agulha fresca e verde?

---

[209] Referência ao poeta Óssip Mandelstam (1891-1938), que morreu num campo de prisioneiros em Vladivostok. Nadiejda Mandelstam (1899-1980), sua esposa e autora de uma importante obra memorialística, manteve com Chalámov uma longa amizade. (N. da T.)

Por quantos anos? Cem. Duzentos. Seiscentos. O lariço de Dauria[210] atinge a maturidade aos trezentos anos. Trezentos anos! O lariço cujo ramo, cujo ramalhete respirava sobre uma mesa moscovita tinha a mesma idade de Natália Cheremiêteva-Dolgorúkova, o que nos faz lembrar o destino amargo desta mulher:[211] as vicissitudes de sua vida, sua lealdade e determinação, sua firmeza de espírito, seus tormentos físicos e morais que em nada se distinguem das torturas de 1937, com a natureza enfurecida do Norte que tanto despreza o homem, os riscos de vida das enchentes na primavera e das nevascas no inverno, com as denúncias, a arbitrariedade tosca dos chefes, com as mortes, com o esquartejamento, o suplício da roda aplicado a um marido, um irmão, um filho, um pai, que delataram uns aos outros, que traíram uns aos outros.

Não seria uma eterna temática russa?

Depois da retórica moralista de Tolstói e do sermão furioso de Dostoiévski, vieram as guerras, as revoluções, Hiroshima e os campos de concentração, as delações e os fuzilamentos.

O lariço mudou as escalas do tempo, envergonhou a memória dos homens, lembrou o que não havia como esquecer.

O lariço, que viu a morte de Natália Dolgorúkova, os milhões de cadáveres imortalizados pelo gelo perene de Ko-

---

[210] Território parte de Zabaikalie, que fica a sudeste do lago Baikal. (N. da T.)

[211] Natália Cheremiêteva (1714-1771) foi uma das primeiras escritoras russas. Em 1730, com a morte repentina do tsar Pedro II, seu futuro marido, o príncipe Ivan Dolgorúkov, cai em desgraça. Ainda assim Natália decide se casar e, no mesmo ano, o acompanha no exílio em Beriózovo. Após a execução de seu marido, Natália entra num convento com o filho mais novo, que sofria de uma doença incurável. (N. da T.)

limá, a morte do poeta russo, vive em algum lugar do Norte para ver e gritar que na Rússia nada mudou: nem os destinos, nem a maldade humana, nem a indiferença. Natália Cheremiêteva tudo descreveu, de tudo tomou nota com sua tristeza, força e fé. O lariço cujo ramo renasceu numa mesa de Moscou já vivia quando Cheremiêteva percorria seu tortuoso caminho rumo a Beriózovo, um caminho tão parecido com o de Magadan, do outro lado do mar de Okhotsk.

O lariço derramava seu cheiro, precisamente derramava, como um suco. O cheiro virava cor, e não havia como separá-los.

O lariço respirava nesse apartamento de Moscou para lembrar as pessoas do dever humano, para que elas não se esqueçam dos milhões de cadáveres, dos homens que morreram em Kolimá.

Esse odor frágil e insistente era a voz dos mortos.

Em nome destes mortos, o lariço teve a ousadia de respirar, falar, viver.

A ressurreição exige força e fé. Não basta colocar um ramo na água. Eu também coloquei um ramo de lariço numa lata de água, e o ramo secou, ficou sem alma, frágil e quebradiço: a vida o deixou. O ramo deixou de existir, desapareceu, não ressuscitou. Contudo, no apartamento do poeta o ramo reviveu numa lata de água.

É claro que existem ramos de lilases, de cerejas-galegas, que existem poemas sentimentais, só que o lariço não é tema para uma romança.

O lariço é uma árvore muito séria. É a árvore do conhecimento do bem e do mal, e não uma macieira ou uma bétula qualquer. É a árvore que vivia no Jardim do Éden antes da expulsão de Adão e Eva.

O lariço é a árvore de Kolimá, a árvore dos campos de concentração.

Em Kolimá, os pássaros não cantam. As flores, vibrantes, ligeiras e grosseiras, não têm cheiro. No curto verão, o ar é gelado e sem vida, de dia faz um calor seco e de noite um frio congelante.

Em Kolimá, só a roseira silvestre da montanha, com suas flores cor de rubi, tem cheiro. As outras não, nem o lírio-do-vale cor-de-rosa de contornos grosseiros, nem as violetas enormes do tamanho de um punho, nem o junípero caquético, nem o *stlánik* sempre-verde.

Só o lariço cobre as florestas com seu cheiro vago de terebintina. No começo, parece o cheiro de algo podre, o cheiro da morte. Mas basta habituar-se a ele, respirar fundo, para entender que é o cheiro da vida, da resistência ao Norte, da vitória.

Os mortos de Kolimá também não têm cheiro — são muito definhados, debilitados e, além disso, são conservados pelo gelo perene.

Não, o lariço não serve para um poema, você não vai compor uma canção ou uma romança sobre ele. Aqui a palavra envolve outra ordem de complexidade, outra esfera dos sentimentos humanos.

Um homem enviou um ramo de Kolimá pelo correio aéreo: não queria nos lembrar de si próprio. Não o fez em sua memória, mas em memória das milhões de pessoas assassinadas, torturadas, jogadas em valas comuns no norte de Magadan.

Ajudar os outros a não esquecer; livrar sua alma de um fardo: ver tudo e criar coragem não para escrever, mas para lembrar. Um homem e sua esposa adotaram uma menina, a filha de uma prisioneira que morrera no hospital, como uma forma de tomar alguma obrigação para si, de saldar uma espécie de dívida pessoal.

Ajudar os camaradas, os que sobreviveram aos campos de concentração do Extremo Norte...

Enviar este ramo firme e flexível a Moscou.

Ao enviar o ramo, o homem não sabia, não imaginava que o galho voltaria a viver em Moscou, que, ressuscitado, o lariço teria cheiro de Kolimá, que desabrocharia numa rua moscovita, que mostraria sua força, sua imortalidade (seus seiscentos anos de vida são praticamente a eternidade para o homem), que outros tocariam aquele ramo rugoso, despretensioso e firme, que veriam suas agulhas verdes ofuscantes, seu renascer, sua ressurreição, que respirariam seu odor não como a memória do passado, mas como uma vida nova.

(1966)

SOBRE MINHA PROSA

Varlam Chalámov[1]

Você sempre se interessou pelo que está por trás dos meus contos, do ponto de vista psicológico, além do destino e do tempo? Será que os meus contos possuem particularidades puramente literárias, que lhes dão um lugar na prosa russa? Cada conto meu é uma bofetada no stalinismo, e, como qualquer bofetada, possui leis de caráter puramente muscular. Você expressou o desejo de que eu tivesse escrito cinco contos bons e acabados, no lugar de cem não acabados, ásperos.

Em um conto, o acabamento nem sempre corresponde à intenção do autor. Os melhores contos foram escritos de uma vez, ou melhor, reescritos uma vez só, a partir de um rascunho. Foi assim que foram escritos todos os meus melhores contos. Neles não existe acabamento, mas há uma finalização: por exemplo, o conto "A cruz", da primeira à última frase, foi escrito de uma vez, sob um arrebatamento nervoso, para a imortalidade e a morte. O conto "A trama dos ju-

---

[1] Este ensaio é parte de uma carta para Irina Pávlovna Sirotínskaia, arquivista russa e amiga do autor (ver, de sua autoria, o "Prefácio" ao volume 1 da série *Contos de Kolimá*). É interessante a comparação deste texto com outro ensaio do autor a respeito do mesmo tema, "Sobre a prosa", incluído no volume 3, *O artista da pá*. A tradução é de Andrea Zeppini. (N. da T.)

ristas", o melhor conto da primeira coletânea, também foi escrito inteiro de uma vez.² Para tudo o que antes atormentava dentro do cérebro, basta abrir uma espécie de alavanca, pegar a pena, e o conto está escrito.

Os meus contos representam uma luta consciente e bem-sucedida com aquilo que se chama de gênero conto. Se eu praticamente nunca pensei sobre como escrever um romance, por dezenas de anos, ainda na juventude, pensei em como escrever um conto. Cem contos de aventura foram escritos por mim nos anos 1920, parte deles publicada ("As três mortes do doutor Austino", "A segunda sinfonia de Liszt" e outros).³ Hoje eu condeno essas ninharias com as quais me ocupava naquela época. Mas, provavelmente, era a necessidade de exercícios escolares, treinamentos. Antigamente, eu pegava um lápis e riscava dos contos de Bábel⁴ todas as suas belezas, todos esses incêndios semelhantes a uma ressurreição, para ver o que sobraria. De Bábel não sobrava muito, já de Larissa Reisner⁵ não sobrava nada.

Assim surgiu uma das regras fundamentais: a concisão. A frase do conto deve ser concisa, simples, tudo o que for

---

² "A cruz" foi publicado em *O artista da pá*, volume 3 dos *Contos de Kolimá*. "A trama dos juristas" foi publicado em *Contos de Kolimá*, primeiro volume da série. (N. da T.)

³ "As três mortes do doutor Austino" foi publicado na revista *Outubro*, n° 1; sobre a "A segunda sinfonia de Liszt" não há notícia de publicação. (N. da T.)

⁴ Isaac Bábel (1894-1940), jornalista e escritor soviético. Seu livro mais famoso, *O exército de cavalaria* (1926), narra suas experiências como correspondente de guerra na Polônia. (N. da T.)

⁵ Larissa Reisner (1895-1926), escritora russa que participou da guerra civil que se seguiu à Revolução de Outubro. Escreveu ensaios críticos para o jornal *Izviéstia*. (N. da T.)

desnecessário é eliminado ainda antes de chegar ao papel, antes de se pegar a pena. Elabora-se uma espécie de automatismo no qual, da infindável reserva acumulada no cérebro, seleciona-se apenas aquilo que pode trazer proveito no sentido linguístico, sem que surjam novas variantes e comparações, nem exagero de cores — eu poderia usar esse exagero apenas como paródia. Assim, no cérebro, o controlador, o selecionador, empurra o tronco desnecessário pela água, tirando-o da direção da garganta estreita das serrarias das fábricas. Faço uso de uma comparação antiquada com a mais primitiva das técnicas — a barragem: os troncos chegam pela água depois da enchente, tendo a maioria perecido no fundo; outros são lançados à margem do pedregoso riacho de montanha — mais tarde serão empurrados para a água, ou vão secar e nunca serão utilizados. Mas, muitas vezes, os troncos são selecionados, trazidos com um gancho para a garganta da serraria, diante da qual flutuam troncos em perfeitas condições, que possuem o direito de se transformar em frases. São essas palavras pesadas, densas, em boas condições, que o controlador seleciona e, com um gancho, move, frase por frase, para a corrente em movimento da serraria. O trabalho sobre a palavra iniciou-se. A serragem do tronco iniciou-se.

Para que esta comparação, tão fora de moda em nosso século cibernético? Ela mostra que na parte criativa do cérebro não chega nada de supérfluo. Lá, o tronco inválido simplesmente não chega. O vocabulário do conto é preparado ainda antes da mão pegar a pena.

Com certeza há milhares de começos. E enquanto a primeira frase não é encontrada, o conto não pode avançar. A primeira frase, assim como a última, possui um grande significado, mas isto não é uma receita nova para o prosador. Há outro conselho meu: no conto não deve haver frases supérfluas...

Uma bofetada deve ser curta, sonora. Pode-se medir a frase também pelo critério de Flaubert, pelo tempo da respiração: há algo de bom nesse argumento fisiológico. Os teóricos da literatura disseram reiteradamente que a tradição da prosa russa é uma pá, que deve ser cravada na terra e depois puxada para cima, extraindo, assim, camadas mais profundas. Tal é a opinião deles sobre a frase de Tolstói. A mim, tal tradição parece falsa. Mesmo antes disso ficou para nós a frase curta e sonora de Púchkin, que não tem nada em comum com essa pá que extrai camadas. Que os economistas se ocupem da escavação dessas camadas, mas não os escritores, não os literatos. Para um literato, tal escavação de camadas parece um conselho estranho.

A frase deve ser curta, como uma bofetada, esta é minha comparação.

O conto deve estar despido de toda pompa.

Na arte é admissível a comparação com outras áreas: a pintura, a música. Eu emprestei a pureza de tons dos pós-impressionistas: de Gauguin, de Van Gogh. Também esses mestres trouxeram sua contribuição para o meu estilo literário: a pureza do tom.

Cada conto meu é de uma autenticidade absoluta. É a autenticidade do documento. O conto "Xerez"[6] não é um conto sobre Mandelstam. Ele simplesmente foi escrito por causa de Mandelstam, mas é um conto sobre mim mesmo. Além do caráter documental absolutamente autêntico de cada conto meu, eu sempre quis dizer que, para o artista, para o autor, o mais importante é a possibilidade de se expressar, de entregar o cérebro livremente àquele fluxo. O próprio autor é testemunha: com qualquer palavra, com qualquer reviravolta em sua alma, ele fornece uma fórmula definitiva, um

---

[6] Publicado no volume 1 dos *Contos de Kolimá*. (N. da T.)

Sobre minha prosa

veredito. E o autor não é livre só para aceitar ou recusar algum sentimento ou juízo literário, mas para expressar a si mesmo, do seu próprio jeito. Se o conto é levado até o fim, escrito, tal juízo aparece. Para o conto não é necessário nenhum tipo de acabamento. Todo acabamento fica para fora do conto. E ainda que eu declame todos os meus contos, gritando e agitando-me em cada frase, existem as pedras, as árvores, os rios, cada um com sua própria história — tudo isso surge no papel como resultado de uma luta, da ação conjunta de muitas forças, minhas e alheias.

Uma das mais importantes tarefas é a luta contra as influências literárias. Tempos atrás, na época dos versos com enredo, muito me preocupou a impressão dos eternos traços da luta contra escritores como Ambrose Bierce,[7] por exemplo. Nós o conhecemos pouco, mas "As três mortes do doutor Austino" sofreu uma influência evidente de algum conto de Bierce. Mais perigoso que a própria influência — além da vontade de ser refém de alguém — é o fato de que um precioso material possa ter sido desperdiçado: a revelação de que ele lembra algo alheio mata o conto. A arte não tolera imitações. Em *Contos de Kolimá* eu já não sofria do mal de imitar, por duas razões. Em primeiro lugar, eu já era treinado em qualquer estilo alheio. Um sinal de alerta, de perigo, começaria a soar quando no meu conto aparecesse algo alheio. Essa é uma filosofia simples. Em segundo lugar, e mais importante, eu possuía um acúmulo de novidade a ponto de não temer repetições. Meu material me salvaria de quaisquer repetições. Mas elas não apareceram, pois a eficiência e o treinamento deram resultado; eu simplesmente não precisava usar um esquema alheio, comparações alheias, um enredo

---

[7] Ambrose Bierce (1842-1914), satirista, jornalista e escritor norte-americano. (N. da T.)

alheio, uma ideia alheia, se eu podia mostrar — e mostrei — um passaporte literário próprio.

O leitor do século XX não quer ler histórias inventadas, ele não tem tempo para os infinitos destinos inventados. Uma tragédia viva e não um paradoxo, a traição real de Oppenheimer.[8] Ou tudo vai para a criação de palavras, para o novo romance, com toda a liberdade, e aí ninguém tem o direito de condenar.[9] Ou vai para a ficção científica, cujo florescimento parece estranho, posto que qualquer descoberta científica real é muito mais rica, profunda, do que as fantasias do autor desse tipo de romance. Mas todos os autores de ficção científica tentam estar em pé de igualdade com as exigências do tempo, correm atrás do tempo "feito uns galos".

De todo o passado resta o documento; não um documento simples, mas um documento emocionalmente marcado como os *Contos de Kolimá*. Tal prosa é a única forma de literatura que pode satisfazer o leitor do século XX.

Em segundo lugar, aqui são retratadas pessoas em um estado de extrema importância, ainda não descrito, que é quando o homem se aproxima de um estado além do humano. Minha prosa é a fixação daquele pouco que se conservou no homem. Que pouco é este? E será que existe limite para este pouco, ou por trás do limite está a morte, espiritual e física? Nesse sentido, meus contos são ensaios peculiares, não

[8] Robert Oppenheimer (1904-1967), físico norte-americano. Dirigiu o Projeto Manhattan para o desenvolvimento da bomba atômica durante a Segunda Guerra Mundial. (N. da T.)

[9] Referência ao *Nouveau Roman* francês, proposta que visava transcender as barreiras de gêneros literários; no ensaio "Sobre a prosa" (publicado em *O artista da pá*), Chalámov escreve: "Os experimentos do novo romance francês são interessantes, mas a vitória não está nesse caminho". (N. da T.)

ensaios do tipo *Recordações da casa dos mortos*,[10] mas com maior delineamento da personalidade do autor. A objetividade aqui é intencional, aparente; e, em geral, não existe artista sem personalidade, sem alma, sem ponto de vista. Os contos são minha alma, meu ponto de vista puramente pessoal, ou seja, único. Nesse ponto de vista pessoal apoia-se não apenas a literatura de ficção. Não há memórias, há memorialistas.

De onde tudo isso surge? Como tudo isso acontece? A mim, me parece que o homem da segunda metade do século XX, o homem que sobreviveu às guerras, às revoluções, aos incêndios de Hiroshima, à bomba atômica, à traição e, o mais importante, o ápice de tudo isso, à vergonha de Kolimá e aos fornos de Auschwitz; este homem — pois cada um tem um parente que pereceu ou na guerra ou no campo —, que sobreviveu à revolução científica, simplesmente não pode abordar as questões da arte como antes.

Deus está morto. Por que então a arte deve viver? A arte também morreu, e nenhuma força no mundo vai ressuscitar o romance tolstoiano.

A falência artística do *Doutor Jivago*[11] é a falência do gênero. O gênero simplesmente morreu.

Pode ser que soe paradoxal, mas meus contos são, em essência, a última, a única cidadela do realismo. Tudo o que foge ao documento já não constitui realismo, e sim mentira, mito, fantasma, simulacro. Mas, no documento, em qualquer documento, corre o sangue vivo da época.

Eu me coloquei a tarefa de criar um testemunho documental da época, dotado de toda a persuasão da emotividade. Tudo o que ultrapassa o documento já não tem o direito

---

[10] Obra de Dostoiévski sobre os anos que passou cumprindo pena em uma prisão de trabalhos forçados na Sibéria. (N. da T.)

[11] Romance de Boris Pasternak iniciado nos anos 1910 mas só publicado em 1956. (N. da T.)

de se colocar acima de qualquer conto de fadas humano. No mundo há milhares de verdades, mas na arte há uma só: a verdade do talento. Por isso nós escutamos as profecias de Dostoiévski. Por isso Vrubel[12] nos cativa e ensina. Para que exista a prosa ou a poesia, tanto faz, a arte exige uma novidade constante. Apenas novidade, qualquer reviravolta do tema, da entonação, do estilo: as possibilidades de mudanças são infinitas.

O artista tira inspiração, constantemente, independentemente da sua personalidade, não apenas dos métodos de seus "aliados" na arquitetura, música e pintura, mas também da ciência e da filosofia. Tudo, com direitos iguais, se apanha nessa rede, que mais se parece a uma barragem de serraria.

O artista também tira inspiração do jornal, do jornalismo. É preciso lembrar, porém, que o jornal e a escrita criativa não são apenas diferentes estágios da cultura literária, mas mundos diferentes. Se lembrarmos que o artista é um juiz, e não um ajudante, tudo ficará bem. A escala será mantida e o jornal não o esmagará, como fez com Górki e Korolienko.[13] Bons escritores, cuja obra criativa sofreu danos irreparáveis por causa do jornal. Serguei Mikhailovitch Tretiákov[14] tentou fortalecer o jornal, dar a ele prioridade. Nada de útil veio disso, nem para Tretiákov, nem para Maiakóvski. *Meu melhor poema*[15] e a restante propaganda em prol da "li-

[12] Mikhail Vrubel (1856-1910), pintor russo relacionado ao movimento simbolista. (N. da T.)

[13] Vladímir Korolienko (1853-1921), contista, jornalista e ativista dos direitos humanos. (N. da T.)

[14] Serguei Mikkháilovitch Tretiákov (1892-1937), dramaturgo e poeta ligado ao construtivismo, foi também correspondente do *Pravda* e fez parte da *LEF*. (N. da T.)

[15] Coletânea de artigos dos anos 1920, do grupo de escritores organizados em torno da revista *LEF* (Frente de Esquerda das Artes), que de-

Sobre minha prosa

teratura do fato". Literatura do fato não é literatura do documento. É apenas um caso particular da enorme doutrina documental.

Os participantes da *LEF*, em uma série de artigos, aconselhavam a "anotar os fatos", "reunir os fatos". Mas acumular, "buscar fatos" na sua transformação jornalística, como fizeram esses "buscadores de fatos" tempos atrás, é uma deturpação consciente. Não há fato sem sua enunciação, sem uma forma da sua fixação.

A prosa documental do futuro é um documento de memória, emocionalmente marcado com a alma e o sangue, onde tudo é documento, e, ao mesmo tempo, constitui uma prosa emocional. Nesse caso a tarefa é simples: encontrar a estenografia dos personagens verdadeiros, dos especialistas sobre o seu trabalho e sobre a sua alma. Tal prosa sempre deixa alguns rastros, como as memórias de Benvenuto Cellini.[16] Já as memórias de Panáev[17] não constituem tal prosa, essas memórias são compostas pelo princípio conhecido de todos: quem viver mais, terá memórias melhores. Não há obra literária que nasça sem forma, quaisquer que sejam os motivos na base do estímulo para a criação: sem forma a obra não nasce. Este é um fato indiscutível, pelo qual, claro, não se pode julgar sobre a prioridade da forma em particular. A própria escolha da forma pode falar sobre o conteúdo. Mas a escolha, a seleção, o controle, já é um segundo estágio do trabalho; enquanto na base da criação de qualquer artista es-

fendia a arte utilitária, voltada para a construção da sociedade e a serviço da revolução. (N. da T.)

[16] Benvenuto Cellini (1500-1571), escultor e ourives italiano cuja autobiografia, escrita entre 1558 e 1563, é considerada um clássico do memorialismo. (N. da T.)

[17] Ivan Panáev (1812-1862), escritor, crítico literário, editor e jornalista. (N. da T.)

tá a clara busca por uma forma pura. Um sentimento indeterminado busca saída em versos, no metro, no ritmo ou no conto. O trabalho do artista é justamente a forma, pois que, para o restante, o leitor, assim como o próprio artista, pode dirigir-se ao economista, ao historiador, ao filósofo, e não a outro artista, com o objetivo de superar, vencer, ultrapassar um mestre ou um professor específico. Em "O malabarista" de Kamienski[18] há mais poesia que nos versos de Vladímir Solovióv.[19] O pensamento, o conteúdo, arruína os versos, e foi preciso filtrar o pensamento de Solovióv pela peneira artística de Blok para que surgissem os *Versos sobre a bela dama*.[20] *Os doze* é justamente o fluxo da realidade numa forma especialmente nova: a *tchástuchka*.[21] Isso, em uma situação e ambiente análogos, conduziu aos mesmos métodos, aos mesmos resultados daquele antípoda de Blok, o Khliébnikov de *A noite antes dos sovietes*.[22] Isto não seria Blok?

[18] Vassili Kamienski (1884-1961), poeta russo, ligado ao futurismo. Seu poema "O malabarista" consiste em uma série de palavras que vão se decompondo e ganham novos significados através do jogo visual e sonoro. No ensaio "O poeta Vassíli Kamienski", Chalámov afirma que este poema "é uma evidência experimental de que o ritmo é mais importante que o significado" (N. da T.)

[19] Vladímir Solovióv (1853-1900), filósofo, poeta, ensaísta e crítico literário. A filosofia de Solovióv, expressa também em seus poemas, foi uma grande influência para o movimento simbolista, embora sua poesia não tenha resistido ao tempo. (N. da T.)

[20] Aleksandr Blok (1880-1921), o maior dos poetas simbolistas, compôs a série *Versos sobre a bela dama* sob influência da filosofia de Solovióv. (N. da T.)

[21] *Tchástuchka*: cantiga popular russa, em formato de quadras bem humoradas. O longo poema narrativo *Os doze* (1918), de Aleksandr Blok, consiste em uma montagem destas quadras, à época muito presentes em espetáculos de *vaudeville*. (N. da T.)

[22] Velimir Khliébnikov (1885-1922), poeta central do movimento futurista russo. (N. da T.)

O impulso inicial da criação vem justamente da forma, quando ainda não há nada claro, definido. Mas a lei fundamental da poesia é que o poeta, ao começar um poema, não sabe como vai terminá-lo. Quem conhece o fim é o fabulista, o ilustrador. Aquela mesma lei funciona também na prosa. Aqui, com emoção, citam Flaubert sobre Bovary.[23] Púchkin afligiu-se com o destino de Tatiana:[24] há milhões de exemplos desta falta de liberdade na literatura.

Mesmo Búnin, que absolutamente não é um poeta, também tentou transformar esta verdade evidente em uma verdade filosófica em seu poema "O artista", sobre Tchekhov. Tudo isso deve se escrever em prosa, e acabou saindo em prosa. O poema sobre Tchekhov é o trabalho de um prosador; mas se aquele mesmo pensamento, ou melhor, aquele mesmo sentimento fosse revestido pelas palavras de um poeta, o resultado seria apenas um som vazio.

Os versos formariam uma linha, parariam, seria perceptível cada obstáculo ao verso, pois as leis sonoras quebram, ditam, mudam o conteúdo. Logo se torna evidente que o conteúdo é algo secundário, depende da sorte, da safra: esse é o seu lugar. A mesma lei severa existe também na prosa.

Por que eu, um profissional, que escrevo desde a infância, que publico desde o início dos anos 1930 e que há dez anos reflito sobre a prosa, não posso introduzir nada de no-

---

[23] Alusão à famosa frase atribuída a Gustave Flaubert (1821-1880), a respeito da inspiração para seu romance *Madame Bovary* (1856): "*Madame Bovary, c'est moi*" ("Madame Bovary sou eu"). (N. da T.)

[24] Tatiana Larina, personagem do poema *Ievguêni Oniéguin* (1832), de Púchkin. Assim como em Flaubert, é comumente atribuída a Púchkin uma identificação pessoal com sua personagem. (N. da T.)

vo no conto de Tchekhov, Platónov,[25] Bábel e Zóschenko?[26] A prosa russa não parou em Tolstói e Búnin. O último grande romance russo é *Petersburgo*, de Biéli.[27] Porém, também o romance *Petersburgo*, por mais colossal que tenha sido sua influência sobre a prosa russa dos anos 1920, em Pilniák,[28] Zamiátin,[29] Viessióli,[30] foi também apenas uma etapa, apenas um capítulo da história da literatura. Já em nosso tempo, o leitor está desapontado com a literatura clássica russa. A derrota de suas ideias humanistas, o crime histórico que conduziu aos campos stalinistas, aos fornos de Auschwitz, demonstraram que a arte e a literatura são nulas. Quando há choque com a vida real, este é o motivo essencial, a questão essencial da época. A revolução científico-tecnológica não responde a essa questão. E nem pode responder. O aspecto da probabilidade e da motivação dá respostas multilaterais, de múltiplos sentidos, enquanto o leitor, o ser humano, precisa das respostas "sim" ou "não", usando aquele mesmo sistema de dois algarismos que a cibernética quer aplicar

---

[25] Andrei Platónov (1899-1951), escritor soviético de traços existencialistas, autor de *A escavação* (*Kotlovan*). (N. da T.)

[26] Mikhail Zóschenko (1895-1958), satirista russo. (N. da T.)

[27] Romance de Andrei Biéli (1889-1934), poeta, romancista, e teórico do movimento simbolista russo, publicado em 1913. (N. da T.)

[28] Boris Pilniák (1894-1938), pseudônimo de Boris Vogau, escritor russo, tornou-se conhecido com *O ano nu* (*Goli God*), de 1921. Preso em 1937, foi executado pouco depois. (N. da T.)

[29] Ievguêni Zamiátin (1884-1937), escritor russo, famoso pelo romance *Nós* (1924), publicado primeiro no exterior e que influenciou o *Admirável mundo novo* de Aldous Huxley. (N. da T.)

[30] Artiom Viessióli (1899-1939), pseudônimo de Nikolai Kochkurov. Autor do livro *Rússia encharcada em sangue* (*Rossia kroviu umitaia*, 1929-1932), onde a revolução aparece como um evento caótico e cruel. (N. da T.)

ao estudo de toda a humanidade em seu passado, presente e futuro.

A vida não tem um fundamento racional: é isso o que demonstra nossa época.

O fato de que estejam vendendo por cinco copeques as *Obras seletas* de Tchernichévski,[31] na tentativa de salvá-las da Auschwitz dos papéis para reciclagem, é extremamente simbólico. Tchernichévski acabou quando o século desacreditou a si mesmo por completo. Nós não sabemos o que está por trás de Deus, da fé; mas vemos o que está por trás da falta de fé, cada um de nós vê. Portanto, tal atração pela religião é surpreendente para mim, herdeiro de princípios completamente diferentes.

No passado, apenas um escritor profetizava, predizia o futuro: era Dostoiévski. Justamente por isso ele permaneceu como profeta também no século XX. Eu penso que foi justamente o estudo da alma russa, "eslava", através das obras de Dostoiévski pelo homem ocidental, ridicularizado por muitas das nossas revistas e políticos, que resultou em uma mobilização geral contra nós depois da Segunda Guerra Mundial. O Ocidente estudou a Rússia justamente através das obras de Dostoiévski, e estava pronto para encontrar quaisquer surpresas, acreditar em qualquer profecia e predição. E quando o chigaliovismo[32] assumiu formas agudas, o Ocidente apressou-se a separar-se de nós com a barreira das bombas atômicas, nos condenando a uma luta desigual no plano de qualquer tipo de convergência. Essa convergência — e não

[31] Nikolai Tchernichévski (1828-1889), editor, jornalista, crítico e escritor, autor do polêmico romance *O que fazer?* (1862). (N. da T.)

[32] Chigalióv é um personagem de *Os demônios* (1872), de Dostoiévski, cuja doutrina consistia em dividir a humanidade em duas partes: um décimo ganharia liberdade individual e teria todos os direitos sobre os restantes nove décimos, transformados em escravos. Para o autor da teoria, seria o paraíso terrestre. (N. da T.)

o desejo de gastar uma incontável quantidade de meios — é o pagamento pelo medo que o Ocidente sente diante de nós. Apenas os aventureiros podem dizer que as convergências conseguiram trabalhar juntas. Há muito tempo nós fomos abandonados à própria sorte pelo Ocidente. Todos os aparatos da propaganda em vigor são apenas sussurros e nada mais. É a bomba atômica que impede que a guerra aconteça. Em meus contos não há enredo, não há os assim chamados personagens fortes. Sobre o que eles se sustentam? Na informação sobre um estado de alma raramente observável, no grito desta alma ou ainda em alguma outra coisa puramente técnica.

Como qualquer novelista, dou uma importância especial à primeira e à última frases. Enquanto em meu cérebro não forem encontradas, não forem formuladas essas duas frases — a primeira e a última —, não há conto. Tenho uma grande quantidade de cadernos, onde estão anotadas apenas a primeira e a última frases: é tudo trabalho para o futuro. Por circunstâncias biográficas, me é conveniente usar os habituais cadernos de escola. Variantes, correções, inserções ficam à esquerda, e isso é tudo. O resto é arrumar problemas.

O conto "A trama dos juristas" foi absolutamente novo. A leveza do cadáver futuro nunca foi descrita na literatura. Tudo nesse conto é novo: o regresso à vida não tem esperança e não se distingue da morte. O queijo que os dentes do chefe do SPO,[33] o capitão, não acabaram de comer; o refeitório; o pão que eu engolia apressado para não morrer antes de terminar.

Cada escritor reflete sua época, não por meio da representação daquilo que foi visto no caminho, mas por meio do conhecimento e com a ajuda do instrumento mais sensível do

---

[33] Sigla de *Siecrietno Polititcheski Otdiel* — Seção da Polícia Secreta, criada em 1931. (N. da T.)

mundo: a própria alma, a própria personalidade. A opinião, a sensação, servem para o escritor como uma orientação infalível. Não é uma orientação para o leitor, ou melhor, não é uma orientação obrigatória. Mas, para o escritor, o radar encontra-se dentro da sua própria alma. O que condicionou esse radar, que pretensões técnicas e características tem esse instrumento, isso não importa. O que importa é que não é uma reação ilustrativa aos acontecimentos, mas a participação viva na vida real, não importa se com a ajuda da pena do escritor ou de qualquer outra forma.

Um escritor pode dar soluções às questões que não pertencem ao seu ofício. Um escritor não deixa de ser um escritor, ainda que não escreva; mas quando escreve com seriedade, seu radar deve funcionar bem.

Pois o radar é uma intervenção ativa na vida, e não apenas reflexo dela.

Para um escritor funcionam as leis da gramática, as leis da língua na qual ele escreve.

Agora, depois da guerra, se faz tanta confusão na área da atividade profissional humana — que em sua essência é tão compreensível — que nem vale a pena discutir. Gasta-se tempo com citações de Tomás de Aquino ou da *Crônica dos tempos passados*,[34] mas você deve saber que, se não se apoderar do estilo contemporâneo, da língua contemporânea, da ideia contemporânea, tudo o que escrever será falso.

É claro que Tchekhov — um grande escritor, embora não seja um profeta — se afasta da tradição russa e não se sente bem no contato com vociferadores como Lev Tolstói e Górki. Tchekhov não é um vociferador, eis a sua desgraça. A

[34] Também conhecida como *Crônica primária* ou *Crônica de Nestor*, história da formação política do povo eslavo oriental, com sede em Kíev, entre os anos 850 e 1110, uma das poucas crônicas russas preservadas do século XII. (N. da T.)

estepe ou *A aldeia*[35] são contos de humanistas que pertencem à tradição realista.

O realismo como tendência literária é ranho, baba; uma tentativa de encobrir com um véu de decência uma vida totalmente indecente. O apelo hipócrita de proibir a abordagem do sexo na literatura apenas separa, cinde o artista de tendência realista da vida real. A educação nas questões familiares não destrói a família; o que a destrói é o segredo familiar, quando em cada casamento são ocultas milhares de surpresas das mais sinistras. Simplesmente o Estado, por razões práticas, não ousou executar o ideal fourierista: tirar as crianças dos pais, destruir a família como uma instituição social da sociedade burguesa.

Continuemos nossa conversa, a conversa sobre minha prosa.

Contos de Kolimá é a busca por uma nova expressão e, ao mesmo tempo, por um novo conteúdo. É uma forma nova e insólita para a fixação de um estado excepcional, advindo de circunstâncias excepcionais que, como se verifica, podem acontecer tanto na história quanto na alma humana. A alma humana, seus limites, suas fronteiras morais são estendidas infinitamente e a experiência histórica não pode ajudar nesse caso.

Apenas as pessoas que possuem experiência própria têm o direito à fixação dessa experiência excepcional, desse estado moral excepcional.

O resultado — *Contos de Kolimá* — não é invenção, não é a seleção de algo aleatório; esta seleção aconteceu no cérebro, antes, de modo automático. O cérebro emite, não pode deixar de emitir, as frases preparadas pela experiência

---

[35] *A estepe* (1888) é a primeira novela de Anton Tchekhov. *A aldeia* é uma novela de Ivan Búnin, escrita em 1909. Ambas as obras oferecem retratos da vida no interior da Rússia. (N. a T.)

pessoal, que ocorreu em algum momento anterior. Aqui não há depuração, não há correção, não há acabamento: tudo se escreve de uma só vez. Os rascunhos — se existem — estão guardados profundamente no cérebro, e lá a consciência não procura por variantes, como a cor dos olhos de Katiucha Maslova[36] que, no meu entendimento sobre a arte, é uma antiarte absoluta. Será que qualquer personagem dos *Contos de Kolimá* — se é que existem personagens — tem cor dos olhos? Em Kolimá não havia pessoas que tivessem cor nos olhos, e isto não é uma aberração da minha memória, mas a essência da vida de então.

Contos de Kolimá é a fixação excepcional de um estado excepcional. Não é prosa documental, mas prosa vivida como documento, sem as deturpações de *Recordações da casa dos mortos*. A autenticidade da minuta, do ensaio, é levada ao mais alto grau do valor artístico: é assim que eu mesmo vejo meu trabalho. Nos *Contos de Kolimá* não há nada de realismo, romantismo, modernismo. Os *Contos de Kolimá* estão fora da arte, mas todos eles possuem uma força ao mesmo tempo artística e documental. A parte cognitiva não importa tanto, pelo menos para o autor. A cognição, o seu valor, representa uma importância e novidade autoevidentes. Mesmo a parte cognitiva de *Contos de Kolimá* é um novo registro da história russa, as suas páginas mais ocultas e terríveis — de Antónov[37] a Sávinkov[38] —, de "Eco nas montanhas" às sagas islandesas.

---

[36] Personagem de *Ressurreição* (1899), de Tolstói. (N. da T.)

[37] Aleksandr Stepánovitch Antónov (1888-1922), militante ligado aos Socialistas Revolucionários e um dos líderes da rebelião camponesa de Tambov (1920-21), também conhecida como *antónovschina*. Chalámov faz referência a ele no conto "Eco nas montanhas", publicado em *O artista da pá*. (N. da T.)

[38] Boris Sávinkov (1879-1925), escritor russo e terrorista ligado aos

A memória é formada por fitas onde estão guardados não apenas os quadros do passado, tudo o que os sentimentos humanos acumularam por toda uma vida, mas também os métodos, os meios de filmagem. É provável que, com algum esforço, talvez significativo, seja possível voltar ao método de *Contos de Kolimá*, e o cérebro passará a produzir frases concisas.

Certamente é possível retornar a qualquer rosto humano que se tenha visto durante o dia, até mesmo à cor do jaleco de alguma vendedora. O dia pode ser ressuscitado em todos os seus detalhes. Usualmente, procuro tentar memorizar o mínimo possível, mas o olho capta tudo sozinho; e lembrar à noite é horrível. Se isso é possível por um dia, é possível também por um ano, por dez anos e por cinquenta anos.

Eu procurava guardar na memória não a infância, que eu posso despertar com suficiente solidão e condições meteorológicas adequadas (pressão, sol, calor, frio devem estar em perfeitas condições). O frio mesmo era tão terrível que se pode lembrar dele em qualquer temperatura. Mas, pelo contrário, quando faz frio — o tremor das mãos geladas, o mergulho na água fria — não se pode lembrar dele. As circunstâncias da vida, nesse caso, não são lembradas; a dor simplesmente existe, e é preciso extirpá-la. Isso não possui relação com o trabalho do escritor. Você não voltará para Kolimá, mesmo ao mergulhar os dedos na água fria, ao fitar a neve. Kolimá está na minha alma em qualquer calor. Para fixá-la, é preciso solidão de tipo urbano, do tipo da cela da prisão de Butírskaia, quando o barulho da cidade, semelhante ao som do mar, apenas enfatiza o seu silêncio, a sua solidão. Nunca temi a solidão. Considero a solidão o melhor estado humano.

Socialistas Revolucionários. Na prisão, cometeu suicídio ou foi assassinado pelo regime bolchevique. (N. da T.)

Seria melhor escrever cinco contos excelentes — que permanecerão para sempre, farão parte de uma coleção das melhores obras — ou cento e cinquenta, dentre os quais cada um será importante como testemunho de algo extraordinário, perdido por todos e não reconstituído por ninguém além de mim? Este segundo caso de modo algum exige menos trabalho do que no caso dos cinco contos. Além do mais, cinco contos não exigem um esforço maior em cada conto. Tanto no primeiro quanto no segundo caso, a quantidade dos esforços morais, psicológicos, físicos, espirituais, é igualmente exemplar. É apenas uma questão de preferência — os dois casos exigem uma atitude diferente, uma preparação diferente, uma organização diferente. A qual deles dar preferência? As questões — todas elas! — são tão importantes, tão novas, que é difícil dar preferência a alguma delas.

O que começar aos 64 anos? Adicionar mais um ou dois tomos depois de *O artista da pá* ou ressuscitar *Vólogda*? Ou terminar o antirromance *Víchera*,[39] capítulo essencial tanto do meu método literário quanto da minha compreensão da vida? Ou, então, escrever cinco peças que estão pedindo para serem escritas? Ou preparar uma grande coletânea de versos? Ou levar adiante um volume de memórias sobre Pasternak e assim por diante?

Apesar do gasto igual de tempo, o trabalho sobre cinco contos exigirá um esforço colossal na elaboração da forma. Nada poderá ser emendado, riscado, corrigido. É preciso produzir um texto perfeito. É isto o que me assusta, esse esforço de uma outra ordem, diferente da ordem poética.

---

[39] *Víchera* foi escrito entre 1970 e 1971 e trata do primeiro período de prisão de Chalámov, nos Montes Urais. *A quarta Vólogda* trata da infância de Chalámov, vivida em Vólogda, e foi escrito em meados dos anos 1960 (a "terceira Vólogda", segundo o autor, foi a época em que a cidade virou refúgio de exilados do tsarismo). (N. da T.)

O esforço poético é uma rédea solta, quando o cavalo sozinho encontra o caminho na escuridão da taiga. O resultado é registrado como que automaticamente, depois as pegadas do cavalo são corrigidas, colocadas em conformidade com a gramática humana, e os versos estão prontos.

Já na prosa dos *Contos de Kolimá* essa correção permanece anterior à língua, anterior à laringe, anterior ao pensamento, até. De algum lugar de dentro, são empurradas para o papel as frases acabadas. Os contos possuem seu ritmo, claro. Todos os contos, sejam eles dos cento e cinquenta ou dos cinco. O conto pode ser improvisação. Meu conto, um documento, também é improvisação. Contudo, ele permanece documento, testemunho pessoal, arbítrio pessoal.

Eu sou um cronista da minha própria alma. Nada mais. São muitos os contos desse tipo. Que eu me lembre, foram anotados no mínimo cento e cinquenta enredos, todos novos, pois eu considerava a novidade do material a qualidade essencial, única, que dá direito à vida. Novidade da história, do enredo, do tema. Novidade da melodia.

Como explicar que os *Contos de Kolimá* possuem uma base sonora e que, antes que saia a primeira frase, antes que ela se defina, no cérebro desencadeia-se um fluxo sonoro de metáforas, comparações, exemplos, e o sentimento obriga a empurrar esse fluxo para a peneira do pensamento, onde algo será eliminado, algo será guardado no interior até uma ocasião oportuna e algo conduzirá a palavras novas, adjacentes?

Para um conto eu preciso de absoluto silêncio, absoluta solidão. Eu, um citadino, há muito tempo estou acostumado ao som do mar urbano, e não me importo com ele mais do que se eu estivesse em alguma *datcha* em Gurzuf. Mas não deve haver pessoas comigo. Cada conto, cada frase sua é previamente gritada no quarto vazio: sempre falo sozinho quando escrevo. Grito, ameaço, choro. E minhas lágrimas não param. Apenas depois, terminado o conto ou uma parte do conto, enxugo as lágrimas.

Mas tudo isto é externo.

Pois a minha prosa é prosa de documento e, em certo sentido, eu sou herdeiro direto da escola realista russa, documental como o realismo. Em meus contos, a própria essência da literatura ensinada nos manuais é criticada e refutada.

Mas isto também é externo.

A dificuldade consiste em encontrar, sentir alguma mão alheia que conduz sua pena. Se esta mão for humana, meu trabalho é imitação, derivativo. Se for a mão de uma pedra, de um peixe ou de uma nuvem, então eu me entregarei a seu poder sem relutar. Como verificar onde termina minha própria vontade e começa o limite do poder da pedra? Aqui não há nada místico, é a comunicação habitual do poeta com a vida.

Eu escrevo várias coisas ao mesmo tempo. Tenho duzentos enredos anotados no caderno, duzentas frases começadas. Escrevo de manhã aquela frase que mais tenha se aproximado do meu humor de hoje. Trabalho apenas no verão, no inverno o frio comprime o cérebro. Posso estar enganado, talvez o verão seja questão de hábito, de treino, como antes era o tabaco de manhã, um cigarro atrás do outro, até que o cérebro chegasse à condição necessária. Essa condição necessária é justamente a inspiração, ou mais precisamente, a sintonização de um aparelho, ruptura com o cotidiano, salto de cabeça no estado de espírito de trabalho. A inspiração é como um milagre, como uma faísca; não vem a cada dia, e quando vem você não tem força nenhuma para parar de escrever uma carta, parando apenas quando os dedos sentem o cansaço puramente muscular de segurar o lápis. Eles doem como depois de cortar ou serrar a lenha.

Mas isto também é externo.

Já o interno consiste na tentativa de decifrar a si mesmo no papel, arrancar a si mesmo do cérebro, iluminar seus cantos remotos. Pois eu compreendo nitidamente que tenho o poder de ressuscitar na própria memória a quantidade infinita de imagens vistas durante todos esses sessenta anos; em algum lugar do cérebro estão armazenadas infinitas fitas com essas informações e, com um esforço da vontade, posso me obrigar a lembrar de tudo que vi na vida, em qualquer dia e hora dos meus sessenta anos. Não de um dia passado, mas de toda uma vida. No cérebro nada se apaga. Esse trabalho é doloroso, mas não impossível. Aqui tudo depende do esforço da vontade, da concentração da vontade. Mas o problema sobre isso é que o esforço algumas vezes traz imagens inúteis, enquanto para saciar, satisfazer, preencher a paixão criadora diária, são necessárias poucas imagens. Uma vez não usadas, as imagens estratificam-se novamente, para serem despertadas depois de dez ou vinte anos.

O controle da memória não existe, e a necessidade da memória artística se distingue muito da memória científica. Há muito tempo parei de tentar pôr em ordem todo o meu depósito, todo o meu arsenal. Eu não sei e nem quero saber o que tem ali. Em todo caso, se uma parte pequena, ínfima desse aglomerado for bem para o papel, eu não impeço, não tapo a boca do regato, não atrapalho o seu murmurar. Do ponto de vista da criação, tanto faz se você escreve um artigo jornalístico, um poema, um conto, um ensaio ou um romance; apenas, o esforço deve ser de um tipo absolutamente diferente daquele que se exige para a seleção de materiais do trabalho historiográfico, do trabalho científico, da obra de um crítico literário.

Tudo isso é empurrado por si mesmo para fora do cérebro — semelhante a um impulso do músculo cardíaco —, tudo isso se forma lá dentro, por si só, e qualquer obstáculo causa dor. Depois a dor de cabeça acalma-se, mas você não escreve mais nada, pois a fonte esgotou-se.

Há uma grande diferença entre capturar no papel, anotar ou dizer uma frase com os lábios. Aqui não há um processo; é como se houvesse dois: adjacentes, mas distintos. No papel o controle é tão difícil, parar o fluxo é tão difícil, que os achados se perdem, você se atrasa para transmitir a palavra, o sentimento, o matiz do sentimento. É por isso que no manuscrito há palavras inacabadas: o fluxo empurra o discurso escrito.

No acabamento sonoro prévio — sem anotação — o processo deve ser outro: ali não há esse tipo de tormentos, retardamentos, palavras que escaparam; ali o próprio retardamento eu não considero um elemento criativo tão importante quanto na anotação.

A variante supérflua é descartada, a outra permanece e é registrada. É claro que é outro processo. Pouco econômico, pois nele há muitas perdas, que vão desaparecer sem deixar sinal.

Assim como Turguêniev, não gosto de conversar sobre o sentido da vida, sobre a imortalidade da alma. Considero esta uma ocupação inútil. Em meu entendimento, a arte não tem nada de místico, que exija um vocabulário especial. A própria polissemia da minha poesia e prosa não é, de modo algum, uma busca teúrgica.

O que considero o mais digno para um escritor é a conversação sobre seu ofício, sua profissão. E na história da literatura russa eu descubro, com surpresa, que o russo não é de forma alguma um escritor, mas ora um sociólogo, ora um estatístico, ora qualquer outra coisa, e que o escritor russo não dá atenção à sua profissão, ao seu ofício. O tema do escritor é importante apenas para Tchernichévski ou Bielínski.[40] Bielínski, Tchernichévski, Dobroliúbov.[41] Com uma vi-

---

[40] Vissarion Bielínski (1811-1848), ensaísta, escritor e crítico literário de pensamento progressista. (N. da T.)

[41] Nikolai Dobroliúbov (1836-1861), publicista e crítico literário

são jornalística, nenhum deles compreendia nada de literatura, e mesmo quando faziam avaliações, elas se referiam à posição política previamente estabelecida do autor. É assim que eles elogiam um escritor como Tolstói, enquanto Púchkin teria se sentido humilhado pela análise de *Ievguêni Oniéguin* como "enciclopédia da vida russa".[42] Pensar que os poemas podem ter um significado cognitivo é um ponto de vista ofensivo, ignorante.

A poesia é incomensuravelmente mais complexa do que a sociologia, mais complexa do que o "sim" e o "não" da humanidade progressista, mais complexa do que os versos de Nekrássov.[43] O próprio Nekrássov foi um estreitamento da poesia russa. A cena em seu funeral não faz honra à sociedade russa.[44] Ao procurar significado cognitivo nos poemas, um homem normal se voltará para a história da cultura e da literatura, ou simplesmente para o historiador, lerá um artigo de arqueólogo como se fosse um romance. Mas reduzir *Ievguêni Oniéguin*, buscando nele algumas coincidências com a conclusão científica do historiador, é, além de inútil, ofensivo ao poeta.

O cientista que em seu trabalho científico cita algumas linhas ora de Hölderlin, ora de Goethe, ora de autores antigos, demonstra apenas que ele se volta para o conteúdo, pa-

---

russo de tendência radical. Discípulo de Bielínski, trabalhou com Tchernichévski no periódico *O Contemporâneo*. (N. da T.)

[42] Palavras de Bielínski em artigo em 1845 da revista *Anais da Pátria*, nº 3. (N. da T.)

[43] Nikolai Nekrássov (1821-1878), poeta russo, líder da escola da "poesia civil". Também colaborou em *O Contemporâneo*. (N. da T.)

[44] Segundo relatos do funeral de Nekrássov, onde havia mais de 4 mil pessoas, o discurso de Dostoiévski, em que este o chamou de "o maior poeta russo desde Púchkin e Liérmontov" foi interrompido por jovens que gritavam "ele foi muito, muito maior que Púchkin". (N. da T.)

ra o pensamento, recusando a própria alma, a própria essência da poesia. Aqui não se trata de aproximação. A assim chamada poesia científica é uma lista de nomes secundários, de Bernard até Briússov.[45] Em Homero procuram não os hexâmetros, mas o fragmento de prosa e de sentido, enquanto o verdadeiro subtexto da poesia é intraduzível — e não se pode apreender nada diferente em Homero. Jukóvski[46] traduziu Schiller para nós, mas isto não é Schiller, e sim a criação de versos russos a partir de um material estrangeiro genial, semelhante ao "Castelo Smalgon".[47]

Norbert Wiener[48] traz citações de poetas e filósofos. Isto faz honra à erudição dos cibernéticos, mas não tem nada a ver com a poesia. É preciso entender claramente que os limites da língua, as barreiras linguísticas, são insuperáveis. Ou é preciso substituir a essência e a alma pela sua expressão exterior, sem responder por nada, sem ensinar nada a ninguém por meio da tradução. O cientista não pode fazer citações de uma obra poética, pois são mundos distintos. Aquilo que para a poesia foi uma tarefa auxiliar, um lapso casual, o cientista pega, inclui em sua argumentação antipoética.

Para um poeta, o lapso filosófico é corriqueiro, resultado de seu trabalho principal com o material puramente sonoro.

É moda, assim como na Idade Média, achar que "uma gotinha de latim" embeleza uma pessoa; nós sabemos isso desde aquela época, e também desde os debates acalorados

---

[45] Valeri Briússov (1873-1924), crítico, historiador e um dos fundadores do simbolismo russo. (N. da T.)

[46] Valeri Jukóvski (1783-1852), poeta russo, um dos introdutores do romantismo na Rússia. (N. da T.)

[47] Tradução russa da balada "The Eve of St. John", de Walter Scott (1771-1832), feita por Jukóvski. (N. da T.)

[48] Norbert Wiener (1894-1964), matemático americano, conhecido como fundador da cibernética. (N. da T.)

dos anos 1920. Landau[49] cita Vignon,[50] Wiener cita Goethe, Oppenheimer cita alguns poetas franceses da Idade Média. Tudo isso produz bastante efeito, mas pouco tem a ver com a poesia e com a ciência e, talvez, traga dano à poesia, ofuscando sua verdadeira essência, ofuscando a psicologia da criação...
Ciência, arte e poesia são mundos diferentes, paralelos, que não se cruzam nem em Euclides, nem em Lobatchevski.[51] A poesia está tão longe da ciência quanto a prosa literária da científica. Na poesia não há nenhum progresso. A poesia é intraduzível, não pode ser narrada em prosa. O método científico é incapaz de compreender aquelas alusões, lapsos, com os quais opera a poesia. Sim, a ciência está presente no significado estrutural, mas este trabalho está condenado à esterilidade, à ausência de conclusões. A poesia é incompreensível, apesar da presença tanto de um vocabulário frequente quanto de particularidades métricas.

A poesia escandinava antiga, da forma como chegou até nós, não seria um hipnotismo dos críticos literários?

A literatura não reflete de modo algum as propriedades da alma russa, como também não profetiza, não mostra o futuro. Infelizmente, a literatura pode ser tudo, menos futurologia.

(1971)

---

[49] Lev Landau (1908-1968), físico e matemático soviético. (N. da T.)

[50] É possível que Chalámov se refira ao poeta francês François Villon (1431-1463). (N. da T.)

[51] Nikolai Lobatchevski (1792-1856), matemático russo. (N. da T.)

MAPA DA UNIÃO SOVIÉTICA

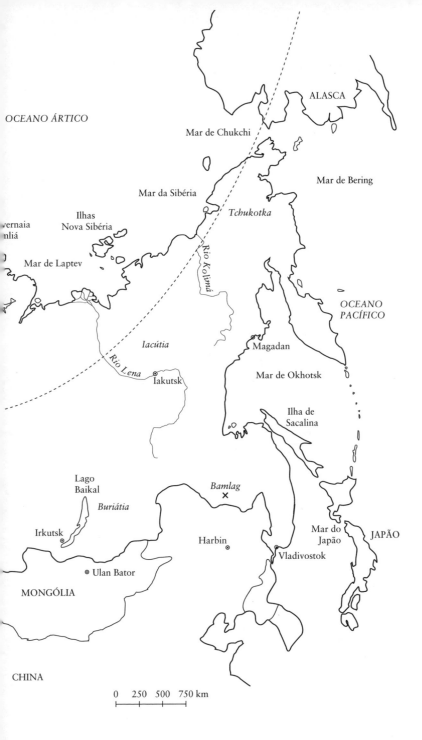

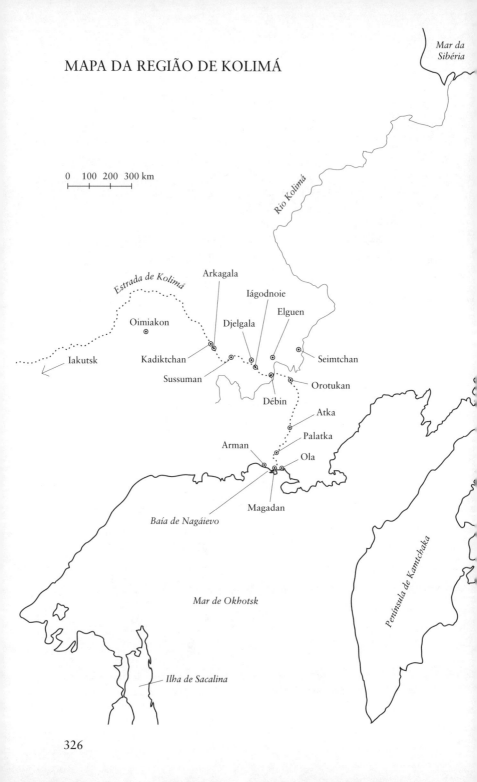

GLOSSÁRIO

artigo 58 — Artigo 58 do primeiro Código Penal soviético, de 1922, condenava os crimes políticos, contrarrevolucionários.

ataman (*atamancha*) — Líder de tropa dos cossacos.

Belomorkanal — Abreviação de *Belomórsko-Baltíiski Kanal* (Canal Mar Branco-Báltico), que liga o Mar Branco ao lago Oniega. Foi construído por prisioneiros entre 1931 e 1933. A obra fez parte do primeiro plano quinquenal.

blatar — No jargão prisional, bandido ou criminoso calejado; em geral, ladrões.

buchlat — Casaco curto de forro grosso usado normalmente por marinheiros.

burki — Botas de cano alto de feltro, sem corte, com sola de couro.

continente — Como chamavam a outra parte do país, a Rússia Ocidental, já que não havia vias terrestres para chegar à região de Kolimá.

Dalstroi — Acrônimo de *Glávnoie Upravlênie Stroítelstva Dálnego Siêvera*, Administração Central de Obras do Extremo Norte. Submetido ao NKVD, foi um truste estatal, fundado em 1938 no povoado de Sussuman (Magadan), responsável pela mineração na região de Kolimá.

deskulakização (*raskulátchivanie*) — Foi uma política oficial de repressão aos *kúlaks*, camponeses enriquecidos, ou a qualquer um que fosse assim classificado. A "liquidação" se deu por meio da coletivização forçada.

DPZ — Acrônimo de *Dom Predvarítelnogo Zakliutchiêniia*, Casa de Prisão Preventiva. Conhecido também como Chalerka e fundado em 1875, o DPZ, em São Petersburgo, foi a primeira prisão para inquéritos da Rússia. Lênin lá foi preso em 1895.

dokhodiaga — Categoria de prisioneiros completamente sem forças, esgotados, acabados.

estaroste — Em sentido amplo, *stárosta* (estaroste, na versão aportuguesada) é o chefe de uma comunidade. No caso do campo, o representante dos prisioneiros que dialogava com a administração.

faxina — Chamavam de "faxina" (*dneválnii*) o preso ou a presa responsável pela manutenção geral dos barracões, escritórios etc., o que era considerado um trabalho leve.

fráier — Criminoso novato, eventual, pelo linguajar criminal. O termo pode ser traduzido como "ingênuo", "inexperiente".

krágui — Luvas inteiriças, apenas com divisão para o polegar, usadas no Extremo Norte.

makhorka — Tabaco forte de qualidade ruim.

NKVD — Acrônimo de *Naródni Komissariat Vnútrennikh Diel*, Comissariado do Povo para Assuntos Internos. Responsável pela segurança do Estado soviético, controlava, além de questões policiais habituais, a polícia secreta. Substituiu o OGPU.

Novínskaia — O presídio feminino Novínskaia foi aberto em 1907 e funcionou até o fim dos anos 1950. Localizava-se no centro de Moscou.

OGPU — Acrônimo de *Obiediniónnoie Gossudárstvennoie Polititcheskoie Upravlênie*, Direção Política Unificada do Estado. Órgão de controle e repressão ligado à polícia secreta, funcionou entre 1923 e 1934, sendo substituído pelo NKVD.

OLP — Abreviação de *Otdiêlni Láguerni Punkt*, posto independente da lavra, criado para controlar melhor a produção.

permafrost — camada do solo permanentemente congelada.

pud — Medida antiga: um *pud* equivale a 16,38 kg.

reforja — A "reforja de prisioneiros" (*perekovska zakliutchiónikh*) foi parte da campanha de construção do Canal Mar Branco-Báltico (1931-1933), a primeira grande obra soviética a utilizar a força de trabalho de prisioneiros. Nesta época, por terem "rompido com seu passado criminal", a um grande número de detentos foram conferidas condecorações, livramentos antecipados e reduções de penas.

sábado comunista — No original, *subbótnik*, de *subbota* (sábado). Trabalho voluntário realizado nos dias livres (no começo, aos sábados) em prol da comunidade. A instituição dessa prática se deu em 1919, durante a Guerra Civil (1918-1921), com o incentivo de Lênin.

sectários — "Velhos crentes", costumam viver em comunidades isoladas onde seguem os ritos ortodoxos antigos. O rompimento dos sectários com a Igreja Ortodoxa Russa deu-se devido às reformas do patriarca Níkon (1605-1681), que uniu as igrejas moscovita e grega.

Serpantinka ou *Serpantínnaia* — Prisão de inquérito localizada em Magadan sob jurisdição do NKVD e do Sevvostlag, acrônimo de *Siêvero- -Vostótchni Ispravítelno-Trudovói Lager* (Campo de Trabalho Correcional do Nordeste).

SR — Membros do Partido Socialista Revolucionário, antitsarista, criado em 1902. Vários de seus membros defendiam o terrorismo como prática política.

stlánik — Espécie de pinheiro (*Pinus pumila*).

tchifír — Chá muito concentrado com efeitos psicoativos.

Terra Grande — Como em "continente", refere-se à Rússia ocidental.

tchifír ou *tchifírka* — Chá de erva forte, extremamente amarga, que tira o sono.

telogreika — Casaco acolchoado para o inverno rigoroso. Foi adotado pelo Exército Vermelho durante a Segunda Guerra Mundial, deixando de ser usado como uniforme militar nos anos 1960. Popular, prático e eficaz, o casaco era comum nos campos de prisioneiros.

tulup — Sobretudo com forro de pele.

uchanka — Chapéu de pele com abas para as orelhas.

udárniki — Os trabalhadores que alcançavam os melhores resultados em suas tarefas, que batiam recordes de produção. Em Kolimá, era também o nome dos "sábados comunistas", trabalho voluntário realizado nos dias livres em prol da comunidade.

zek (zeká) — Acrônimo de *zakliutchióni* (preso, detento) *kanaloarmêiets*, usado em documentos oficiais desde os anos 1920 para designar os prisioneiros de campos de trabalhos forçados (também aparece como *zeka* ou *zek*, pronúncia de z/k; o plural é "z/k z/k"). O termo *kanaloarmêiets* foi adotado durante a construção do Canal Mar Branco-Báltico (Belomorkanal) entre 1931 e 1933. Antes, possivelmente, zek era acrônimo de *zakliutchióni krasnoarmêiets*, daí ligado ao Exército Vermelho.

Glossário

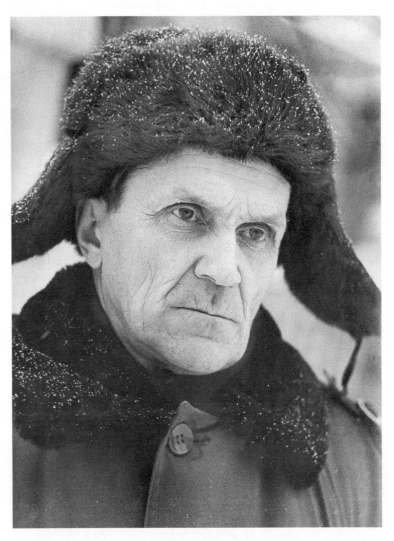

Varlam Tíkhonovitch Chalámov (1907-1982)
em retrato dos anos 1970.

SOBRE O AUTOR

Varlam Tíkhonovitch Chalámov nasceu no dia 18 de junho de 1907, em Vólogda, Rússia, cidade cuja fundação remonta ao século XII. Filho de um padre ortodoxo que, durante mais de uma década, atuara como missionário nas ilhas Aleutas, no Pacífico Norte, Chalámov conclui os estudos secundários em 1924 e deixa a cidade natal, mudando-se para Kúntsevo, nas vizinhanças de Moscou, onde arranja trabalho num curtume. Em 1926 é admitido no curso de Direito da Universidade de Moscou e, no ano seguinte, no aniversário de dez anos da Revolução, alinha-se aos grupos que proclamam "Abaixo Stálin!". Ao mesmo tempo escreve poemas e frequenta por um breve período o círculo literário de Óssip Brik, marido de Lili Brik, já então a grande paixão de Maiakóvski. Em fevereiro de 1929, é detido numa gráfica clandestina imprimindo o texto conhecido como "O Testamento de Lênin", e condenado a três anos de trabalhos correcionais, que cumpre na região de Víchera, nos montes Urais. Libertado, retorna a Moscou no início de 1932 e passa a trabalhar como jornalista para publicações de sindicatos. Em 1934, casa-se com Galina Ignátievna Gudz, que conhecera no campo de trabalho nos Urais, e sua filha Elena nasce no ano seguinte. Em 1936, tem sua primeira obra publicada: o conto "As três mortes do doutor Austino", no número 1 da revista *Outubro*. Em janeiro de 1937, entretanto, é novamente detido e condenado a cinco anos por "atividades trotskistas contrarrevolucionárias", com a recomendação expressa de ser submetido a "trabalhos físicos pesados".

Inicia-se então para Chalámov um largo período de privações e sofrimentos, com passagens por sucessivos campos de trabalho, sob as mais terríveis condições. Após meses detido na cadeia Butírskaia, em Moscou, é enviado para a região de Kolimá, no extremo oriental da Sibéria, onde inicialmente trabalha na mina de ouro Partizan. Em 1940, é transferido para as minas de carvão Kadiktchan e Arkagala. Dois anos depois, como medida punitiva, é enviado para a lavra Djelgala. Em 1943, acusado de agitação antissoviética por ter dito que o escritor Ivan Búnin era "um clássico da literatura russa", é condenado a mais dez anos de prisão. Esquelético, debilitado ao extremo, passa o outono em recuperação no hospital de Biélitchie. Em dezembro, é enviado para a lavra Spokóini, onde fica até meados de 1945, quando volta ao hospital de Biélitchie; como modo de prolongar sua permanência, passa a atuar como "organizador cultural". No outono, é designado para uma frente de trabalho na taiga, incumbida do corte de árvores e processamento de madeira — ensaia uma fuga, é capturado, mas, como ainda está sob efeito da segunda condenação, não tem a pena acrescida; no entanto, é enviado para trabalhos gerais na mina punitiva de Djelgala, onde passa o inverno. Em 1946, após trabalhar na "zona pequena", o campo provisório, é convidado, graças à intervenção do médico A. I. Pantiukhov, a fazer um curso de enfermagem para detentos no Hospital Central. De 1947 a 1949, trabalha na ala de cirurgia desse hospital. Da primavera de 1949 ao verão de 1950, trabalha como enfermeiro num acampamento de corte de árvores em Duskania. Escreve os poemas de *Cadernos de Kolimá*.

Em 13 de outubro de 1951 chega ao fim sua pena, e Chalámov é liberado do campo. Continua a trabalhar como enfermeiro por quase dois anos para juntar dinheiro; consegue voltar a Moscou em 12 de novembro de 1953, e no dia seguinte encontra-se com Boris Pasternak, que lera seus poemas e o ajuda a reinserir-se no meio literário. Encontra trabalho na região de Kalínin, e lá se estabelece. No ano seguinte, divorcia-se de sua primeira mulher, e começa a escrever os *Contos de Kolimá*, ciclo que vai absorvê-lo até 1973. Em 1956, definitivamente reabilitado pelo regime, transfere-se para Moscou, casa-se uma segunda vez, com Olga Serguêievna Nekliúdova, de quem se divorciará dez anos depois, e passa a colaborar com a revista *Moskvá*. O número 5 de *Známia* publica poemas seus, e Chalámov começa a ser reconhecido como poeta — ao todo publicará cinco coletâneas de poesia durante a vida. Gravemente doente, começa a receber pensão por invalidez.

Em 1966, conhece a pesquisadora Irina P. Sirotínskaia, que trabalhava no Arquivo Central de Literatura e Arte do Estado, e o acompanhará de perto nos últimos anos de sua vida. Alguns contos do "ciclo de Kolimá" começam a ser publicados de forma avulsa no exterior. Para proteger o escritor de possíveis represálias, eles saem com a rubrica "publicado sem o consentimento do autor". Em 1967, sai na Alemanha (Munique, Middelhauve Verlag) uma coletânea intitulada *Artikel 58: Aufzeichnungen des Häftlings Schalanow* (*Artigo 58: apontamentos do prisioneiro Schalanow*), em que o nome do autor é grafado incorretamente. Em 1978, a primeira edição integral de *Contos de Kolimá*, em língua russa, é publicada em Londres. Uma edição em língua francesa é publicada em Paris entre 1980 e 1982, o que lhe vale o Prêmio da Liberdade da seção francesa do Pen Club. Nesse meio tempo, suas condições de saúde pioram e o escritor é transferido para um abrigo de idosos e inválidos. Em 1980, sai em Nova York uma primeira coletânea dos *Contos de Kolimá* em inglês. Seu estado geral se deteriora e, seguindo o parecer de uma junta médica, Varlam Chalámov é transferido para uma instituição de doentes mentais crônicos, a 14 de janeiro de 1982 — vem a falecer três dias depois.

Na Rússia, a edição integral dos *Contos de Kolimá* só seria publicada após sua morte, já durante o período da *perestroika* e da *glásnost*, em 1989. Naquele momento, houve uma verdadeira avalanche de escritores "redescobertos", muitos dos quais, no entanto, foram perdendo o brilho e o prestígio junto ao público conforme os dias soviéticos ficavam para trás. Mas a obra de Varlam Chalámov não teve o mesmo destino: a força de sua prosa não permitiu que seu nome fosse esquecido, e hoje os *Contos de Kolimá* são leitura escolar obrigatória na Rússia. Também no exterior a popularidade de Chalámov só vem crescendo com o tempo, e seus livros têm recebido traduções em diversas línguas europeias, garantindo-lhe um lugar de honra entre os grandes escritores do século XX. Prova disso são as edições completas dos *Contos de Kolimá* publicadas em anos recentes, primeiro na Itália (Milão, Einaudi, 1999), depois na França (Paris, Verdier, 2003) e Espanha (Barcelona, Minúscula, 2007-13), e agora no Brasil.

SOBRE OS TRADUTORES

Daniela Mountian (1976) é tradutora, *designer* e editora da *Kalinka*, revista e editora dedicadas à cultura russa. Fez pela USP graduação em história, mestrado sobre Fiódor Sologub e doutorado-sanduíche sobre Daniil Kharms, com estágio de um ano na Casa de Púchkin, em São Petersburgo. Foi indicada ao prêmio Jabuti pela tradução de *Os sonhos teus vão acabar contigo*, de Daniil Kharms (Kalinka, 2013, com Aurora Bernardini e Moissei Mountian). Traduziu com seu pai, Moissei, o conto "Luz e sombras", de Sologub, para a *Nova antologia do conto russo* (Editora 34, 2011), o volume *Diário de um escritor (1873): Meia carta de um sujeito*, de Fiódor Dostoiévski (Hedra, 2016), e *A ressurreição do lariço*, de Varlam Chalámov (Editora 34, 2016), entre outros. Mais recentemente traduziu, com Yulia Mikaelyan, *O ofício* (2018) e *O compromisso* (2019), de Serguei Dovlátov, ambos lançados pela Kalinka.

Moissei Mountian (1948), nascido na Moldávia (URSS), é formado em engenharia civil. Em 1972 mudou-se com sua esposa, Sofia Mountian, para o Brasil, onde, em 2008, fundou com sua filha Daniela a editora *Kalinka* e começou a trabalhar como tradutor. Foi indicado duas vezes ao Prêmio Jabuti pelas traduções de *O diabo mesquinho*, de Fiódor Sologub (Kalinka, 2008), e *Os sonhos teus vão acabar contigo*, de Daniil Kharms. Também traduziu *Encontros com Liz e outras histórias*, de Leonid Dobýtchin (Kalinka, 2009), *Diário de um escritor (1873): Meia carta de um sujeito*, de Fiódor Dostoiévski, *A ressurreição do lariço*, de Varlam Chalámov, e, com Irineu Franco Perpetuo, *Salmo*, de Friedrich Gorenstein (Kalinka, 2018), e *A infância de Nikita*, de Aleksei Tolstói (Kalinka, 2021).

Este livro foi composto em Sabon pela Bracher & Malta, com CTP e impressão da Edições Loyola em papel Pólen Soft 80 g/m² da Cia. Suzano de Papel e Celulose para a Editora 34, em julho de 2021.